小津安二郎

Yasujiro
Ozu

劇本集

小津安二郎——著　　　吳菲——譯

目 錄

晚春

一九四九年（昭和二十四年）
松竹大船製片廠
劇本、底片、拷貝現存 12 卷，
2964 米（108 分鐘）黑白
同年九月十九日公映

製　片	山本武
原　作	廣津和郎
改　編	野田高梧、小津安二郎
導　演	小津安二郎
攝　影	厚田雄春
錄　音	佐佐木秀孝
美　術	濱田辰雄
照　明	磯野春雄
音　樂	伊藤宣二

演員表／

曾宮周吉	笠智眾
曾宮紀子	原節子
田口正子	杉村春子
田口勝義	青木放屁
服部昌一	宇佐美淳
北川綾	月丘夢路
小野寺讓	三島雅夫
小野寺菊子	坪內美子
小野寺美佐子	桂木洋子
三輪秋子	三宅邦子
林清造	谷崎純
林阿繁	高橋豐子
「多喜川」店主	清水一郎

1 北鐮倉車站

晚春的過午時分——天空晴朗明澈，已長葉的櫻花樹，樹蔭越加濃重。下行開往橫須賀方向的電車剛駛出月台，就可見圓覺寺的石階越來越近了。

2 圓覺寺的參道

電車在成行的杉樹間駛過。

3 同寺 院內

今天是每月慣例的茶會的日子。出席茶會的女客們三三兩兩，順次而入——

4 寺院的內室（休息室）

客人漸漸聚齊。

曾宮紀子（27歲）走來，與先行到來的姑母田口正子（49歲）並排而坐。

　　紀子：姑姑，您早就來了？

　　正子：嗯嗯，我剛來，今天你爸爸呢？

　　紀子：在家工作。昨天截止的稿子還沒寫好。

　　正子：哦——（一邊隨手幫紀子把腰帶繫好）哎，你姑父的條紋長褲，有幾處被蟲吃出了窟窿，要不，改一改給勝義吧？

　　紀子：可是阿勝穿條紋長褲不奇怪嗎？

　　正子：那有什麼呀。把膝蓋下面剪掉，怎麼樣？

　　紀子：那倒可以改一改。

　　正子：你試試看唄。（說著從包袱皮裡取出褲子）這個。

　　紀子：哎呀，您帶來啦？

　　正子：一點點洞沒關係的。反正不多久又得穿壞了。（一邊將褲子遞過來）屁股的部分要弄雙層哦。

　　紀子：哦。

三輪秋子（38歲）走來。氣質高雅——

正子：（與其照面並頷首致意）我早來了一步——

秋子，頷首回禮，在隔了幾人的座位就座。

　　正子：想著又可以跟你一同來，我還在新橋稍等了一會兒……

　　秋子：我錯過了一趟電車……（邊說邊優雅地回禮）

茶道老師的徒弟走來，「各位久等了，這邊請……」

於是在座者一同起身。

5 寂靜的寺院內

庭院中杜鵑花映照在陽光下，樹鶯的啼鳴也顯得十分悠閒。

6 茶室

點茶已安靜地開始。以秋子為主客，其餘四五人——包括正子、紀子，都
恭候在次席，一同觀望著點茶。主客秋子姿態端莊而秀麗——

7 寺廟庭院

日影悠長——樹鶯聲聲啼鳴……

8 鐮倉　曾宮家的庭院

這裡也映照著悠長的日光——樹鶯的啼叫聲……

9 室內

紀子的父親周吉（東大教授，56歲）戴著老花鏡正在寫稿，助手服部昌
一（35歲）正幫他謄寫稿件，查閱著外文的人名辭典。

　　周吉：沒有嗎？

　　服部：（一邊用手摸索著）啊啊有了。弗雷德里希・李斯特，還真是沒
　　　　　有 Z 啊。LIST……

　　周吉：我沒說錯吧？ LISZT 是那個音樂家李斯特。

　　服部：（一邊讀辭典一邊喃喃自語）一八一一年到一八八六年……

後門的門鈴響起——

門外的聲音：我是電氣公司的，來查一下電表。

周吉：（一邊書寫）啊，請便。

門外的聲音：借用一下腳踏板啊。

周吉：好的。（說著就要起身）

服部：放在哪兒？

周吉：好像是在緣廊最裡頭，樓梯下面。勞駕了。

服部：別客氣……

說著便起身去了。

周吉一個人繼續寫著，不久服部回來了——

服部：老師，李斯特他幾乎是全靠自學的啊。

周吉：（一邊寫著）嗯，即便如此，他作為歷史學派的經濟學者算是很
　　　了不起了。這人最討厭官僚主義。

服部也拿起筆。

門外的聲音：度數超過三千了。單子給您放這裡了。

服部：好的，您辛苦了……

查電表的人遠去的車鈴聲傳來。

周吉：稿子寫到這裡，大概能有多少頁了？

服部：（數了數）十三頁了。

周吉：哦，再寫六七頁吧。

10 屋子正門

紀子回來，進屋。

11 室內

紀子走進屋。

紀子：我回來啦。服部先生，您來了啊。

服部：哦，正打擾呢。

紀子：（瞥見服部的手）哦，謄稿啊？真過意不去，全靠您幫忙了。

服部：哪有啊……

周吉：你姑媽呢？

紀子：她說今天還有事，直接回去了。

周吉：給我們泡杯茶吧。

紀子：好，服部先生，您不著急回去吧？

服部：不，今天得先告辭了。

紀子：可別客氣啊。明天回的話，我也可以一起去東京呢。

周吉：什麼？東京……

紀子：是去醫院……另外還想把爸爸的襯領也買回來……

說著走進別的房間。

周吉和服部開始繼續寫稿——

服部：（忽然想起）哦，老師，那次的麻將，槓上開花，人家說還是不
　　　能算自摸哦。

周吉：這樣啊。（轉過臉來）那就是八條和十六條囉。

服部：所以說，贏家應該還是我啊。

周吉：嗯嗯——（呼喚）喂，紀子……

紀子走出來，衣服換了毛衣。

周吉：阿清在嗎？

紀子：您有什麼事？

周吉：去看看她在不在，來搓一把。

紀子：您稿子已經寫好了嗎？

周吉：還差一點點。

紀子：（笑著說）不可以。

說著向廚房走去。

周吉：喂！

沒有回應。

周吉：喂！——喂喂！

紀子探出頭來，

周吉：（氣沖沖地）倒茶倒茶！

紀子笑著縮回身子。服部微笑著繼續謄寫，周吉也再次伏案書寫。

12 翌日 鐮倉車站的月台

開往東京的上行電車剛剛開出——車站的時鐘——指著大約十點三十八分。

13 龜谷隧道附近

上行列車疾馳而去。
而後駛出隧道——

14 三等車廂內

混雜中周吉和紀子站在搖晃的車中。

　　周吉：你把稿子帶上了吧？

　　紀子：嗯，您放心。

15 疾馳的電車

退去的電杆電線——退去的沿線風景——
經過丘陵地帶，經過橫濱地區，然後經過鶴見、川崎——

16 車內

周吉坐著，紀子站立一旁。

　　周吉：哎，我跟你換一下吧。

　　紀子：哦，不用了，沒事的。

17 疾馳的電車

穿過六鄉的鐵橋，經過品川，到了濱松町附近。

18 車內

紀子和周吉並排而坐，正讀著一本書。

　　紀子：（合上書）爸爸，今天回家的時間跟平時一樣嗎？

　　周吉：嗯，如果沒有教授會的話。

紀子把書放進了購物袋。

　　周吉：路上注意安全。

　　紀子：好的。

19 新橋車站的月台

電車進站。

20 有樂町附近的高架線（俯瞰）

來往的電車——市中心的氛圍——

21 銀座的街道

紀子走來。

一位五十多歲的男性正望著近旁的玻璃櫥窗，這是周吉的好友小野寺讓（京都大學教授，55 歲）。

　　紀子：（經過時注意到小野寺）叔叔。

　　小野寺：哦，阿紀啊。

　　紀子：您什麼時候來東京的？

　　小野寺：昨天上午來的，阿紀長胖了呀。

　　紀子：有嗎？

　　小野寺：要去哪兒啊？

　　紀子：買點東西。

　　小野寺：那一起去吧。

　　紀子：叔叔，您的公事？

　　小野寺：哦，已經辦完了。

說著，與紀子並排而行——忽然，眼光停留在一旁貼著的海報上。

　　小野寺：哦，春陽會[1]還在辦，要不去看一看？

　　紀子：我想去買縫紉機針……

　　小野寺：在哪裡？去吧去吧。

1　春陽會，創立於 1922 年的美術團體。每年春天舉辦畫展。若無特別說明，全書下同。

22 春陽會的海報

23 上野的美術館

入口處的圓柱，等等，描繪一二——

24 公園的路燈

路燈點亮。

25 小餐館「多喜川」

小野寺與紀子坐在煮鍋前。

筷子與碟子，下酒菜等。

 小野寺：累了吧？

 紀子：（搖搖頭）幸好去了這一趟，我很久沒去上野了。

 小野寺：不過，真是的，怎麼會有那麼可惡的傢伙，竟然用氣槍去打停
    在西鄉先生[2]頭上的鴿子，簡直就是威廉・哈特[3]嘛。

紀子小聲地笑了。

清酒燙好了。

 店主：久等了。（端出酒）昨晚重野老師也光臨了呢。

 小野寺：哦，重野還在啊。

 店主：是啊，說是坐今早的特快回去……

 小野寺：這樣啊……哦，這是曾宮的女兒。

 店主：哦，是嗎？出落得這麼漂亮了……那個，你就是那個當年在西片
    町的時候，還梳著童花頭的小姑娘吧。

 小野寺：對啊，就是她。

 店主：這樣啊，那可真是……（點頭行禮）承蒙你父親每次關照小店。
    （一邊問候這邊，一邊招呼來客）啊，歡迎光臨。

 小野寺：阿紀，來一杯怎麼樣？

2　西鄉先生，指上野公園的西鄉隆盛銅像。

3　威廉・哈特，美國著名默片時代演員、導演，參演過多部西部片。日語中「哈特」與鴿子同音，
　　在此有逗趣之意。

紀子：我不能喝的。

小野寺：那來點別的吧。先上飯嗎？

紀子：還不用，我給您斟酒吧。

小野寺：好啊。（說著一邊把酒壺遞給紀子，然後轉向店主）來點什麼
　　　　吧。

店主：好的，請稍等。

紀子：（一邊斟酒）哎，叔叔……

小野寺：嗯？

紀子：叔叔您……

小野寺：什麼事？

紀子：聽說您娶了太太是嗎？

小野寺：哦，是啊。

紀子：美佐子多可憐呀。

小野寺：為什麼？

紀子：因為……反正很奇怪不是嗎？

小野寺：這也沒什麼呀，她們看樣子相處得還不錯呢。

紀子：真的嗎？可是總覺得怪怪的。

小野寺：什麼怪怪的，我現在的太太嗎？

紀子：不是，是叔叔您。

小野寺：為什麼？

紀子：反正……不純潔。

小野寺：不純潔？

紀子：髒髒的。

小野寺：髒髒的──（笑起來）太糟糕了，竟然是髒髒的……（一邊拿
　　　　起手邊的濕毛巾擦了臉，作勢要把毛巾給紀子）要不要？

紀子：不行不行！

小野寺：哦？不行的啊？這就難辦啦。

紀子：（笑著拿過酒壺）您請。（斟酒）

小野寺：（一邊接酒）這樣的啊，不純潔嗎？

紀子：就是啊！

小野寺：這下可犯愁嘍……

26 夜晚 鎌倉 曾宮家

周吉一個人，正閱讀外文雜誌。

正門打開的聲音——

紀子走進來。

　　紀子：我回來了，有客人哦。

　　周吉：誰呀？

小野寺走進來。

　　小野寺：嘿——

　　周吉：噢！

　　小野寺：本來想直接回去的，沒想到在銀座遇見了阿紀。

　　周吉：這回是什麼事？

　　小野寺：又是文部省唄。

　　紀子：爸爸，（從購物袋裡取出手套遞過去）這是禮物。

　　周吉：啊，這在哪兒找到的？

　　紀子：（與小野寺相視微笑）我說怎麼家裡找遍了都沒有呢。

說著把帶回的食物包取出放在桌上。

　　周吉：哦，是多喜川啊，你們去那兒了呀。

　　小野寺：今天全得阿紀陪同了。

　　紀子：叔叔，您應該還想再多喝點兒酒，對吧？

　　小野寺：啊，好啊。

　　周吉：有嗎？

　　紀子：嗯。

　　小野寺：要熱的啊。

　　紀子：好的。

對正要離開的紀子——

　　周吉：你那結果怎麼樣？血沉……？

　　紀子：降到十五以下了。

　　周吉：是嗎，那就好。

紀子離開後——

　　小野寺：她已經完全康復了啊。

　　周吉：嗯。

　　小野寺：都是因為戰時被叫去為海軍工作累的啊。

　　周吉：再加上偶爾休息的時候，還得去採購，五六貫[4]芋頭都是她背回
　　　　　來的啊。

　　小野寺：真是苦了她了。那可不得傷身體嗎。

紀子用托盤端了筷、盤、碗、碟過來。

　　周吉：（一邊打開食物包）京都的各位都好嗎？夫人……

　　小野寺：哦，看樣子，我得了個糟糕的夫人啊。

　　周吉：什麼糟糕？

　　小野寺：不是的，我被阿紀當成不乾淨的人了呢。

　　周吉：誰不乾淨？

　　小野寺：我呀。人家說我髒髒的。對不對阿紀？

　　紀子：對啊。

嫣然一笑後離開。二人一同哈哈大笑。

　　周吉：小美佐好嗎？

　　小野寺：啊，小姑娘也很好。也不知她從哪兒聽來的，說什麼結婚是人
　　　　　生的墳墓，聲稱在二十四歲之前都不打算嫁人呢。

　　周吉：唔。

　　小野寺：要這麼說的話，倒也是這麼回事，不過，我覺得這也沒辦法。
　　　　　阿紀怎麼樣呢？

　　周吉：唔……這孩子差不多也該有個著落了……

紀子端著酒壺過來。

　　周吉：（接過酒壺）有點不夠熱啊。

　　紀子：那……

　　周吉：下一壺溫熱了就好。

　　紀子：好的。（起身離開）

4　貫，日本舊時重量單位，1貫約等於3.75公斤。

小野寺：這裡，離海近吧？

周吉：走路大約十四五分鐘。

小野寺：那還是比較遠啊。海是這邊嗎？

周吉：不，是這邊。

小野寺：唔，八幡宮是這邊吧？

周吉：不，是這邊。

小野寺：東京是哪邊？

周吉：東京是這邊啊。

小野寺：那就是說東邊是這邊嘍。

周吉：不是，東邊是這邊。

小野寺：嗯，從前就這樣嗎？

周吉：那是啊。

小野寺：難怪賴朝公要把幕府開設在這裡呢，固若金湯之地嘛。

27 岸邊奔湧的海浪

七里海濱。遠遠地能望見江之島。

28 沿著海邊延伸的兜風路線

迎著微風，紀子和服部，瀟灑地騎著自行車馳過——

服部：你沒事吧？累不累？

紀子：嗯，沒事兒。

29 沙丘

兩人的自行車放置一旁。

30 沙丘附近

兩人坐在沙堆上——

紀子：（開朗地）那，你覺得我屬於哪一種呢？

服部：是啊⋯⋯你應該不是吃醋那一類的吧。

紀子：（微笑著）可我是愛吃醋的人呀。

服部：不會吧。

紀子：因為，我切出來的醃蘿蔔總是連著的呢。

服部：可是，那跟菜刀與砧板有一定的關係，醃蘿蔔與吃醋之間卻毫無
　　　關係不是嗎？

紀子：那麼說你喜歡嗎？藕斷絲連的醃蘿蔔？

服部：偶爾吃一下也不錯啊，藕斷絲連的醃蘿蔔。

紀子：哦？（微笑）

31 東京　田口家　起居室

周吉正來訪。正子一邊說話一邊摺起和式禮服，用厚紙包好。

正子：比起以前，現在的年輕人真是大不一樣了。昨晚的新娘子，照理
　　　說出身也算不錯了，上桌的菜她差不多都吃了，而且還喝酒呢。

周吉：哦。

正子：塗得鮮紅的嘴唇，照樣大口地吃刺身，真叫人吃驚呀。

周吉：那可不得吃嘛，很久都難得吃到的。

正子：我那會兒只覺得心裡堵得滿滿的，只在換裝的時候吃了個飯糰而
　　　已。

周吉：換了現在你也會吃的。

正子：怎麼可能！不過也是，不親身經歷還真不好說……

周吉：肯定會的。

正子：是啊，不過不會連刺身都吃掉哦。

周吉：不，你會吃的。

正子：不會吧。

周吉：你會的。

正子：不過，哭哭啼啼的雖說不太好，但是那麼乾乾脆脆地就嫁了，做
　　　爸媽的，豈不是有點不值得呢……

周吉：可如今的時勢如此，也沒法子呀。

正子：阿紀怎麼樣了？

周吉：那孩子也不會弄得哭哭啼啼的。

正子：不是，我是說出嫁的事呢。她的身體不是已經完全好了嗎？

周吉：哦，好倒是好了……

正子：照理說的話，她早就到了該出嫁的年齡了……

周吉：嗯……

正子：那個人怎麼樣，就是那個……

周吉：哪個呀？

正子：哥哥的助手……

周吉：哦，服部啊？

正子：怎麼樣，那個人？

周吉：嗯，算是好男人吧。不知道紀子是怎麼想的……看樣子他們也沒什麼呀，兩人的關係非常自然，很輕鬆的樣子。

正子：是，如今的年輕人就是那樣的。

周吉：這樣啊？

正子：可還是不清楚啊。這些事，她內心裡到底怎麼想的。

周吉：是這樣嗎？

正子：您問問看嘛。

周吉：問誰？

正子：問阿紀呀。

周吉：問什麼？

正子：問她覺得服部怎麼樣。

周吉：也是啊……那我問問看吧。

正子：這就對了，要不怎麼知道呢。

周吉：嗯。

正子：說不定還真是這樣的。

周吉：唔……（沉思）

32 傍晚 鐮倉 曾宮家的正門外

周吉歸來。

33 玄關

周吉走進來。

周吉：我回來了。

紀子：爸您回來啦。（出來迎接，那樣子像是正在做晚飯）回來得很早
　　　啊。

周吉：嗯。

說著把提包遞給紀子。

34 起居室

正準備吃晚飯。

紀子進來，然後是周吉——

周吉：從你姑媽那裡帶了點奈良醬菜回來，在提包裡。

紀子：哦。（說著從提包裡拿出醬菜，又拿起桌上的明信片）二十八號
　　　有筆會。（遞過明信片）

周吉：（接過來）哦，這次是在鄉村俱樂部舉行呀。

紀子：是這個週六哦。

周吉：嗯。

紀子：今天服部先生來過了。

周吉：（看著紀子）什麼時候？

紀子：中午稍過了一會兒。您這就吃飯嗎？

周吉：啊。

紀子：我們去散步了，騎車去的。

周吉：（開朗地）跟服部啊？

紀子：天氣太好了，去七里濱。

說到一半去了廚房。

周吉似乎很愉快地脫去上衣和長褲，往廚房那邊走去。

35 家中緣廊

周吉走來，正遇見紀子從廚房端了鍋出來。

周吉：服部怎麼說的？

紀子：嗯，沒說什麼……

說著進了起居室。

周吉照舊往緣廊盡頭的洗臉間走去。

36 洗臉間

一邊在那裡洗手——

　　周吉：紀子，毛巾——

紀子拿來毛巾。

　　紀子：來。

遞過毛巾——

　　周吉：自行車，你們倆騎一輛嗎？

　　紀子：怎麼可能，去阿清那裡借了一輛。

說著去了廚房，端了飯盆向起居室走去。

37 起居室

紀子把飯盆放好，隨手收拾脫在那裡的衣服。

周吉回來。

紀子幫他換上和服。

　　周吉：香皂快用完了，腰帶……

　　紀子：給您。（拿起腰帶遞給周吉）

周吉在餐桌前坐下。

　　周吉：今天在七里濱很開心吧。

　　紀子：哦，（一邊在周吉對面坐下來）我們去的是茅崎方向。

　　周吉：是嗎？

紀子盛飯，周吉也挪了挪湯碗。

　　紀子：(一邊把飯遞過來）好像有個黑色的東西……

　　周吉：嗯……（然後一邊開始吃飯）你覺得服部這人怎麼樣？

　　紀子：什麼怎麼樣？

　　周吉：就是服部啊。

　　紀子：人很不錯啊。

周吉：（默默地繼續吃飯）他那樣的類型，做丈夫會怎麼樣呢？

紀子：一定很不錯吧。

周吉：會嗎？

紀子：心地又好⋯⋯

周吉：哦⋯⋯是挺好的。

紀子：這種類型，我還挺喜歡的。

周吉：嗯，你姑媽想問問有沒有可能⋯⋯

紀子：問什麼？

周吉：問你會不會跟服部⋯⋯

紀子幾乎要笑出來，放下飯碗和筷子忍住笑。

周吉：怎麼了？

紀子：茶⋯⋯給我茶⋯⋯

周吉：（一邊給紀子倒茶）怎麼啦？

紀子：因為，服部先生就要結婚了，人家早就定下來的。

周吉：這樣啊⋯⋯

紀子：那姑娘很可愛，又漂亮。最主要的，比我年輕三歲⋯⋯

周吉：哦⋯⋯

紀子：他遲早會跟爸爸說的，我跟那姑娘很熟。

周吉：哦⋯⋯

紀子：我還在想賀禮該送什麼⋯⋯

周吉：這樣啊⋯⋯服部要結婚了啊⋯⋯

紀子：您說，送什麼好呢？

周吉：嗯⋯⋯對象已經找好了呀。

兩人繼續用餐。

38 銀座的街道

風景一二——

39 咖啡館

紀子和服部正愉快交談——

紀子：你說嘛，喜歡什麼？

服部：是啊……

紀子：什麼樣的？

服部：既然是老師贈送的，最好是有紀念意義的東西吧。

紀子：最貴，也就是兩三千塊的東西吧。

服部：要什麼好呢？

紀子：有嗎？那樣的東西？

服部：有啊，我想想。

紀子：（嫣然一笑）要兩人一起想哦。

服部：好吧。

紀子：唉……

服部：哦，紀子，想去聽岩本真理的小提琴嗎？

紀子：什麼時候？

服部：今天，我這裡有票。

紀子：好啊。

服部取出兩張票，給紀子看。

紀子：（微笑著）這是為我特意買的嗎？

服部：是啊。

紀子：真的？

服部：（微笑著）是真的哦。

紀子：誰知道呢？不過算了吧，會招人恨的。（說著把票遞還給服部）

服部：沒關係的，去吧去吧。

紀子：不想去。

服部：她不會恨你的。

紀子：我還是算了吧。

服部：（微笑著）真是連著的呢，醃蘿蔔。

紀子：（開朗地）是呀，菜刀不夠快嘛。

40 劇場的走廊

正在演出中，周圍一片寂靜，只看見門口佇立著女服務生。

從劇場內傳來小提琴的獨奏聲──

41 劇場內

服部入神地傾聽著小提琴獨奏。
旁邊的座位空著。

42 黃昏時分丸之內的街道

（小提琴獨奏一直延續到這裡──）紀子獨自走著，顯得十分寂寞……

43 夜晚 鎌倉 曾宮家 起居室

周吉一個人正閱讀晚報。
正門開了。

　　女子的聲音：晚安──
　　周吉：誰呀？
　　女子的聲音：叔叔？
　　周吉：是小綾啊？
　　女子的聲音：是的。
於是周吉起身走出。

44 玄關

紀子的同學北川綾（27 歲）來訪。
　　周吉：啊，請進。
　　綾：哎，阿紀呢？
　　周吉：就快回來了。先進來吧。
　　綾：好的。

45 起居室

周吉走來，鋪好坐墊，綾走進來。
　　綾：晚安──

周吉：來，這邊坐吧。

綾：我去了住在葉山的姊姊那裡，所以……

周吉：啊，對了，小綾，聽說最近很不錯啊。

綾：什麼不錯？

周吉：你最近很忙不是嗎？

綾：也不是那麼忙。

周吉：聽說大家都搶著要打字員呢。

綾：不叫打字員哦，是速記員。

周吉：啊是嗎？失敬失敬，那也做英語的速記吧？

綾：是的。

周吉：真了不起。

綾：沒什麼了不起的……

周吉：當然了不起，這下零用錢不愁了吧。

綾：還湊合吧。

周吉：那之後，怎麼樣啊，你父母沒再說什麼吧？

綾：說什麼？

周吉：出嫁的事。

綾：哦，這一陣暫時沒有。正好。

周吉：（微笑著）一次就夠受的了？

綾：什麼？結婚嗎？

周吉：嗯。

綾：倒也沒有……

周吉：他叫什麼來著？

綾：誰呀？

周吉：就是，以前那個……

綾：哦，阿健啊。

周吉：對對，健吉君，你們後來沒再見面嗎？

綾：是啊，一次都沒見過。

周吉：要是見了面，小綾你會怎麼辦？

綾：狠狠地瞪他呀。

周吉：那麼討厭他啊。

綾：我會逃開的，厭惡極了。

周吉：這樣啊。

正門開了。

紀子：我回來了。

綾：回來啦！（急著起來，但腿麻得動不了。）

周吉：怎麼啦？

綾：腿麻了……

紀子走進來。

紀子：（開朗地）哎，小綾你已經來啦！（朝著周吉）我回來了。

周吉：回來啦。

綾：跟你爸爸談了心呢。

紀子：住一晚再走吧。

綾：嗯。

紀子：去二樓好不好？

周吉：你吃飯了嗎？

紀子：不用了。爸爸您吃過了是嗎？

周吉：嗯，我吃過了。

紀子：好的……

頷首致意後走出。

46 樓梯

兩人走上樓。

47 二樓

兩人走來。

綾：紀子，前不久的同學會，你怎麼沒來？

紀子：去的人多嗎？

綾：有十四五個吧……茶花女也來了。

紀子：哦，村瀨老師也來了？依舊是唾沫橫飛嗎？[5]

綾：嗯。唾沫噴得到處都是。偏偏還上了紅茶，所以周圍的人誰都不敢喝。我坐得遠，還稍微喝了一點。

紀子：她來了嗎？就是那個……

綾：誰？

紀子：就是那個一出校門就嫁了人的……

綾：哦，池上嗎？來了呀？她呀，可能裝呢。茶花女問她，有幾個孩子啦？人家面不改色地回答，三個。其實有四個呢。居然瞞報了一個。

紀子：已經四個了？

綾：嗯，就是啊，還有明太魚……

紀子：哦？筱田嗎？

綾：嗯，聽說她辭掉電台的工作嫁人了。

紀子：嫁哪兒了？

綾：三河島第一班——

紀子：真的？

綾：總覺得早就有預感似的，有沒有？

兩人開心地笑起來，這時紙門開了，周吉準備了麵包和紅茶端了來。

紀子：啊，謝謝……

周吉：麵包和紅茶。

綾：叔叔，真過意不去。

周吉：這有什麼，這些夠了嗎？

紀子：哦，沒有砂糖……

周吉：啊，是嗎？（說著就要折回去取）

紀子：爸爸，不用了，我去拿吧。

周吉：好吧，那爸爸先睡了。小綾，晚安。

綾：您也晚安。

紀子：晚安……

周吉：晚安。

---

5 茶花女和唾沫，日文中「唾沫」與「茶花」諧音，所以說話時唾沫橫飛的村瀨老師被學生們安了個「茶花女」的綽號。

周吉走出。

紀子：吃麵包嗎？

綾：待會兒再說。哦，勺子也還沒有吧？

紀子：是呀，渡邊她也來了嗎⋯⋯

綾：哦，小黑沒來。她現在正那個呢，肚皮鼓鼓，七個月了⋯⋯

紀子：嗯，她什麼時候嫁的人呀？

綾：還沒呢。

紀子：哎呀，真害臊。

綾：害臊也沒法子呀，全都是命啊。老天的安排⋯⋯沒嫁的，只剩下你
　　和廣川了。

紀子：（淡然地）是嗎？

綾：你啥時候嫁呀？

紀子：我不嫁了。

綾：還不快給我嫁了。

紀子：才不呢。

綾：嫁吧嫁吧。

紀子：瞎說什麼呀。你有資格這麼說嗎？

綾：有啊，大大地有哦。

紀子：沒有沒有，回門貨！

綾：就有！這才一個回合呢，等下次吧，我來個安打。

紀子：你還打算安打呀？

綾：是啊。第一次是選球失敗，下次可是要打好球哦。
　　嫁了嫁了，你也抓緊了！

紀子：⋯⋯（無奈地微笑）

綾：你笑什麼笑！我這話可是認真的。

紀子：哎，要不要吃麵包？

綾：麵包，待會兒待會兒。

紀子：我肚子餓了⋯⋯

綾：餓了也不管！

紀子：那，我一個人吃嘍。（說著站了起來）

綾：（慌忙地）我也要吃，真的。

紀子：我去準備一下。（說完走出）

綾：有果醬嗎？

紀子：有。

綾：拿一點來。

紀子：應該是要多拿一點。

綾：沒錯。

紀子離開。

48 樓下的房間

昏暗──紀子走下來打開電燈，躡手躡腳地向廚房方向走去。
空蕩蕩的房間裡時鐘敲了十二點。

49 東京 廢墟上的空地

孩子們正在玩簡易棒球。

50 田口家的小孩房間

正子的兒子勝義（暱稱阿布，12歲）一臉不高興的樣子，正往棒球手套
上抹油。
紀子正陪他說話。

紀子：阿布……

勝義：……（不答應）

紀子：阿布，怎麼不打棒球了？跟人吵架了嗎？

勝義：……（依然默不作聲）

紀子：幹嘛生氣呢？

勝義：這塗料還沒乾呢。

紀子：什麼塗料啊？

勝義：球棒啊。

只見上好塗料的球棒正立在一旁的桌上晾著。

紀子：啊，球棒塗成紅色的了。

勝義：（不耐煩地）對啊。

紀子：哎呀呀，緣廊上塗料弄得到處都是！會惹你媽媽生氣的！

勝義：我已經挨她的罵了！

紀子：哭鼻子了吧。

勝義：我才不哭呢！走開！黏人精！

紀子：你說什麼，阿布！明明哭鼻子了！

勝義：（突然用抹了油的棒球手套指著紀子）我抹你身上啦，走開，黏人精！

紀子敏捷地避開，這時紙門開了，正子探出頭來。

正子：阿紀——

紀子：（回頭）客人要走了嗎？

正子：這會兒正要走呢，你來一下。

51 玄關

三輪秋子站在玄關口。正子和紀子走來。

正子：哦，這是曾宮的女兒紀子，這位是三輪女士。

紀子：……（優雅地鞠躬行禮）

秋子：我姓三輪。在北鎌倉一直……

紀子：哦……（點頭致意）

秋子：（再度朝向正子）實在是打擾了。

正子：哪有，您客氣了。

秋子：（對紀子）那，下回再見。

紀子：啊……

秋子：失禮了。

正子：招待不周，請見諒。

秋子告辭而去——

正子：阿紀，你來一下。

說著逕自往裡屋走去——

52 起居室

正子與紀子走來。

正子：來，坐下說吧。

紀子：（一邊就座）姑媽，什麼事呀？

正子：沒什麼，我說啊，你差不多也到該出嫁的時候了……

紀子：啊，這事啊？不著急的，姑媽。

說著站起身。

正子：怎麼能不急，你坐下。

紀子：……（再度坐下）

正子：有個不錯的人，要不要見一面？

紀子：……

正子：他姓佐竹，東大理科畢業的，老家是伊予松山的名門，現在在丸
　　　之內的日東化成公司工作。直到戰前，他父親也在這家公司做高
　　　層呢。三十四歲，跟你年齡正合適，在公司裡評價也很高。怎麼
　　　樣？

紀子：……

正子：哎，那什麼來著，美國的那個……

紀子：——？

正子：就是最近上映的那部棒球電影，那個男的……

紀子：賈利‧古柏？

正子：對對，叫古柏啊，很像他，嘴角尤其像。

紀子：……（笑著）

正子：（用手擋住自己的額頭上方）這塊兒以上可不一樣。

紀子嗤嗤地笑。

正子：我說啊，要不見一次？真的是個相當體面的好人。

紀子：……

正子：哎，怎麼樣啊？

紀子：我還不想嫁人呢。

正子：什麼還不想啊，為什麼呢？

紀子：為什麼……我要是嫁了人，可就不好辦了呀。

正子：誰不好辦？

紀子：我爸爸呀。我已經習慣了所以沒什麼，他那性格有時很不隨和呢。如果我不在身邊，爸爸一定會很困惑的。

說著起身往緣廊走去。

正子：困惑也是沒辦法的事啊。

紀子：（在緣廊的椅子上坐下）可是爸爸的脾氣，我最了解了。

正子：且不說你爸爸，你怎麼辦呢？

紀子：我不能不管他。

正子：你要這樣說的話，一輩子都別想嫁人了。

紀子：那也可以啊。

對話就此中斷。

正子：我說阿紀啊，剛才的三輪女士她……

紀子：—— ？

正子：讓她跟你爸怎麼樣？

紀子：什麼怎麼樣？

正子：（接著說）反正總得有個人來的話，你覺得她怎麼樣呢？再過來一下，坐下說嘛。

紀子起身走過來。

正子：她呀，過去也是好人家的太太，可惜丈夫去世了，又沒有孩子，她也是個苦命人兒啊。你說怎麼樣啊？她人很穩重，趣味也高雅……

紀子：（表情認真地）這件事爸爸他知道嗎？

正子：前不久，我倒是稍稍提了一下……

紀子：我爸爸是怎麼說的？

正子：他嗯嗯答應著擦他的菸管，像是也不反感的樣子。

紀子：（突然沉下臉來）那還有必要問我嗎？

正子：但也要先問問你的想法啊。怎麼樣？

紀子：（淡漠地）應該可以吧，只要爸爸沒意見的話。

53 鐮倉　午後　鐵路旁的道路

紀子走在回家的路上，一邊茫然地想著心事。
上行電車在軌道上轟然而過。

54 家門口

紀子回來，開門進屋。

55 家中

緣廊上，剛洗完澡的周吉正在剪指甲。
紀子默默地走進屋來。

　　周吉：啊，回來啦。你姑媽那裡，怎麼樣？
　　紀子：（冷淡地）沒什麼……
　　周吉：我讓他們燒了洗澡水，這會兒溫度正合適呢。
紀子也不回答，逕自向起居室走去。
周吉見狀覺得不解，起身走過去。

56 起居室

紀子在火盆前沉思。

　　周吉：喂……
　　紀子：（回過頭冷冷地）什麼？
　　周吉：怎麼樣啊，你姑媽那裡？
　　紀子：……
　　周吉：這是怎麼了？
　　紀子：……
　　周吉：出了什麼事了？
紀子默不作聲，靜靜地站起來走了出去。

　　周吉：你要去哪兒？喂！
　　紀子：（冷淡地）買東西……
說著，走出門。

周吉不解地目送她。

57 家門口

紀子手提購物籃走出來。
落寞地沉思著走去。

58 明亮的早晨　鐮倉　竹叢前的菜地裡

鄰家的男主人林清造（47歲）正在幹農活。

59 曾宮家

緣廊附近，清造的妻子阿繁（44歲）正在縫布巾。
正門開了。

　　男聲：有人在家嗎？……有人在家嗎？
阿繁起身走出。

60 玄關

阿繁走出來一看，是服部站在門外。

　　阿繁：啊呀，今天家裡人都不在啊，大家都是一早就出去了。
　　服部：哦，這樣啊。
　　阿繁：說是去看能劇，這不，都出門去啦。
　　服部：這樣啊，知道了。
說著從包袱裡取出結婚賀禮的答謝禮品，並附上照片遞給阿繁。
　　阿繁：哦，這事啊，知道啦。
　　服部：請轉告他們我是來道謝的。
　　阿繁：好的。真不巧啊。
　　服部：沒事的，那我走了。
　　阿繁：真過意不去。
服部離開。
阿繁拿著物品走回裡屋。

61 客廳

阿繁走來，將物品放在桌上，隨手拿起附帶的照片端詳。

服部的結婚照。

這時，清造走進了庭院。

　　清造：要不劈點兒柴擱著吧。

　　阿繁：好啊——喂，你看看，這個。

說著遞過照片。

清造湊近緣廊來看。

　　清造：哎，這不是服部先生嘛。

　　阿繁：我還以為，他會做紀子小姐的丈夫呢。

　　清造：還真是。

　　阿繁：照得多好啊，像極了。新娘子很漂亮呢。

　　清造：嗯。

兩人一同細細端詳。

62 能樂堂

周吉和紀子正在觀賞能劇——大鼓小鼓的咚咚聲……

周吉看著唱本，忽然向對面的某個人點頭致意。

紀子覺察了，往那邊望去——

是三輪秋子，坐在對面的座位上。

於是紀子也頷首致意。

秋子也優雅地默默行禮。

周吉繼續注目唱本和舞台。紀子這邊很介意父親與秋子之間的交流，眼光禁不住朝向秋子的方向。

端莊秀麗的秋子注視著舞台。

雖說父親之後沒有朝秋子的方向看去，秋子也沒有再看父親這邊，但紀子總覺得心中頗不平靜。

顯得越來越不愉快。

舞台上伴唱開始，能劇繼續上演。

63 回家的路（在戰時曾經受損的寧靜的住宅區）

周吉和紀子走來。

剛才的不愉快依然在紀子胸中殘留著濃重的影子。

  周吉：（淡淡地）今天的能劇很不錯啊……

  紀子：……

  周吉：在多喜川吃了飯再回去吧？

  紀子：……

  周吉：怎麼樣？

  紀子：（冷淡而決然地）我還有個地方要去一下。

  周吉：（隨便地）去哪裡呀？

  紀子：（不高興地）您別管。

  周吉：（這才注意到紀子的不高興）回家會很晚嗎？

  紀子：（冷冰冰地）不知道。

扔下這句話，紀子便斜穿過那條路，朝對面小跑而去。

周吉表情嚴肅地目送紀子遠去。

64 路對面

來到這邊，紀子又開始邊走邊想心事。

65 路這邊

遠遠望著對面紀子的身影，周吉也快步往前走去。

66 洋房的一角

夕陽照射——

67 北川家的客廳

紀子站在窗畔，呆呆地眺望庭院。那背影十分寂寞。

庭院的草坪上，一隻小狗正興沖沖地獨自玩耍。

紀子不多久便頹然回到椅子上坐下。

綾精神奕奕地走進來。

　　綾：抱歉，讓你久等了。

　　紀子：沒有……

　　綾：一時走不開。我在做奶油蛋糕呢。香草有點放多了。不過挺好吃的。

　　　　（一邊摘下圍裙）要不咱們去那邊房間？

　　紀：（含糊地）嗯……

　　綾：來，走吧！（抓住紀子的手將她拉起）我說，你的手怎麼這麼涼啊。

說著就先往房間外走去。

　　綾：阿文！（喊著女傭的名字，從門口對女傭吩咐）哎，剛才的糕點，

　　　　幫我端到那邊的房間。

說著把圍裙一扔，推著紀子就走。

西式座鐘發出悅耳的報時聲……

68 小巧而時髦的西式房間

桌上是沏好的紅茶，一旁放著奶油蛋糕。

紀子和綾坐在窗邊的椅子上。

　　綾：你為什麼會那麼覺得呢？

　　紀子：（沉思著）……

　　綾：你說呀，為什麼？

　　紀子：（沒精打采地）只是，有種說不出的……

綾見狀站起身，從桌子上端來蛋糕。

　　綾：不吃嗎？

　　紀子：那個，是不是很難啊？

　　綾：什麼？

　　紀子：速記員啊。

　　綾：倒是也沒那麼難，你看連我都在做。哎，你不吃啊？很好吃呢！

　　　　（說著遞過奶油蛋糕）不過，從現在開始做，你是想幹嘛？我說，

　　　　你是想幹什麼呢？

　　紀子：所以說，我只是隨便……

　　綾：隨隨便便可做不成哦！（然後一邊吃著蛋糕）要不是阿健是那種人，

我如今也不會做這職業。回門貨嘛，才想著找個難度大的來做。你
　　還是快快嫁人比較好！

　　紀子：我又沒問你這事！

　　綾：沒問我也要告訴你！

　　紀子：這種事才不要你告訴呢。

　　綾：總之什麼也別想趕緊給我嫁了！

紀子氣得把已經拿在手上、還沒碰過的蛋糕盤子「嘭！」地一放。

　　綾：不吃啊？

　　紀子：不想吃！

　　綾：請給我吃了！

　　紀子：我就是不想吃！

　　綾：跟你說好吃著呢！

　　紀子：夠了！

　　綾：什麼呀，這麼點兒東西！我親手做的，你給我吃了！

　　紀子：我偏不要！

　　綾：叫你給我吃！不吃也要讓你吃！

　　紀子：我就是不要！

　　綾：扯什麼瘋！不吃就不吃！

　　紀子：（氣得說不出話來）……

　　綾：我就說嘛，你就該早點嫁人算了。

紀子默不作聲地站起來，拿起手提包。

　　綾：你要去哪兒？

　　紀子：回去。

　　綾：回去？真的要回去？

　　紀子：……（走出）

　　綾：不是說住一晚才走嗎？就住一晚吧。

邊說邊追出去。奶油蛋糕被擱在了一旁。

69 夜晚 鐮倉 曾宮家 起居室

周吉在矮桌旁正查閱資料。

70 玄關

紀子沒精打采地回來了。

71 起居室

紀子走來。

　　周吉：（一邊繼續翻閱資料）回來啦！

　　紀子：（冷冰冰地）回來了……

　　周吉：去哪兒了？

　　紀子：綾那裡。

說完就要往別的房間去。

　　周吉：哦——你姑媽那裡來信了。

　　紀子：——？

　　周吉：說是讓你星期六過去一趟，就是後天……

紀子不置可否，離開。

周吉，目送紀子，然後又開始查閱資料。

紀子走出房間。

　　周吉：（一邊查閱）事情的大概，你上次去的時候已經聽說了吧？

　　紀子：……

　　周吉：見一面吧，聽說那個人也會來。（說著把一旁放著的快信推給紀
　　　　　子）

　　紀子：這事能不能推掉？

　　周吉：你就見一面吧。不喜歡的話再推掉也行啊。

紀子沒有作答，再次沉默並要走開。

　　周吉：你坐一會兒。

紀子表情冷漠地折回並坐下。

　　周吉：你從你姑媽那裡也聽說了吧，那人姓佐竹。爸爸也見了他一面，
　　　　　人非常體面，長相也不錯，我覺得以他的條件與你也還算比較般
　　　　　配了。總之後天去見個面吧。

　　紀子：……

　　周吉：你也不能一直守在這裡，總得讓你嫁人的。說來時機也正合適……

紀子：⋯⋯

周吉：怎麼樣？你姑媽也很擔心你。好嗎？

紀子：可我⋯⋯

周吉：嗯？

紀子：我想一直這樣，跟爸爸在一起⋯⋯

周吉：那可不行啊。

紀子：⋯⋯

周吉：你留在這裡，對爸爸而言，當然是最值得依賴的⋯⋯

紀子：那我就這樣⋯⋯

周吉：不，那不行啊。爸爸之前太過於依賴你了，結果弄得離不開你了⋯⋯爸爸覺得很對不起你。

紀子：⋯⋯

周吉：你再不出嫁，爸爸也很難辦啊。

紀子：可是，我要是出嫁了，爸爸您怎麼辦呢？

周吉：爸爸不要緊的。

紀子：不要緊？

周吉：總會有辦法的。

紀子：那我還是不能嫁啊。

周吉：為什麼？

紀子：襯衫、襯領什麼的，您總是弄髒了還穿著，早上一定連鬍子都不刮吧。

周吉：（苦笑著）鬍子還是會刮的。

紀子：可是，我要是不收拾的話，連桌子也一直亂七八糟的。並且就像您上次自己做飯那樣，每天都吃煮糊了的飯吧。我都可以想像爸爸每天的狼狽樣兒。

周吉：嗯⋯⋯不過，只是打個比方，如果我不想讓你擔心我的這些事會怎麼樣呢？假如有誰來照顧爸爸的話⋯⋯

紀子：會有誰呢？

周吉：只是打個比方。

紀子：那爸爸會像小野寺叔叔那樣⋯⋯

周吉：（含混地）嗯……

紀子：再婚嗎？

周吉：嗯……

紀子：（越發尖銳地）您會再婚，對吧？

周吉：嗯。

紀子：就是今天那一位？

周吉：嗯。

紀子：真的嗎？……是真的嗎？

周吉：嗯。

紀子：……（漸漸不堪忍受）

突然站起來，逃走般離去。

72 樓梯

紀子飛速地登上樓梯而去。

73 二樓

紀子衝上樓來，稍放慢了腳步，重重坐在椅子上，陷入了沉思。

稍後不久，隱約感到周吉正從樓梯走上來。

紀子：（衝著父親走來的方向）爸爸別過來！

周吉一動不動地站在房間門口看著這邊……

紀子：下去！……下去！

周吉靜靜地走近。

周吉：唉，總之，後天還是去一趟吧。

紀子：……

周吉：大家都是因為擔心你啊……

紀子：……

周吉：好嗎？你會去吧？拜託了……

紀子：……

周吉安靜地走出，忽然從樓梯上方的窗口仰望夜空——

周吉：啊，明天也會是好天氣……（自言自語著走下樓去）

紀子聽著父親的腳步聲，忽然百感交集，連忙用兩手摀住面龐，壓低聲音哭了起來。

74 鎌倉　八幡宮圍牆內

周吉和正子在正殿附近散步。

正子：阿紀是怎麼說的？

周吉：她也沒說什麼。

正子：怎麼會沒說什麼，相親都過去一星期了……（說著停下腳步）我可是得給人家回覆的啊！

周吉：嗯……這樣啊。我是怕追問得太急，她反而跟我賭氣就麻煩了……

正子：對方可是相當滿意，就看你們的意思了。依我看人家那條件配阿紀也算般配了……

周吉：嗯……

一抬頭，忽然看到對面有個照相師傅正給一對像是從外地來觀光的青年男女拍照。

周吉一邊看著他們一邊漫步。

正子：今天我怎麼也得問清楚……你說阿紀幾點回來？

周吉：不好說……

正說著，正子忽然急急忙忙走過周吉面前去撿什麼東西。

正子：哥，撿了個錢包……

說著，走回來，打開錢包看。

正子：這下可走運了，這樁婚事一定會成的。（說著把錢包揣進懷裡）

周吉：你不交出去嗎？

正子：當然會交啦。可這不是很吉利嗎？（拍了拍懷裡的錢包）走吧！

說著突然噔噔地往前方的台階走上去。

周吉跟在她身後慢慢往上走。正子走到一半轉回身向周吉招手，正好看到巡警走過，急忙又噔噔地往上面去了。

75 東京　北川家　西式房間

紀子走來，與綾交談。

綾：哦，是個什麼樣的人？

紀子：……

綾：是哪種類型的？

紀子：……

綾：胖嗎？

紀子：不是。

綾：那就是偏瘦的？

紀子：不是。

綾：那到底是胖還是瘦啊？

紀子：聽說學生時代曾經是籃球隊員……

綾：哦？他很帥嗎？

紀子：……（笑著）

綾：到底什麼樣的？

紀子：我姑媽說他長得像賈利·古柏……

綾：那不就是非常帥嗎？

紀子：可我覺得他更像常來我家的那個查電表的。

綾：那個查電表的長得像古柏嗎？

紀子：嗯，長得可像了。

綾：那不就是說他也像古柏嗎？真是的！

說著不留情面地往紀子肩上敲了一記，然後走到一旁的桌前，在那裡一邊
沏紅茶一邊說。

綾：不過，對你而言已經很了不起了，這親居然說相就相了。——不錯，
　　相當不錯——沒什麼好猶豫的。嫁吧！

說著端來紅茶——

綾：如今這樣的人可不多了。可以說無可挑剔。

紀子：可是，我不喜歡……

綾：不喜歡什麼？

紀子：相親什麼的……

綾：還講究這些呢。你這樣的，若不是相親，根本嫁不出去的！

紀子：可……

綾：可不是嘛！那你要是有喜歡的人，你敢自己走出去跟他求婚嗎？沒那膽量吧！肯定只會紅著臉坐在那裡磨磨唧唧的！

紀子：那倒也是……

綾：你這樣的，相親就夠了！我可是過來人，你看我就是沒相親的下場。一丁點兒好處都沒有。

紀子：……

綾：大體上，男人都不是好東西。他們狡猾著呢。結婚前甜言蜜語的只給你看好的一面，一旦結了婚，就盡拿些糟心事給你看。反正自由戀愛是靠不住的。

紀子：是嗎……

綾：就是的。就那麼回事。嫁過去看一看，不樂意的話就走人唄。

紀子：……（笑）

綾：沒事的，沒事沒事，反正嫁一次唄。然後，要對他笑瞇瞇的，丈夫一定會愛上你。然後才可以鎮著他一點。

紀子：那怎麼成。

綾：當然了，就這麼回事啊。你當我在開玩笑嗎？

紀子：是嗎……（微微一笑）

綾：就是啊！只要保持現在這表情就成！

紀子：討厭……

綾：你試試看，包準管用哦。

76 夜晚 鎌倉 曾宮家 起居室

周吉與正子——

正子：阿紀這麼晚啊……

周吉：嗯……

正子：我還是再來一趟吧。

周吉：再稍等一會兒看看，她應該會坐下一趟電車回來。

正子：是嗎……

周吉：若是能給個肯定的回覆就好了。

正子：沒事的，阿紀很滿意的。

周吉：不一定吧。

正子：害羞罷了。以現在年輕姑娘的標準來看，她算是很保守的。

周吉：是嗎？嗯。

正子：所以，阿紀還在介意那些無關緊要的事。

周吉：什麼？

正子：名字，佐竹先生的名字。

周吉：佐竹熊太郎嗎？

正子：嗯，熊太郎……

周吉：熊太郎不很好嗎？強壯有力……說起來保守的是你吧，阿紀才不
　　　會介意這樣的事呢。

正子：可是，熊太郎什麼的，總讓人感覺他這裡（指著胸前）長著毛茸
　　　茸的胸毛似的，年輕人反倒很在意這些呢。而且阿紀這不是要嫁
　　　過去嗎？那，我怎麼稱呼他才好呢？熊太郎什麼的，簡直就像在
　　　喊土匪一樣，叫小熊的話，又顯得我跟阿八 6 似的，所以，也不
　　　能叫阿熊對不對？

周吉：嗯，可你不稱呼他個什麼也沒辦法呀。

正子：就是啊。所以我在想，叫阿庫 7 得了……

周吉：阿庫？

正子：對。怎麼樣？

外面的正門開了。

正子：（突然緊張得壓低了聲音）啊，回來了！

紀子：我回來了……

正子：來了！（一邊小聲說著一邊坐直了身體。）

紀子走進來。

紀子：（冷淡地）我回來了。

周吉：回來啦。

6　小熊和阿八，指古典落語中一對著名的搭檔：熊五郎和八五郎。

7　「庫」取自熊（kuma）的第一個音 ku。

正子：你回來啦。

紀子沉默著直接向二樓走去。

　　正子：（目送紀子，嚥了口唾沫）究竟怎麼樣呢？

　　周吉：嗯……

　　正子：我去問問她吧。（說著站起身）

　　周吉：喂。

　　正子：什麼？

　　周吉：問得巧妙一點。

　　正子：（調整呼吸）沒事的。

77 樓梯

正子很小心地走上去。

78 二樓

紀子正脫下外套。

正子走來。

　　正子：阿紀回來啦……

　　紀子：回來了。

　　正子：那個，前不久那事的回覆……

紀子也不多說什麼，拿著脫下的衣服走到一邊——正子緊隨其後。

　　正子：怎麼樣？……你考慮過了嗎？

紀子不作答，走到椅子那裡，坐下來脫襪子。

正子又跟在她後面，自己也在椅子上坐下來。

　　正子：我倒覺得這真是一椿不錯的婚事呢……哎，你覺得如何？

說完不安地窺探紀子的反應。

紀子也不回答，拿著脫下的襪子又站起來走開。

正子又隨之起身跟過去。

　　正子：哎，怎麼樣？願意嫁給他嗎？哎，你到底怎麼想啊？

　　紀子：（毫無興致）嗯……

　　正子：（兩眼放光）你願意嫁嗎？

紀子：嗯……

正子：（頓時情緒高漲）是嗎？真的嗎？你願意嫁給他了？

紀子：（點頭）……

正子：謝謝！我這就回覆對方！可以吧？啊太好了太好了。這下放心了。

說著急匆匆地走了出去。

79 樓梯

正子急匆匆地走下來。

80 起居室

正子走來。

周吉：（過去迎接）……結果怎樣？

正子：她說願意嫁！果真如我所料。

周吉：是嗎？那太好了！

正子：幸虧等到現在。（一邊說著一邊做回去的準備）

哥哥，那我就告辭了。啊，太好了太好了。

說著往玄關方向走去，周吉也起身走去。

正子：我馬上就回覆對方。

周吉：哦，辛苦你了。

81 玄關

正子一邊穿大衣……

正子：還來得及啊，九點三十五分那班——

周吉：啊，最好趕緊一點。

正子：嗯……這下我終於完全放心了，今晚開始可以安穩睡覺了。選日子什麼的，我還會再來的。哥哥你順便的時候也到我那裡去唄。

周吉：啊，我會去的。

談話間正子已走出，站在門口……

正子：看來撿到錢包真是好事情。

周吉：哦，那個記得上交啊。

正子：不要緊，我會送去的。那我就不關門回去了。再見。

周吉：好的。謝謝！路上小心。

正子：好的。

說著急匆匆地回去了。

周吉走下玄關，鎖門。

82 起居室

周吉如釋重負地回來。

看見紀子也在。

周吉：你姑媽剛剛回去了。

紀子：（冷漠地）哦……

周吉：她高興極了。

紀子：……（在火盆前坐下來）

周吉：這麼說，你拿定主意了對嗎……

紀子：啊……（顯得有些無精打采）

周吉：可你，不會是死了心才決定嫁人的吧？

紀子：（冷漠地）啊……

周吉：不會是滿心不樂意地嫁過去吧？

紀子：（氣惱地）不是那樣的。

周吉：是嗎？不是那樣就好……

紀子突然站起身走出房間。

周吉目送著她——一動不動地沉思。

83 晚春的京都

大清早，東山的木塔——

84 旅館的洗臉間

剛剛入住的周吉刷著牙，紀子正在洗手。

周吉：昨晚在火車上，睡得好嗎？

紀子：嗯……

周吉：爸爸睡得很好，一睜眼就到瀨田的鐵橋了。

紀子：我也是，名古屋到米原之間睡得不省人事了。

85 二樓的房間

放著兩人的提包等物品。

小野寺來了，正在那裡等著。兩人返回。

周吉：呀，久等……我們安頓好了。

小野寺：累了吧，阿紀？

紀子：沒有，還好……（說著向梳妝檯走去）

小野寺：是嗎……（朝周吉）不過，你們居然說來就來了。

周吉：嗯，因為紀子突然決定出嫁……

小野寺：哦。

周吉：所以決定臨別來玩一趟。

小野寺：這樣啊，那真是恭喜了。大喜事啊！（回頭看紀子）恭喜你，
　　　　阿紀。阿紀，是個什麼樣的女婿呀？跟叔叔比怎麼樣？

紀子：那可真是比不上呢。

小野寺：誰比不上呀？

紀子：那肯定是叔叔您更帥囉。

小野寺：是嗎？真的嗎？為了阿紀我請客吧……
　　　　（朝周吉）怎麼樣，今天中午？

周吉：嗯。

小野寺：去瓢亭吧……

周吉：好啊。

小野寺：（對紀子）美佐子也很想見阿紀呢。

紀子：（開心地）是嗎？我也很想見她呢。

小野寺：除了她，還有個髒髒的人也會來哦。

紀子：您真是……

小野寺：可以嗎？

紀子尷尬地笑著起身。

86 從這間旅館二樓望見的東山

87 清水寺

88 清水寺舞台

周吉和小野寺的後妻菊子（38 歲）——
不遠處，小野寺、紀子和美佐子（21 歲）正倚著欄杆眺望景色。
菊子優雅漂亮，十分賢慧的樣子。

    周吉：（對菊子）京都真好啊，悠閒安靜……

    菊子：是啊……

    周吉：東京可沒有這樣的地方，到處都是轟炸的廢墟……

    菊子：先生您常來京都嗎？

    周吉：不常來，這都隔了好幾年了，戰後還是第一次來呢。

    菊子：哦，這樣啊。

在另一邊——

    小野寺：阿紀，怎麼樣？那個髒髒的……

    紀子：（震驚的樣子）叔叔您真是的……（試圖敷衍過去）

    小野寺：（微笑著）有什麼感想告訴叔叔吧？

    紀子：……（別過頭，若無其事的樣子）

    美佐子：什麼呀爸爸，髒髒的是什麼？

    小野寺：嗯？就是不潔嘛，對不對，阿紀？

紀子不知怎麼才好，輕輕地拍了小野寺一下便逃開了。去到對面，從那邊
若無其事地眺望風景。然後悄悄一回頭，只見小野寺正微笑著朝自己招
手。

紀子搖了搖頭，然後又若無其事地看起了風景。

——清水寺舞台悠然而寧靜。

89 夜晚　旅館的洗臉間

水滴從水龍頭滴答滴答地落下來。

90 房間

被褥已經鋪好，換了睡衣的周吉盤腿坐在被褥上，摩挲著膝頭。
紀子也做好了就寢準備，坐在被褥上。

　　周吉：……今天走得太久了，你不累嗎？

　　紀子：（正在想心事的樣子）不累……

　　周吉：從前去高台寺的時候，正遇上胡枝子盛開，非常漂亮……明天你
　　　　　有什麼打算？

　　紀子：美佐子說十點左右過來……

　　周吉：你們要去哪裡？不然的話，可以去看看博物館。

　　紀子：哦……

　　周吉：睡吧。

　　紀子：哦……我關燈了啊？

　　周吉：啊。

於是紀子站起身關了電燈，轉暗的房間裡，窗戶上映出竹子的剪影。
周吉鑽進被窩，紀子也睡下了。

　　紀子：哎……

　　周吉：嗯？

　　紀子：我冒冒失失地，對小野寺叔叔說了不該說的話……

　　周吉：說了什麼？

　　紀子：……阿姨，她人非常好。跟叔叔也很般配……
　　　　　說人家髒髒的，我太不應該了……

　　周吉：不要緊的，不必介意那些事……

　　紀子：我的話實在太離譜了……

　　周吉：人家不會計較的。

　　紀子：真的嗎……

　　周吉：不要緊，不要緊的。

紀子就那樣沉默了。一動不動地看著天花板沉思……

紀子：……哎，爸爸……對您，我曾經也非常厭惡。

沒有回應。

一看，周吉已睡熟了。

紀子就那樣一動不動地盯著天花板思考著。

耳邊傳來周吉靜靜的鼾聲。

91 龍安寺　方丈庭院的前庭

著名的相阿彌建造的「虎子渡」枯山水庭園。

緣廊上，周吉和小野寺正坐下休息。

　　小野寺：不過我說啊，你居然捨得讓阿紀出嫁啊。

　　周吉：嗯……（沉思著）

　　小野寺：阿紀這姑娘一定會成為好妻子的。

　　周吉：嗯……還是養兒子好啊。養女兒真沒意思啊，

　　　　　好不容易養大了卻又要把她嫁出去……

　　小野寺：嗯……

　　周吉：不嫁的話又擔心她嫁不出去……一旦嫁了，又覺得真沒意思

　　　　　啊……

　　小野寺：那也是沒辦法的事啊，我們不也娶了人家養大的女兒嗎？

　　周吉：那倒也是啊……

說著笑了，但那笑容裡藏著些許寂寞的影子。

——枯山水庭園的景色。

92 旅館的庭院

石燈籠裡的燈火點亮……

93 夜晚　房間

紀子正把東西裝進包裡，周吉在看似乎是紀子買來的明信片。

　　紀子：爸爸，請幫我拿一下那個。

　　周吉：嗯？（說著拿過一旁的東西遞過去）過得真快啊，覺得剛來就要

走了。

　紀子：（點頭）不過，在京都玩得非常開心……

　周吉：嗯，真是來對了。要貪心起來也是沒完，但要是還能去奈良玩一
　　　　天就好了。

　紀子：啊……

　周吉：（將剛才在看的明信片遞過去）哎，給你。

紀子接過明信片放進包裡。

　周吉：（一邊慢慢整理日常用具）早知如此，之前應該帶你各處去一下
　　　　就好了。經過這次，爸爸就沒有下回了。

　紀子：……（整理行裝的手突然停下）

　周吉：回去之後你就該忙起來了。你姑媽正等著呢……

　紀子：……（低垂了頭）

　周吉：明天的特快不那麼擁擠就好了。

　紀子：……

　周吉：哎，也沒能帶你去什麼地方，今後讓你丈夫帶你去吧，要讓佐竹
　　　　君好好疼你啊。（忽然發現紀子的樣子不對）你怎麼啦？

　紀子：……

　周吉：到底怎麼了？

　紀子：我……

　周吉：嗯？

　紀子：我想就這樣跟爸爸在一起……

　周吉：……

　紀子：我哪裡也不想去，只要這樣跟爸爸在一起就夠了，只要這樣我就
　　　　很開心了。即使嫁了人，我想也不會比這更開心的。一直這樣就
　　　　好……

　周吉：可是，你說是這麼說……

　紀子：不，我不介意的，爸爸娶了太太也不介意。我還是想待在爸爸身
　　　　邊，我就是喜歡爸爸，這樣跟爸爸在一起，我才覺得是最幸福
　　　　的……哎，爸爸，求求您了，讓我就這樣留在您身邊……就算嫁
　　　　了人，我也無法想像會有超過現在的幸福……

周吉：可那是不對的，不是那樣的。

紀子：……

周吉：爸爸已經五十六歲了，爸爸的人生已經接近尾聲了，可是你們這才開始呢。從今往後，終於要開始新的人生了啊。你和佐竹君，兩個人要一起創造新生活，這跟爸爸就沒關係了。這是人類生活的歷史規律啊。

紀子：……

周吉：就是結了婚，或許也並不是一開始就幸福。你若是覺得結了婚馬上就能變得幸福，這種想法反倒是錯的。幸福不會等在那裡，還是要靠你們自己創造才行。結婚本身不是幸福——新婚夫婦共同建起新的人生，這過程裡才有幸福。這樣你們才能成為真正的夫妻啊！你媽媽也不是從一開始就幸福的。很長一段時間裡，有過很多事。爸爸曾經好幾次看見她在廚房角落裡哭。但你媽媽努力經受住了——要互相信賴，互相愛護。你從前對待爸爸那樣的愛心，今後要同樣地對待佐竹君，好嗎？

紀子：……

周吉：這樣你才會有新的幸福，你明白嗎？

紀子：……（點頭）

周吉：明白啦？

紀子：嗯……我說了任性的話，對不起……

周吉：是嗎……你明白了啊……

紀子：嗯……我真是太任性了……

周吉：不，你明白就好。爸爸不希望你抱著那樣的心情出嫁。你只管嫁吧，相信你一定會幸福的。那並不是什麼難事……

紀子：……好的……

周吉：你一定能和佐竹君成為好夫妻的。爸爸期待著。

紀子：……（點頭）

周吉：等到某一天，今晚在這裡說的這些話一定會變成笑話的。

紀子：（微笑的臉上顯出一絲羞澀）對不起……這麼多事，讓您擔心了……

周吉：不會的。一定要幸福地過日子……好不好？

紀子：嗯，我一定會讓您放心的。

周吉：嗯，會的，一定會的，你一定會的。爸爸放心著呢。你一定會幸
　　　福的。

紀子：嗯……

開心地微笑並輕輕拭去淚水。

94 鎌倉　曾宮家的正門

今天是紀子婚禮的日子。

兩台轎車——正子的兒子勝義正獨自在車旁邊玩耍。

四五個附近的太太正聚集在房前看熱鬧。

95 客廳

周吉和服部兩人都身穿禮服，一邊吸菸一邊交談。

服部：昨晚啪啦啪啦地下起雨來，我還想今天會怎麼樣呢……

周吉：是啊，幸好沒事。天氣變好了，要是下雨可就難辦了啊。

服部：是啊。

周吉：你新婚旅行去哪裡？

服部：去了湯河原。

周吉：哦？紀子他們也去湯河原，那裡從車站過去只有公車嗎？

服部：不是的。也可以包車。

周吉：哦，可以包車啊。

阿繁走過來。阿繁今天也換上了正式的衣服。

阿繁：先生，她們在二樓請您過去呢。

周吉：啊，是嗎。

阿繁：小姐已經漂漂亮亮地穿戴好了。哎，你去看一下，去看看她吧。

周吉：這樣啊。好。

說著起身走去。

96 樓梯下面

周吉走來，正子正好下樓來。

　　正子：哥哥，穿戴弄好了。

　　周吉：是嗎？

　　正子：轎車也來了嗎？

　　周吉：哦，來了。

於是正子又率先往二樓走去，周吉也跟隨在後。

97 二樓

新娘裝扮的紀子坐在梳妝鏡前的椅子上。

美髮師幫她調整角隱頭巾的形狀，女助手在房間一角整理著用具。

正子和周吉走來。

　　周吉：（對美髮師）您辛苦了——（一邊點頭致意，然後對鏡中的紀子）
　　　　　呀，裝扮好了。

說著對她微微一笑，在旁邊坐下。

　　美髮師：（對正子）那我們先告辭了……

　　正子：啊，請慢走……

美髮師臨走時，拿起放在那裡的蔓草花紋的衣服包裹，

　　美髮師：那，我們就拿上這個……

　　正子：哦，麻煩您了。

於是美髮師和助手一起走出房間。之後三人之間有一陣短暫的沉默。

鏡中的紀子低垂了視線——

守望著她的周吉——

不禁兩眼含淚的正子——

　　正子：阿紀，拿好了嗎？扇子……

　　紀子：哎……

　　正子：……這麼美麗的新娘子……真想讓你過世的母親看一眼……

說著輕輕拭淚。

　　周吉：那，咱們這就走吧。

　　正子：哎。

周吉：路上慢慢走比較好。

正子：哥哥，有什麼要對阿紀……

周吉：不，已經沒什麼要說的了。

正子：哦——那阿紀，走吧。

於是紀子靜靜地起身，正子拿起角落裡裝了隨身物品的小提包。

這時紀子跪下來，

紀子：爸爸……

——已經站起身的周吉也在紀子面前半蹲了身子。

紀子：……這麼多年……承蒙您……百般照顧……

周吉：嗯……要幸福……要做個好妻子啊……

紀子：好的……

周吉：要幸福啊……

紀子：……（深深領首）

周吉：一定要做個好妻子啊。

紀子：好的。

周吉：好了……走吧。

紀子點頭行禮後起身。周吉伸手攙扶著，小心翼翼地與她並排走出去。

98 房前

附近的人比剛才又增加了許多，都聚集著想看看紀子的新娘妝扮。

99 二樓

空無一人的房間裡，只有梳妝鏡和椅子留在那裡——

100 當晚　小菜館「多喜川」

喜宴歸來的周吉和綾正坐在這裡。綾身旁放著用蠟紙包著的花束。

周吉：（親自倒滿一杯酒，遞給綾）小綾，怎麼樣？

綾：哎（接過酒），這是第三杯了。

周吉：嗯。

綾：我最多可以喝五杯。有一次喝了六杯就喝翻了。

周吉：這樣啊。（微笑）

老闆：（端出小菜）久等了。前不久，您女兒跟小野寺先生一起來過……

周吉：是嗎？

老闆：嚇了我一跳啊。完全長成大人了。

周吉：哦……

老闆：今天您女兒……

周吉：剛剛在東京站把她送走了……她出嫁了。

老闆：是這樣啊。您剛送完她回來？那可真是恭喜您了。

周吉：哦，謝謝……

老闆：這樣啊……

說著去端別的菜。

不覺間別的客人都已離去，只剩下周吉和綾。

綾：（拿起酒壺）叔叔──（一邊給周吉斟酒）阿紀這會兒該到哪兒了呀？

周吉：嗯……大船一帶吧……

綾：是啊……叔叔您接下來一段時間會很寂寞啊。

周吉：唔，也沒什麼，不多久就會習慣的……（拿過酒壺）怎麼樣，小綾，第四杯（說著給她斟酒）。

綾：哎（一邊接酒）我說叔叔啊……

周吉：嗯？

綾：叔叔會娶太太嗎？

周吉：為什麼這麼問？

綾：因為紀子一直很掛心啊，她最掛心的就是這事了。

周吉：……

綾：還是算了吧，娶太太什麼的！可千萬別娶！好嗎？

周吉：（微笑著）唔……

綾：當真哦！

周吉：啊，當然！不過，不那麼說的話，紀子就不會出嫁啊……

綾感動不已，突然攬過周吉的頭，在他的額頭上親了一口。

周吉一時茫然。額頭上還留著口紅的印記。

綾：叔叔您也有您的優點呢！太帥了！我好感動！

周吉慈祥地微笑著。

綾：沒事，不會寂寞的。要是覺得寂寞了，我會時常去看您的。真的哦。

周吉：啊，真的要來玩哦，小綾。

綾：好的，我會去的──啊，好開心……

說著輕撫臉頰，然後把酒杯裡剩下的酒喝乾。

綾：第五杯。（遞出酒杯）

於是周吉給她斟酒，她舉杯一飲而盡。

綾：到此為止。（說著把酒杯倒扣在桌上）

周吉：小綾，真的哦，真的要來哦……叔叔等著。

綾：好的，我去，一定會去的。我可不會像叔叔那樣撒謊。

周吉：什麼？

綾：我可撒不了那麼漂亮的謊。

周吉：哈哈哈哈──（然後落寞地）沒辦法呀，叔叔這輩子也是頭一回
撒這麼大的謊啊……

101 鎌倉　曾宮家門前

周吉一個人孤零零地歸來。

進門。

102 房間

留守在家的阿繁聽見響動起身前去迎接。

阿繁：啊，您回來啦。

周吉：啊，回來了。

然後，兩人走進屋。

阿繁：小姐順利啟程了吧？

周吉：哦，託你的福……（說著脫下帽子掛好）

阿繁：是嗎……這次真是恭喜您了。

周吉：那麼多事情，實在讓你費心了。（說著脫下外套掛好）

阿繁：沒什麼。那您早點休息。

周吉：啊，謝謝……代我問阿清好。

阿繁：哎……

周吉：晚安。

等阿繁離開，周吉獨自寂寞地脫下禮服上衣，掛在門框的衣鉤上。
啪啪拍打上面的灰塵後，無力地走到椅子邊坐下。忽然看見桌上的蘋果，
於是拿起來削，果皮沒削多長便斷了。周吉就那樣一動不動地坐著。

103 夜晚的海

舒緩而巨大的波浪，嘩啦嘩啦地湧向岸邊又退去……

——劇終——

麥秋

一九五一年（昭和二十六年）
松竹大船製片廠
劇本、底片、拷貝現存
13 卷，3410 米（124 分鐘）
黑白
同年十月三日公映

製　片	山本武
編　劇	野田高梧　小津安二郎
導　演	小津安二郎
攝　影	厚田雄春
美　術	濱田辰雄
錄　音	妹尾芳三郎
照　明	高下逸男
剪　輯	濱村義康
音　樂	伊藤宣二

演員表／

間宮周吉	菅井一郎
間宮志繁	東山千榮子
間宮康一	笠智眾
間宮史子	三宅邦子
間宮紀子	原節子
間宮實（小實）	村瀨禪
間宮勇（小勇）	城澤勇夫
間宮茂吉	高堂國典
田村綾	淡島千景
矢部謙吉	二本柳寬
矢部多美	杉村春子
西脅宏三	宮口精二
安田高子	井川邦子
高梨麻理	志賀真津子
佐竹宗太郎	佐野周二
田村信	高橋豐子

1 由比之濱

春日的清晨——

晨間波平浪靜的大海。海灘上小狗正在玩耍。

2 北鐮倉的山巒

清晨的陽光燦爛——

3 間宮家二樓

走廊上蘿娜金絲雀的籠子——還掛著繡眼兒的籠子。

正在搗鳥食的周吉，年已 68 歲的植物學者。

孫子小實（12 歲）走上來。

 小實：爺爺，吃飯了！

 周吉：啊，早！

 小實：來呀，快點！

 周吉：啊，這就去。

小實走下樓。

4 廚房

周吉年邁的妻子志繁（60 歲）和長子康一的妻子史子（35 歲）正忙著做晨間的家務。

小實經過那裡的走廊，招呼說——

 小實：我去叫了。

 史子：哎，來端一下這個。

說著將裝了鹹菜的碗遞給他。

5 房間內

康一（38 歲）正在換衣服，他的妹妹紀子（28 歲）正在吃飯。

 小實：鹹菜。（說著遞給紀子）

 紀子：謝謝。

小實立刻坐下並遞過飯碗。

　　紀子：（一邊幫他盛飯）小勇呢？

　　小實坐在原地朝著兒童間的方向喊：阿勇——我開動啦！（說著吃了起來）

　　紀子：（呼喚）小勇——

小實的弟弟小勇（6歲）睡眼朦朧地從玄關旁的兒童間慢吞吞地走出來。

　　紀子：小勇，洗臉了嗎？

　　小勇：洗了。（一邊接過飯碗）

　　紀子：不行不行！昨晚吃的雞蛋還黏在嘴邊呢。

小勇懊惱地站起來走出。

6 廚房的走廊上

小勇正經過。

　　史子（從廚房）：小勇，動作快一點！

7 洗臉間

小勇走來，把毛巾在水龍頭下淋濕，擦了擦嘴邊就走了出來。

8 房間

小勇走回來。

　　紀子：這就洗好了？

　　小勇：洗好了呀。你不信去看看，毛巾都是濕的呢。

　　紀子：（一笑）哦。

　　小勇：我開動啦。

說著開始吃飯。這孩子所有動作都是慢吞吞的。

周吉走來。

　　紀子：我們先用了……

　　周吉：哦，（將信封放在桌上）這個幫我寄一下。

　　紀子：好的。

周吉：（對孩子們）要細細地嚼哦。（然後對康一）今天這麼早啊。

康一：是的。有個病人不太放心。

周吉：哦。

史子端來味噌湯。

史子：您請。

說著遞給周吉，然後立刻走到康一身邊，幫他備好手絹等物。

康一：（做好準備後，對周吉）那，回來的時候，我去東京站接他們……

周吉：啊，辛苦你了。

康一：我走了。

小實：爸爸再見。

小勇：爸爸再見。

史子送康一出門。

紀子：哥哥，還不快點，只剩七分鐘了。

9 玄關

史子目送康一離去──

康一：你也來嗎？

史子：好的。

康一：在哪裡碰面？

史子：別擔心，我跟紀子已經說好了。

康一：是嗎？

史子：路上當心。

康一：哦。

說著走出門。

10 房間

紀子一邊喝茶，一邊照看小勇。小勇正慢吞吞地吃飯。史子走回來。

小實：我吃飽啦。

說著起身離開。

史子：小勇，快點吃。

一邊說著，一邊給他盛飯。

志繁端著味噌湯出來，在飯桌邊坐下。

史子把飯遞給她。

　　志繁：謝謝。

　　史子：爺爺，大和[1]來的伯父喜歡吃什麼啊？

　　周吉：嗯……應該不用特別準備什麼吧。不過，他最愛吃豆渣了。

　　小勇：我也喜歡吃。

　　史子：別插嘴，吃你的飯。

　　紀子：（笑著）小勇真能磨蹭啊，我吃飽了。

說著站起來。

然後把筷子盒收進碗櫃，向二樓走去。

11 二樓

老夫妻倆的房間隔壁是紀子的房間。

紀子走來，補妝，做出勤的準備，往皮包裡放入岩波文庫等，走出。

12 樓下的房間

周吉已在喝著茶，志繁、史子和小勇還在吃飯。

紀子走來。

　　紀子：我走了。

　　史子：去吧。

父母也目送她。

　　紀子：嫂嫂，那就五點半。

　　史子：好的。

紀子走出。

13 玄關

紀子探頭看兒童間，見小實正在擺弄玩具火車。

1　大和，奈良縣一帶的舊稱。

紀子：還不快去，要遲到了。

招呼了一聲，然後穿鞋。

史子拿著信封出來。

　　史子：你忘了這個，爸爸的稿子。

　　紀子：啊，謝謝……（接過東西）我走了。（說著走出門）

　　史子：慢走。

送走紀子，轉身回來看了看兒童間。

　　史子：小哥哥你幹嘛呢！

說完往裡屋走去。

14 房間

史子一回來，小勇就放下飯碗走回兒童間。

小實背著雙肩包從兒童間走出來，順便在小勇腦袋上敲了一記。

　　小實：我走嘍。

　　志繁：路上當心。

　　周吉：（一邊讀早報）哦，去吧。

　　史子：沒有忘帶東西吧。

　　小實：（也不回答，大聲地）我走啦！

叮鈴哐噹地大力開門關門離開。

15 疾馳的電車的側面

行駛在戶塚、保土谷之間的地帶——

16 車內

康一和友人西脅宏三（40歲）並排而坐，兩人把報紙交換著讀。

17 北鐮倉車站的月台

紀子正等電車，踽踽走著，忽然看見矢部謙吉（34歲，身材魁梧的青年）
正看著書，也在等電車。

紀子：（走過去）早安⋯⋯

謙吉：（抬起頭）啊，早安，你哥哥呢？

紀子：他坐早一班，說是不放心病人⋯⋯

謙吉：哦，是的。我們昨天回來都十一點了。（轉換話題）很有趣啊，《蒂博一家》[2]⋯⋯

紀子：你讀到哪裡了？

謙吉：第四卷才到一半呢。

紀子：哦。

上行電車轟然駛來。

18 北鐮倉的山巒（隔著車窗）

日光和煦地照著——金絲雀的啼叫聲⋯⋯

19 間宮家的二樓

周吉在幫小勇剪指甲。

周吉：哎，好啦。這下漂亮多了吧？

小勇：嗯。

周吉：來，有獎品給你哦。（一邊從鐵盒裡取出餅乾）喜歡爺爺嗎？

小勇：嗯。

周吉：（一邊遞給他）如果是最喜歡的話，還有哦。

小勇：最喜歡了。

周吉：來，給你⋯⋯（又給了兩三塊）

小勇：（接過餅乾立刻站起來，跑到門邊）才不喜歡呢！
（說著逃開）

周吉：這孩子！

笑了，然後開始剪自己的指甲。

2　法國作家羅歇‧馬丁‧杜加爾（Roger Martin du Gard, 1881-1958）所著的長篇小說。

20 東京 丸之內 某棟大樓的外景

午後的明媚陽光照耀——

21 辦公室

紀子正速度飛快地打字——打完後裝訂好。

專務董事佐竹宗太郎（39歲）邊看文件邊走來。

　佐竹：（將手中文件放到紀子桌上）這一樁定了，是日新製絲的訂貨。

　紀子：（接過文件）旭化工的客戶那邊，不知怎麼樣了。

　佐竹：那個呀，還懸著呢。

說著在自己座位上坐下，開始工作。

紀子也整理文件。

　佐竹：（一邊工作）……最近哪裡的咖啡比較好喝啊？

　紀子：（一邊工作）是啊……不知露娜的怎麼樣。在西銀座……就是店
　　　　比較窄……

　佐竹：露娜啊……對了，（抬起臉）你把剛才那個，已經交給社長了嗎？

　紀子：是的。怎麼啦？

　佐竹：是嗎，那就好。

說完，兩人又接著工作。

這時，傳來咚咚的敲門聲——

　佐竹：請進。

門開了，田村綾（28歲，築地的田村飯館店主的女兒，紀子的同學）走
進來。

　綾：您好！

　佐竹：（面朝著她）喲，討債的來了！

　綾：（笑著，對紀子）你好！

　紀子：（笑瞇瞇地）你好！

　綾：您很忙嗎？董事先生——

　佐竹：啊，是很忙。

　綾：忙是好事啊。

　佐竹：謝謝。上一次，怎麼樣了？那後來……

綾：可不得了！八先生又開始唱他的長調[3]⋯⋯

佐竹：（笑著）終於連「不哭的弁慶」也唱上了啊⋯⋯

綾：對呀。害得我母親的心臟好像又不好了。

佐竹：沒事的，那老太婆死不了。

綾：別⋯⋯

佐竹哈哈大笑著繼續工作。

綾：（對紀子）你聽說了嗎？茶子要結婚了。

紀子：嗯，不知道。跟誰？

綾：哎呀，你不知道嗎？就是津村先生⋯⋯

紀子：津村先生？

綾：對，早稻田打籃球的那個⋯⋯

紀子：不知道。是戀愛結婚嗎？

綾：是的。茶子一直憂心忡忡的，很長時間了⋯⋯

佐竹：（在自己座位上）妒忌妒忌！兩個滯銷貨湊一塊兒⋯⋯

紀子和綾相視而笑。

佐竹站起身走過來，面對綾——

佐竹：請。（遞過支票）兌現不了我可不管哦。

綾：（接過來）多謝了。

佐竹：不客氣——（對紀子）我出去一趟。

紀子：去哪裡？

佐竹：酒店，羅伯特先生如果來電話，告訴他我最遲兩點去拜會⋯⋯

紀子：好的。

綾：董事先生，也載我一程唄。

佐竹：可方向不同啊。

綾：不要緊，讓司機從酒店繞一下。（對紀子）那，回去的時候順便過來嗎？

紀子：今天不行。

綾：好的。那就再見了。

3　指歌舞伎的劇中唱段。

紀子：再見。

綾追趕著佐竹，急急忙忙地出去了。

紀子又繼續工作。

22 傍晚的天空

廣告燈閃爍著——

23 小飯館「多喜川」的電燈招牌

24 飯館內

女店員端來大盤的天婦羅——

　　女店員：久等了……對不起。

說著從過道往小包間上菜。

25 小包間內

康一、史子、紀子——桌上已擺著兩三道菜。

史子接過天婦羅，一邊將盤子放在桌上——

　　史子：這個，是什麼呀？

　　康一：garage。

　　紀子：哦，是蝦蛄[4]。

　　康一：（要給史子倒啤酒）怎麼樣？

　　史子：不能再喝了。

於是又給紀子倒，紀子默默地接受了。

　　史子：紀子酒量很好啊。

　　紀子：因為酒好喝呀。嫂嫂，怎麼樣，再來一點兒？

　　康一：算了吧，別浪費了，不必勉強喝。

史子和紀子面面相覷，然後嗤嗤地笑了。

　　康一：怎麼了？

4　「蝦蛄」的日文讀音與「車庫」同音，此處康一故意打趣，用英文說「車庫」（garage）。

紀子：哥哥就是這種人哪。

康一：什麼？

紀子：（對史子）對不對啊？（徵求同意的語氣）

史子：對呀，一直都是……（笑）

康一：是什麼？

紀子：哥哥，你就是會這樣啊。明明自己勸人家喝，卻馬上又讓人別喝了……

康一：可是，對已經喝夠的人難道不是白費嗎？

紀子：但這裡要講禮節啊。

康一：在哪裡講？

紀子：（不理他）嫂嫂，天婦羅好吃嗎？

史子：非常好吃。

紀子：是嗎。（說著開始吃）

康一：（一邊喝啤酒）你們呀，開口閉口就愛說什麼禮節，好像覺得有法律規定男人必須得體貼女人似的。

並不是那麼回事呀。不論男人還是女人，都不能給別人添麻煩──在任何意義上都是如此──那才是所謂禮節的真正含義啊。

紀子：哥哥你還是明白的呀，佩服佩服……

史子：還以為你不明白呢……

康一：（苦笑）胡說什麼……

史子：紀子，要吃點飯嗎？

紀子：嗯，給我一碗。

史子為紀子盛飯。

康一：吃飯歸吃飯，總之，戰爭結束後，女人的確是打著禮節的名號，臉皮越發厚了起來。

紀子：沒有的事。這才終於正常起來了。是從前的男人臉皮太厚了。

史子：（笑瞇瞇的）就是就是。

康一：（對紀子）你呀，就是這麼想，才總也嫁不出去啊。

紀子：不是嫁不出去，是不嫁出去。要是想嫁，隨時都能嫁。

康一：瞎扯。

史子：不過，可千萬別嫁醫生。

紀子：那當然嘍。

康一：什麼？你們倆真叫人頭痛……

紀子：（看了看手表）哥哥，要逛銀座的話，差不多該吃飯了……

康一：是嗎？（看了看自己的手表）是九點四十五分的車對吧，還來得
　　　及。

史子：（一邊幫康一盛飯）大和的伯父，上次來是什麼時候來著……

紀子：是戰爭結束的第二年啊。那時還沒有站台票，我們在東京車站不
　　　是還弄得手忙腳亂的？

史子：對對，我那時還穿著勞動褲呢。

康一：老先生身體真是硬朗啊。

說著開始吃飯。

史子：這米飯又軟又香……

26 早晨　北鎌倉　間宮家的庭院

明媚的晨光照在竹竿上晾著的衣服上。

27 間宮家　二樓

茂吉老人（周吉的哥哥，73 歲）正悠然吸著菸管。

一旁周吉正把古畫卷軸掛在門楣上。

周吉：（望著畫）我還記得這畫掛在大和老家偏房裡……

茂吉老人耳朵背。

周吉：還有一幅，哥哥，好像是山水對吧？應該也是大雅堂[5]的……

茂吉：嗯？（轉過頭來）

周吉：（稍微大聲地）大雅堂的扇面……

茂吉：（頻頻點頭）……那幅已經賣掉了……

周吉：這樣啊。這幅也相當不錯呢……

5　指池大雅（1723-1776），日本江戶時代文人書畫家。

茂吉：……什麼都漲價了……這世道不得了啊……

28 樓下的房間

志繁在焙茶。

　志繁：辛苦了。這星期天的……

康一正在做上班的準備。

　康一：沒什麼，回來的時候我順道買點兒什麼帶回來吧，給大伯父吃……

　志繁：可是，硬的他也嚼不動……

　康一：也是啊。……那我走了。

　志繁：辛苦啦。

康一走出，接連傳來說「再見」的聲音。

志繁端著兩杯茶起身走出。

29 廚房

史子和紀子正湊在一起算帳。

志繁端了茶來。

　志繁：阿紀，這個端去給大伯父。

　紀子：好的。

志繁遞過茶之後朝浴室方向走去。

　紀子：那嫂嫂這樣就可以了吧？

　史子：哎。

紀子端了茶走出。

30 二樓

紀子端了茶來。

　紀子：（對茂吉）大伯父，請喝茶。

　茂吉：哦……紀子，今年幾歲了？

　紀子：二十八。

　茂吉：（聽不見）啊？

周吉：二十八歲了。

茂吉：哦，是嗎？

周吉：得趕緊找個人家……

茂吉：（不知是否聽見）唔……不嫁人來不招婿，烤鯛魚也吃不起……
　　　哈哈哈。

周吉微笑著目視紀子。

紀子苦笑著站起身，拿過自己桌上的手提包走下樓去。

31 廚房

史子在洗衣服。紀子走回。

紀子：（取出幾張百元鈔票）嫂嫂，給您五百七十元。

史子：（一邊擦手）得給你找零對吧？

紀子：不用了。

史子：這怎麼行，我有零錢。（說著從圍裙口袋裡取出一沓十元鈔票，
　　　遞給紀子三張）來，給你。

紀子：謝謝……

史子：不過，那樣的餐食，在家裡做的話，只需要三分之一的費用就能
　　　做出來啊。

紀子：（笑著）但是沒那麼好吃。

史子：可是大家就可以一起吃了（說著一笑）。對了，我都忘了。在銀
　　　座喝的咖啡，是多少錢？

紀子：不用了，那個算我請客。

史子：那可不成。多少錢？

紀子：真的沒事。

說著走出。

史子：那就謝謝了。

32 房間

紀子走來，將手提包放在一旁的縫紉機上，然後又返回廚房。
傳來小實叫「姑姑——」的聲音。

紀子：（看過去）什麼呀？

小實從兒童房間探出頭來，正對紀子招手。

紀子：什麼事？

說著走去。

33 兒童房間門口

紀子走來。

紀子：什麼事？

小實：大和的爺爺是個聾子嗎？

紀子：他才不是聾子呢。

小實：可是，剛才他沒聽見啊。

紀子：聽得見的。

說著返回廚房。

茂吉老人從二樓下來。

34 房間

茂吉來到客廳，在那裡呆呆地眺望庭院。

小勇急急忙忙走出來，茂吉沒有察覺。

小勇：（抬頭看著茂吉）渾蛋……

茂吉沒聽見。

小勇：（再一次）渾蛋……

茂吉依然沒聽見。小勇回頭看了看走廊方向，然後返回。

小實在走廊上唆使著小勇。

小實：你要說大聲一點。

小勇又急急忙忙回到茂吉身旁。

小勇：（用更大的聲量）渾蛋！

茂吉好像剛剛才察覺的樣子，轉過身來。小勇吃了一驚，慌裡慌張地逃走。

茂吉：哈哈哈哈哈哈哈。

笑完了，又接著眺望庭院。

樹鶯的啼叫聲——

35 長谷大佛寺院內

小實和小勇正在玩踢石子之類的遊戲。

茂吉和紀子坐在一旁的石頭上休息。

　　紀子：大伯父，您累了吧？

　　茂吉：……這樣啊……紀子，你幾歲了？

　　紀子：（微笑著，湊到茂吉耳旁）二十八歲。

　　茂吉：唔……得趕緊嫁人喲。

　　紀子：（調皮地）大伯父，在大和，有沒有什麼好人家？

茂吉似乎沒聽見，默默地眺望景色。

　　紀子：（笑著）非常有錢，可以一輩子啥也不幹，過清閒日子。那樣的
　　　　　人家……大伯父您認識嗎？

　　茂吉：（沒聽見）啊——天氣真好。

紀子笑著，忽然看到對面有誰走來，頷首致意然後起身走去。

矢部謙吉的母親多美（54歲）帶著孫女光子（3歲），站在小實他們身邊。

　　紀子：您好。

　　多美：您好。

　　紀子：（蹲下來）阿光，真好呀，跟奶奶一起要去哪兒呢？

　　多美：這天氣實在太好了，所以……

　　紀子：（點頭，對光子）你爸爸呢？在看家嗎？

　　多美：沒有，跟您哥哥……

　　紀子：噢，今天有研討會呢……

　　多美：是嗎？我家兒子能派上用場嗎？一定給您哥哥添麻煩了吧……

　　紀子：應該是謙吉哥被我哥哥添麻煩才對。（再次對光子）好漂亮的衣
　　　　　裳……

　　多美：啊，聽說您家有客人從大和來……

　　紀子：是啊，我正陪他……

　　多美：這樣啊。

不知什麼時候，小實和小勇已經一左一右坐在茂吉身邊，不停地晃動著雙

腿。

　　小實：小勇，你再給老爺爺吃塊奶糖試試唄。

小勇把奶糖遞給茂吉。

茂吉拿了一塊放進嘴裡。

　　小實：（看著他）哎，又連紙也吃了！

—— 一個寧靜悠長的春日。

36 歌舞伎的彩繪招牌

37 歌舞伎劇場的正門前

夜場的劇碼正在上演。

38 觀眾席

茂吉和周吉夫婦——茂吉用手擋在耳後，正專心致志地看戲。

舞台上傳來歌舞伎的著名唱段……

39 收音機

正在直播歌舞伎演出……

40 築地的餐館「田村」綾的房間

綾和紀子正聽著直播。

　　綾：大伯父肯定會被嚇到吧。

　　紀子：可是，他能聽見嗎？耳背得很厲害呢。

　　綾：沒關係的，所以才訂了靠前的位子嘛。

說著站起來去把收音機關上。

　　綾：阿高好慢啊。這洗澡要洗到什麼時候？

　　紀子：阿高她為什麼要跑出來啊？

　　綾：也真是的……我有點事去了一趟丸之內回來，就看見她紅著眼睛坐
　　　　在這裡。問她究竟怎麼了，她說今晚想住在這裡。（說著兩手食指

比畫出爭吵的樣子）好像是吵架了。

紀子：怎麼會？她那裡不是美滿得出了名的嗎？

綾：一定是美滿過頭了吧。

紙門開了，她們正談論著的安田高子（28歲）出現了。一副剛洗完澡的樣子。

高子：泡得好舒服……啊，紀子來啦？什麼時候來的？

紀子：剛剛。（笑嘻嘻地望著她）

高子：什麼呀，你盯著我看什麼呀？

綾：圓滿過頭了，是不是？

高子：什麼圓滿？

綾：你家兩口子。

高子：圓滿什麼呀！

紀子：為什麼吵架了啊？

綾：很無聊的小事兒！

高子：才不無聊呢！

紀子：到底怎麼了？

高子：不是養了狗嘛。

紀子：在哪裡？

高子：就在我家啊。是小狗。

綾：說是那狗啃了她老公的菸斗。

高子：誰叫他隨處亂放呢，狗當然會去啃嘍。

綾：聽說是很高級的菸斗呢，是倫敦還是哪裡產的。

高子：他硬說是我的責任，我一生氣每天給他吃胡蘿蔔……

紀子：那狗，不喜歡胡蘿蔔嗎？

高子：不是狗啊，是我家那位。

綾：要是馬兒的話，那可就來勁了。

高子：不許瞎說！然後，今早終於吵了一架，正面衝突。

紀子：什麼呀。就這麼點兒事？

高子：說是這麼說，我太生氣了。

紀子：這麼點兒小事，你應當忍讓一下。

綾：你呀，都嫁給人家了不是？

高子：是呀。

綾：既然這樣，這麼點兒小事，不是嗎？（說著看了看紀子）

紀子：對呀，那還用說。不是嗎？

綾：老公嘛，都那德性。所以呀，我們才不嫁人呢。
　　　對不對？

紀子：對。你說對不對？

高子：胡說什麼！你們又沒實踐過！

綾：實踐？

高子：沒嫁過不懂的！

綾：嫁了之後才懂就太遲了！對不對？

紀子：對不對？

高子：我回去算了！

綾：可不，就得回去。對不對？

紀子：就是的，那還用說啊。對不對？

綾：畢竟吃了胡蘿蔔，對不對？

高子：我不走了！

紀子：不回去了嗎？

高子：不回去了！

綾：厲害厲害！那就住下唄。

高子：才不呢！

綾：那就回去？

高子：才不呢！

綾：到底住還是回？

這時綾的母親信（52歲，田村餐館的女老闆）進來。

信：高子，你家來電話了。

高子：（突然一本正經地）哦，是嗎？謝謝……

說著急急忙忙地走出。

綾和紀子微笑著目送她。

信：哎，小綾，那事怎麼樣了？

綾：什麼？

信：就是那事呀。拜託一下紀子嘛，好不好？

綾：什麼事？

信：（拍拍左邊胸口）這裡呀，這裡。

綾：噢，心臟。

信：嗯。

綾：紀子啊，想請你哥哥幫忙診斷一下，可以去找他嗎？
　　上醫院？

紀子：阿姨您？（說著回頭注視信）

信：哎，怎麼說呢。這段時間，不是得喝酒嗎？這麼大的小酒杯才兩三
　　杯就⋯⋯

綾：不喝不就好了嘛。

信：那可不成，我得招待客人啊。那簡直嘭咚嘭咚的，（手一邊在胸口
　　比畫）這樣子。聽人說溫灸好，就那個，橫濱再過去一點兒，叫什
　　麼來著，就那個⋯⋯

綾：行，知道了。

信：又不是跟你。我跟紀子說呢。

綾：好吧，我會跟她說的。對不對？紀子⋯⋯

紀子：好，我會轉告的。

信：那好啊。不好意思，拜託了。（一邊回身要走）
　　對對，你們董事來了，在二樓呢。

紀子：他一個人嗎？

信：是的。就在剛才⋯⋯

說著走出。

紀子：我要不要去見一見呢？

綾：什麼？

紀子：（看手表）反正還來得及。（說著站起來）

高子走進屋，做回家的準備。

高子：紀子，你還在呀。

紀子：要回去嗎？你⋯⋯

高子：（並不作答，對綾）我回去啦。多謝你了……

綾：客氣什麼呀。來，好好坐下說。

高子：不能再坐了，他等著我呢，就在尾張町的拐角……

趁她們說著，紀子笑著走出。

綾：誰等著？胡蘿蔔嗎？

高子：（高興地）是的。對不起啊。

綾：（有些生氣地）回去吧！給我快點！

高子：茶子的結婚典禮，你會去嗎？

綾：那樣的地方，我才不去呢！

41 二樓走廊

紀子走來。

42 二樓包間

董事佐竹一個人——

紀子走進屋。

紀子：打擾了。

佐竹：哦，來啦？來這邊坐。

紀子：好的。您外出以後，希爾公司來電話了。

佐竹：哦，怎麼樣呢？

紀子：我照您說的回覆了。

佐竹：是嗎。謝謝。來，喝一杯。（說著遞過酒杯）

紀子：接過酒杯，（一飲而盡）謝謝……（說著遞還酒杯）

佐竹：哦……（接了酒杯）你來得正好，想跟你說件事。想問你……

紀子：什麼事？

佐竹：怎麼樣，想嫁人嗎？

紀子：……（笑）

佐竹：嫁吧，也差不多了……我有個不錯的人選。

紀子：……（笑而不語）

佐竹：比我稍微年長一些。他也是商科大學畢業的，在加爾各答待了很

多年。姓真鍋，是個相當能幹的傢伙。雖然不敢保證是處男，但還是初婚。對了，有照片。

說著拿過皮包，取出四五張照片從中挑選。

佐竹：看不太清楚……（選出其中一張）就是這個（然後又一張），這個也是。（說著遞過來）是打高爾夫的照片，架好球桿低著頭，兩張都全然看不清面容。

佐竹：高爾夫打得比我好，長相嘛……也比我更帥一點吧。

紀子：（笑著看了看表）我……

佐竹：怎麼了？

紀子：我得去接人……

佐竹：什麼呀，你別逃啊。

紀子：不是的。我媽媽他們來看歌舞伎，所以……

佐竹：這樣啊。那，用我的車吧。

紀子：那，我們就坐到新橋……

佐竹：哦，好啊。

紀子：那我就失陪了。（說著站起來）

佐竹：哎，這個（拿了剛才的照片）拿去吧。拿著這個，好好商量一下。不要緊的，拿去吧。

紀子：那就借用一下……（說著接過來）失陪了。

佐竹：哦。

43 走廊

紀子走出包間，走下樓梯。

44 當晚　間宮家　廚房

史子將煤氣灶上燒好的開水倒進茶壺，端出去。

45 房間

茂吉、周吉夫婦、紀子依然保持著從東京回來的裝束，再加上康一，他們

各自悠閒地閱讀著歌舞伎劇場的劇情簡介，或是**翻**閱晚報，或是吃著點心。孩子們像是已經睡了。

史子端了茶進來。

史子：久等了……

志繁：哦，謝謝……

史子：（看見茂吉迷迷糊糊的樣子，對志繁）大伯父已經很睏了吧？

志繁：（對茂吉）哥哥，您累了吧？

茂吉：不累……

志繁：要不早點兒休息吧？明天還要早起呢。

茂吉：今晚的戲……真好看啊！年輕人演得很不錯呢。哎呀呀，太厲害了。

康一：是嗎？那我是不是也要去看看呢。

志繁：您喜歡真是太好了……

周吉：嗯。

茂吉：那睡吧……

周吉：您睡吧。

茂吉：你們也到大和來住住吧。

周吉：好的，會去的。等紀子嫁出去以後……

茂吉：嗯？唔──最好能來。志繁也來。大和很不錯的，好地方哪。沒必要總是叨擾年輕人。

周吉：可不是。最近凡事都讓康一操心……

志繁：我們一定去拜訪……

茂吉：那，就睡吧。晚安。

康一：祝您晚安。

史子：祝您晚安。

紀子：祝您晚安。

周吉：晚安。

志繁：晚安。

然後，茂吉和周吉夫婦站起來走出房間。史子和紀子也收拾了杯盤，端去廚房。

46 廚房

史子和紀子——

　　紀子：哎，嫂嫂，今天我們董事問我要不要嫁人呢。

　　史子：是嗎？提親的事，大和的大伯父那裡也有一椿呢。

　　紀子：啊，是嗎？我怎麼突然變得搶手了？不得了。
　　　　　（說著笑了）

　　史子：怎麼樣呢？董事先生怎麼說的？

　　紀子：我沒仔細問。因為正忙著……這開水可以給我嗎？

　　史子：哦，可以啊。

紀子拿起一旁的水壺走出。

史子收拾完畢，啪地關了燈。

47 醫院的窗外

成行的梧桐樹新芽一片翠綠。

48 醫院的研究室

康一和謙吉，另外還有兩三個醫院職員正各自做研究。

一個護士走來。

　　護士：間宮醫師，您有客人。

　　康一：（一邊觀察著顯微鏡）誰呀？

　　護士：是築地的一位姓田村的女士……

　　康一：哦，是嗎？請領她到隔壁……

護士走出。

　　康一：（站起來，對謙吉）對了，你在六號房的病人，化驗結果出來了
　　　　　嗎？

　　謙吉：（歪了歪頭）還沒有……

　　康一：奇怪啊……

不解地歪著頭走出。

49 隔壁房間

信正等候著。

康一走來。

康一：哦，您來了。初次見面，我是間宮。

信：初次見面……我是綾的母親。

康一：您請坐。

信：哦，謝謝您。（一邊落座）是這樣的，綾一直以來多虧紀子小姐照顧……

康一：哪裡哪裡……聽說您心臟不好……

信：是啊……所以，我想務必請您給診斷一下。

康一：哎呀，也不知能不能為您確診……

信：怎麼會呢……我還想您正忙著，實在是給您添麻煩了……

康一：不會的，不必介意。

信：是嗎？不過，紀子小姐真是遇上了一門好親事，我跟綾私底下也說這實在太好了。

康一：是什麼樣的呢？

信：哎，醫師，就是董事給提的親事……

康一：哦，是嗎？

信：這位的條件非常不錯呢。周圍評價很高，是個聰明能幹的人。

康一：是嗎？

信：老家好像是在四國的善通寺，聽說是名門望族……說是宅邸還原樣保留著呢。

康一：是嗎？來，讓我幫您診斷一下。

信：好。

康一：請……（說著站起來）

50 走廊

康一引導著信走入對面的診療室。

51 傍晚 北鐮倉 間宮家門前

康一歸來。

52 玄關

康一走入。

  康一：我回來了。

史子出來迎接。

  史子：您回來啦。今天很早啊。

  康一：嗯。

53 房間

康一和史子走來。

立刻開始更衣——

  康一：紀子還沒回來？

  史子：噢，今天是她朋友的婚禮……

  康一：誰？

  史子：茶子小姐，你不認識的。洗澡水已經燒好了。

  康一：哦。

  史子：現在爸爸在裡面呢。

  康一：哦。今天，築地的那位來了……

  史子：啊，綾小姐的母親？

  康一：嗯，很難纏的一個人。

  史子：病情很嚴重嗎？心臟……

  康一：沒有，我給她轉到耳鼻喉科去了，是鼻子不好。

  史子：這……

說著笑了，然後把康一脫下的襯衫捲好拿走。

54 浴室前

史子走來，向浴室裡詢問。

史子：爸爸，水溫怎麼樣？合適嗎？

周吉：啊，很好，正合適。

史子：好的。

說著把襯衫放進洗衣筐，從洗臉間的架子上取下一個小藥瓶拿著，走回。

55 房間

康一已換好衣服。史子走來，遞過藥瓶。

康一接過藥瓶，往腳趾上抹藥。

康一：我說啊，紀子的事，就是董事提的那椿……

史子：──？

康一：好像很不錯的。

史子：你聽說了？

康一：嗯，築地的老太婆今天說起來的，聽說是什麼公司的董事。

史子：是嗎？看樣子，是個很體面的人……

康一：你看見了？

史子：哦，在照片上……

康一：紀子她……有照片了嗎？

史子：嗯。

小勇忽然出現。

史子：小勇，去那邊玩兒吧。

康一：那人長得怎麼樣？

史子：是打高爾夫的照片，臉看不清楚……（又看見小勇還站在那裡）
讓你去那邊玩兒！

康一：那不是挺好嗎？

史子：我也是這麼想的。

康一：我再找誰打聽一下吧。

史子：好的。我想一定很不錯的，不知怎麼會有這感覺。（看見小勇還
沒走）叫你去那邊玩兒！小勇！

小勇挨了罵，灰溜溜地走出去。

56 樓梯下

小勇走來，往二樓上去。

57 二樓

小實正一邊大聲數數，一邊給志繁捶肩膀。

小勇走來，默默地看著他們。

　　小實：……二、三、四、五、六、七、八、九、一百！我捶完了。——
　　　　　兩百下，二十塊……

　　志繁：你得多給我捶幾下……

　　小實：小勇，你來給奶奶捶肩，算優惠的份……

小勇默不作聲地開始捶。

　　志繁：這回是小勇捶呀。謝謝哦。

　　小實：哎，奶奶，我可以得二十塊對吧？加起來就有三百塊了。

　　志繁：是嗎？存這麼多錢幹什麼呢？

　　小實：買軌道呀。火車的軌道。

　　志繁：那軌道，你不是已經有了嗎？

　　小實：我還要更長的。對不對小勇？

　　小勇：嗯。（點頭並繼續捶肩）

58 樓下的房間

周吉洗完澡，正往走廊邊的竹竿上晾手巾。已不見史子的身影。

　　周吉：啊，洗得太舒服了……現在水溫正好……

　　康一：我說，爸爸……

　　周吉：嗯？

　　康一：說是有人給紀子提親呢。

　　周吉：哦，是嗎？

　　康一：像是很不錯呢。

　　周吉：哦，那敢情好。再不嫁出去就晚了。

　　康一：都二十八了。

　　周吉：是啊。但願是一門好親事。

康一：很不錯的。不過我想再去調查一下……

周吉：那就調查一下吧。雖然費事……得抓緊了。

59 桌子上

三四束蠟紙包著的花束——

爽朗的笑聲傳來……

60 當晚 銀座的咖啡館

從婚宴歸來的紀子、綾、高子，還有同伴高梨麻理（28歲）正談笑風生。
桌上有奶油蛋糕和紅茶——

麻理：（笑著）可是，那麼說未免有點不忍心呢。

綾：是嗎？

高子：那可不誰都得一本正經嘛。

紀子：不過，茶子那副一本正經的樣子，還真是頭一回看見。是不是啊？
　　　（說著看綾）

綾：嗯，還抿著嘴，裝模作樣的。

麻理：（對高子）你新婚旅行去的哪兒？

高子：修善寺……

麻理：我去熱海……一去就遇上下雨，從當天晚上接連三天，哪兒也去
　　　不成。簡直都不知道幹什麼才好，每天都在下雨啊。

綾：喂，麻理，你這是想說什麼呢？

麻理：報告啊。實事求是的……（接著轉向高子）所以，我們請掌櫃的
　　　去買了陀螺來。

高子：陀螺？

麻理：嗯。哎，就是那個，畫著國旗什麼的那個……我們就轉那個玩兒
　　　了。

綾：（從一旁）哦，是嗎。

麻理：玩那個，我很厲害的。

綾：哦，是嗎。

麻理：所以啊……

綾：哦，是嗎。

麻理做了個鬼臉中斷了話題。

高子：不行呀。在沒結婚的人面前，可不能說這些。

綾：真無聊，我們才不轉什麼陀螺呢。你說對不對？

紀子：又不是小孩兒。你說對不對？

高子：誰知道呢。對不對？沒結婚怎麼知道呢。你說對不對？

麻理：就是。你說對不對？

高子：好可憐的。你說對不對？

綾：阿高！你不能這麼說！什麼呀！

麻理：怎麼了？

綾：這傢伙說話太討厭了。

高子：我回去了！

說著站起來，在眾人想看個究竟的目光之下，坐到對面座位上。

高子：不結一次婚試試，就不會懂得什麼才是真正的幸福！沒結婚就沒
　　　有權利說三道四的！

綾：你還真能說！胡蘿蔔女士！

高子：沒結婚的就沒有發言權！

綾：幸福有什麼了不起！只不過是預想的快樂罷了！就像去賭馬的前一
　　　天晚上那樣。一個人興沖沖地盤算著明天要買這個和這個，若是中
　　　了頭彩要買什麼。如此而已。

高子：不是的！你沒有發言權！

麻理：沒有發言權！

綾：（轉過頭對麻理）你算什麼！

紀子：就是就是！

麻理：我也回家了！（說著站起來）

綾：回吧回吧！幸福種族！

麻理走去高子的座席坐下。

高子：我說，咱們要不要去一趟鎌倉？紀子那裡——

紀子：來吧！接下來氣候很不錯……

麻理：下下個週日，怎麼樣？

高子：是啊。（對綾）你那裡呢？

綾：我隨時都可以的，反正是未婚嘛。你說對不對？

高子：還在說！

大家一起爽快地笑了。

61 當晚 間宮家 飯廳

大家都睡下了，與客廳之間的紙門也拉上了，只有史子一個人一邊閱讀翻譯小說什麼的，一邊等待紀子歸來。

正門開了。

紀子的聲音：我回來了。

史子：紀子嗎？

紀子：門可以鎖了吧？

史子：好的。

紀子拿著花束和小盒糖果之類的東西走進來。

紀子：我回來了。

史子：回來啦。怎麼樣？茶子？

紀子：非常可愛。很氣派的婚宴……

史子：是洋裝嗎？

紀子：不，是長袖和服……（拿出專門買回來的奶油蛋糕）嫂嫂，吃不
　　　吃？就一點點……

史子：哎呀，奶油蛋糕。看起來很好吃呢。

紀子：回來之前我們去了銀座。（說著一邊從碗櫥裡取出盤子和叉子）
　　　大家說，下下個星期天，要一起來鐮倉呢。

史子：哦。那得考慮做點什麼好菜。

紀子：（擺好盤子和叉子）請，吃吧。

史子：你不吃嗎？

紀子：我不用了。

史子：那，我吃了。（說著吃起來）

紀子：我們可有意思了，嫂嫂。不是聚一塊兒嘛，總是分成兩派。出嫁
　　　的一派，沒出嫁的一派。——今天也是綾一個人奮戰了一番。

史子：為了什麼？

紀子：因為她們張口閉口管我們叫未婚者，瞧不起我們。

史子：那你趕緊嫁了不就完了？

紀子：嫂嫂也是那一派的？

史子：是啊。

紀子：這樣啊。那我還是嫁吧。

史子：快嫁了吧。怎麼樣？董事先生提的那椿——

紀子：（頑皮地）聽說很不錯……董事先生說非常好呢。

說著笑了，一邊拿起花束站起來走出。

這時客廳的紙門被輕輕地拉開了，身穿睡衣的康一探出頭來。

史子：（吃驚地看他）哎呀，嚇我一跳。你醒著呢？

康一：（慌忙制止她，並壓低聲音）喂，董事那事兒，好像還不錯啊。

史子：（也很小聲地）是啊，好像沒問題。

康一：（壓低聲音）紀子好像有那個意思。你試著問問她。

突然一驚，慌忙縮回去。

紀子回來，不經意地把開著的紙門拉上。

史子：（故意若無其事地吃著蛋糕）太好吃了。真好吃啊，一如既往的
味道……

紀子：是嗎？那下次我多買點來。

史子：好啊。

紀子拿了放在那裡的茶杯走出。

然後紙門又輕輕地開了，康一探出頭來。

史子：——？（看著他）

康一：（又壓低聲音）喂，紀子這傢伙倔得很，你可要問得巧妙一點。

史子：（也低聲地）好，我曉得。包在我身上。

康一：（聲音更小了）要告訴她爸爸也大致同意了，但是別說得太刻意。

史子：（點頭）嗯，不要緊。

康一又忽地一驚，嗖地關上了紙門。

史子也擺出若無其事的樣子。

紀子來到對面的走廊，把毛巾抖平整晾上，然後走回屋裡來。

62 午後　間宮家的玄關前

謙吉的母親多美走來，手裡拿著一個小小的包袱。

63 玄關

多美走進來。

> 多美：打擾了……有人在家嗎？
>
> 志繁的聲音：哪一位？
>
> 多美：（伸頭張望）您好。好久沒來問候了……
>
> 志繁：（從廚房裡）啊，請進……
>
> 多美：好的，那就打擾一下……

說著走上玄關，進屋。

志繁也跟隨其後，一邊擦手，一邊走進屋裡。

64 房間

多美和志繁──

> 多美：真是久疏問候了……今天媳婦呢？
>
> 志繁：哦，她去買點東西……來，請坐吧。
>
> 多美：對了──（取出蓋碗）也不知這個是否合您口味，是今天剛從土浦那邊寄來的。
>
> 志繁：哎呀，真是，總是讓您……
>
> 多美：沒什麼，不必客氣。太太，今早有個奇怪的人到我家來了。
>
> 志繁：啊，是誰？
>
> 多美：不知道，我也是第一次見。梳這樣的分頭，戴眼鏡，提著個這麼大的黑色皮包。所以，我還以為是稅務局的呢。可是啊，太太，我完全猜錯了……
>
> 志繁：那究竟是誰呢？
>
> 多美：就是那個，常聽人說起的信用調查所[6]……
>
> 志繁：哦……

6　信用調查所，應客戶要求調查個人隱私或品行的私人偵探公司。

多美：那人是來打聽您家紀子情況的……

志繁：哎呀，是嗎？

多美：所以啊，我想，這一定是因為有人給紀子小姐提親，他是為這個
　　　來做調查的。我就問他，對方是誰呀？

志繁：（微笑著）哦。

多美：然後，那人就支支吾吾地糊弄我，我一來氣，就告訴他說，紀子
　　　小姐這樣品行端正的好姑娘是很少見的！

志繁：唉……

多美：真是個討厭的傢伙。什麼都仔細調查過了，連您家省二和我家謙
　　　吉是高中同學都查到了……

這時周吉走來。

多美：哎呀……您好。

周吉：呀……您來了。

多美：我家謙吉一向承蒙照顧……

周吉：哪裡哪裡……怎麼樣？一切可好？

多美：啊，託您的福……

志繁沏茶。

周吉：謙吉君這麼有出息，您將來也有靠了。

多美：哪裡呀，怎麼說呢。自從媳婦去世，成天只知道看書……

周吉：是前年的事吧？

多美：（不禁哀傷地）唉……過得真快啊……

周吉：唔。

多美：您家省二也……

周吉：（忽然落寞地）可……他再也不會回來了……

多美：可是，直到最近零零星星地還有人從南方回來……

周吉：可我……已經不抱希望了。

志繁：（上茶）請。

多美：哎……

周吉：她呀（指志繁），可能是覺得省二還在哪裡活著……

多美：這也是人之常情。真是這樣啊，太太……

志繁：……

周吉：她不厭其煩，每天還在聽收音機裡的尋人廣播呢。

志繁：……人真是不可思議啊……剛剛才發生的事，回頭就忘記了，省二平安時候的事，卻記得清清楚楚……

周吉：可是……他不會回來了……

大家都陷入了傷感的沉寂。

65 五月的天空

鯉魚旗杆頂上的風車咔嗒咔嗒地轉動著。

66 垣牆（鎌倉的小路）

鯉魚旗的影子晃動著，牆上掛著橫寫的「夜間診療　西脅醫院　內科」的招牌。

67 同上醫院的診療室

康一和主人西脅宏三正在下圍棋。

康一：（一邊下棋）我記得你當兵是在善通寺對不對？

西脅：嗯，是善通寺……（走棋）

康一：……一個叫真鍋的人，認識嗎？現在是松川商事的……

西脅：不，不認識。是為什麼？

康一：嗯……不認識就算了。

西脅：（忽然抬起頭）坂口是善通寺的。

康一：是嗎？坂口……

西脅：問他應該知道的。他人脈也廣……（緊盯著棋盤）是雙活啊。

康一：嗯。

西脅：這顆是這裡嗎？

康一：不，是這裡。

於是西脅找到真眼下了一子，這回輪到康一思考。

外面傳來孩子們的喧鬧聲。

西脅：這段時間，孩子怎麼這麼多了……

康一：唔……

西脅：星期天尤其不得安寧。

康一：我家今天可不得了，聚了好多人……簡直待不下去……

68 間宮家　廚房

史子和紀子正在大量地做三明治。

　　紀子：嫂嫂，差不多這就可以了吧？

　　史子：可以了，端去吧。

紀子端了一盤三明治走出。

69 房間

從起居室到客廳，鋪起了軌道，還用書堆成隧道，六七個孩子正在跑火車玩兒。

紀子走來。

　　紀子：看你們！真是的！來，便當……（模仿車站小販的語氣）便當……
　　　　　三明治……

　　小實：（把火車停住）喂，吃吧！三明治！快來吃呀！

這時史子又端了第二盤來。

　　史子：來。（放下盤子）

　　小實：（對夥伴們）喂，不許踩軌道！

大夥兒湊上來吃三明治。

　　小實：（對史子）哎，媽媽，給我買軌道嘛！

　　史子：你不是有了嗎？那麼多呢。

　　小實：這是大夥兒的，我只有八條。買吧。好不好？

　　紀子：（從一旁）用你的零用錢買不就行了？

　　小實：不夠啊！我要弄得長長的！對不對小勇？買給我吧！媽媽。

　　史子：我問問你爸爸。（起身離開）

　　小實：拜託啦，跟爸爸說說，要三十二毫米軌距的哦。
　　　　　別忘了啊，一定要問哦。

紀子：小滑頭！

小實：不許瞎說！姑姑也給我買唄！

紀子：才不呢！

門開了。紀子起身走去。

70 玄關

是綾。紀子走出來。

綾：你好！

紀子：哎，歡迎！

綾：（一邊進屋）正出門的時候，麻理打電話來，說她來不了了。

紀子：哦，是嗎？

綾：阿高還沒來？

紀子：嗯，還沒……

71 走廊

一邊走過一邊看房間裡。

綾：哇，不得了！

然後對廚房裡的史子。

綾：多有打擾了。

史子：歡迎……請屋裡坐……

綾：好的……

向二樓走去。

72 二樓

桌上鋪了桌布，擺放著鮮花、三明治、糖果等，已做好迎接客人的準備。
綾和紀子走上來。

綾：真漂亮。這是一點心意，送給伯母。

紀子：啊，謝謝。

綾去到走廊邊往外眺望。

綾：真好啊，晴朗的天空！我家那裡簡直看不到一點兒天⋯⋯

然後一邊往屋裡走——

　　綾：伯父呢？

　　紀子：跟我媽媽去博物館了。麻理是怎麼說的？

　　綾：說是丈夫突然要出差。她本來很想來的⋯⋯

　　紀子：哦。

　　綾：真是不自由啊。要是我的話，乾脆就來了⋯⋯

　　紀子：那樣肯定不行吧。

　　綾：明明要來也能來的，畢竟還有女傭人嘛。

　　紀子：可是，一旦嫁了人就得顧及各種各樣的事情吧。

　　綾：（笑）沒結婚的人是不懂的⋯⋯

　　紀子：是啊。（笑著點頭）哎，吃嗎？

　　綾：嗯（眼光轉向外面）鐮倉真好啊⋯⋯我也好想住在這樣的地方⋯⋯

　　史子的聲音（從樓下）：紀子，你的電話——

　　紀子：來了。

說著起身走去。

73 樓梯下

電話在那裡。紀子走來，史子從廚房探出頭。

　　史子：從大磯打來的。

　　紀子：哦。

說著去接電話。

　　紀子：喂，哎，阿高？怎麼了？⋯⋯哎？⋯⋯啊，哦。

　　　　　嗯⋯⋯嗯⋯⋯啊，哦⋯⋯

74 二樓

綾又走到走廊上，眺望著天空。

紀子返回來。

　　紀子：是阿高來的電話，說是去了大磯。

　　綾：大磯？

紀子：說是她父親病了……

綾：她撒謊吧！前天的報紙上還登了呢，阿高爸爸在車裡發表的談話……

紀子：哦？真是的。她自己提的頭……為什麼不來了呢……

兩人一邊說著，一邊走進屋裡坐下。

綾：讓人家給甩了，我們倆……

紀子：……

綾：誰讓咱們是討人嫌的老姑娘呢……

紀子：唔。在學校的時候那麼親密，現在大家卻漸漸疏遠了……（落寞的神情）

綾：……沒辦法呀……好像就這麼回事（同樣十分落寞的樣子）

紀子：……真煩人啊……（轉換心情）哎，待會兒要不要去海邊？

綾：嗯，去吧。

紀子：哎，吃嗎？

綾：嗯，吃吧。

然而兩人都不禁有些情緒低落。

75 東京 國立博物館的庭院

周吉和志繁坐在那裡的草坪上休息，膝蓋放著攤開的三明治餐盒。

周吉：可是，怎麼說呢，現在也許是我們家最好的時候吧……要是紀子嫁出去的話，可又得冷清了。

志繁：是啊……董事先生提的那門親事，到底怎麼樣呢？

周吉：嗯……但願能稱心吧……再不出嫁就太晚了。

志繁：是啊……

周吉：真快啊……康一娶親，孫子出生，然後是紀子出嫁。也許現在才是最快樂的時候呢。

志繁：或許吧……不過今後也還……

周吉：不想了，人貪心起來也是沒止境的。啊，真是個晴朗的星期天啊……

志繁：哎，你看——（指著對面的天空）

周吉：唔？（看天空）

斷了線的氣球朝著空中飛去。

　　周吉：不知哪裡，一定有個不小心放走了氣球的孩子在哭鼻子吧……康
　　　　　一不也有過這樣的時候嗎……

　　志繁：是啊……

仰望天空的老兩口。

高高飛上天空的氣球……

76 晚上　醫院的窗外

研究室的窗口燈火通明。

77 研究室

電話響了，助手接聽。

　　助手：喂，啊，是的。（然後朝旁邊）鐮倉接通了。

另外還有一名助手。康一正看書。

　　康一：謝謝。

起身去接電話。

　　康一：喂，啊，是史子嗎？是我。今晚不回去了，有個患者不太放心。
　　　　　紀子回來啦？……是嗎？董事先生那樁親事很不錯的，我向坂口
　　　　　打聽過了。……啊，等回去再說……嗯，就這事。

78 間宮家的電話旁

史子正接電話。

　　史子：是嗎。……啊，知道了。那麼，晚安。

掛了電話，返回廚房。

79 廚房

紀子從盒子裡取出奶油蛋糕正在切。

史子走來。

紀子：哥哥今晚不回來了？

史子：嗯。（看著奶油蛋糕）喲，好漂亮，很好吃的樣子。這個，多少錢？

紀子：（一邊切蛋糕）九百塊。

史子：（吃驚地）這個九百塊？

紀子：是哦。

史子：這一塊？……太貴了！怎麼這麼貴啊？

紀子：是哦。

史子：（很掃興似的，在一旁的凳子上坐下來）我簡直不想吃了……

紀子：（笑著）看你說的！擺一下盤子……

史子：（坐著不動）我真不該讓你買……

紀子：（笑著）盤子盤子……

史子：好鬱悶啊！我怎麼會讓你買這麼貴的東西呢？太離譜了……

說著站起來，一邊從櫥櫃裡取出盤子……

史子：紀子，你出一半吧。

紀子：我嗎？才不呢。

史子把取出的盤子又要收回去。

紀子：（看見了）啊，我出我出。

史子：（笑了）真的要出哦。

紀子：好的。

史子：來，（遞過盤子）可真貴啊……

紀子：不過這家的是最好吃的。

史子：但是貴，這都夠買半磅上好的毛線了。不過也沒什麼，偶爾一次嘛。

一邊絮絮叨叨，一邊把兩塊奶油蛋糕盛在盤子裡，收拾停當後，端去房間。

正門開了，傳來一個男聲——

謙吉的聲音：晚安。

紀子：是哪位？

謙吉的聲音：是矢部。

80 玄關

謙吉站在門口。

紀子走來。

> 紀子：您來了。
>
> 謙吉：你哥哥今晚難道是……
>
> 紀子：哦，剛來過電話，說今晚住那邊。
>
> 謙吉：啊，是嗎？
>
> 紀子：請。請進，進來吧。

81 房間（飯廳）

史子坐在那裡，面前放著盛了奶油蛋糕的盤子。紀子和謙吉走來。

> 謙吉：晚安。
>
> 史子：還讓您特意跑一趟……
>
> 謙吉：哪裡哪裡，伯父伯母呢？
>
> 史子：已經休息了。
>
> 紀子：（把自己那份蛋糕遞過去）請。
>
> 謙吉：呀，我來得正巧啊。這個，我可以吃嗎？
>
> 紀子：請用。

起身走出。

> 謙吉：今天有什麼好事嗎？
>
> 史子：什麼？
>
> 謙吉：這東西，您家三天兩頭吃嗎？
>
> 史子：倒也不是那麼三天兩頭的……
>
> 謙吉：好想三天兩頭地吃這個啊。

這時紀子端了自己的那份蛋糕走來……

> 謙吉：（對紀子）這個很貴吧？
>
> 紀子：嗯嗯，很便宜的。對不對？（看史子）
>
> 史子：嗯。便宜得很，沒事沒事。
>
> 謙吉：真好吃啊。（一邊吃）我聽說紀子有喜事呢。
>
> 紀子：是嗎？（裝糊塗）

謙吉：我聽說了，說是有這回事。

紀子：是嗎？多好啊！在哪裡？

謙吉：哎，嫂子，有這事吧？

史子：（含糊其詞地）是啊……（把話岔開）不是說你也有嗎？

謙吉：我嗎？

史子：阿姨是這麼說的。

謙吉：沒，那是我媽一個人瞎想的。

紀子：但我覺得很好，娶吧。你說呢，嫂嫂？

史子：是啊。這對小光來說也比較好。聽說是一樁很好的親事啊。

謙吉：沒有啊，是我媽一個人瞎著急呢。（然後看見史子的蛋糕沒見少）
　　　　嫂子，這個您不吃嗎？您不吃的話我吃。

史子：（慌忙地）吃啊。我吃。

謙吉：是嗎？也是啊。不過真好吃啊。

史子：（忽然豎起耳朵，緊張地）快藏起來！

於是三人藏好蛋糕，這時小實半睡半醒著晃晃悠悠地走出來，在他們的注
視下迷迷糊糊地走向廁所。

82 翌日傍晚　間宮家門前

康一正回家來，腋下除了皮包，還夾了一個細長的紙包。

83 玄關

康一走進來。

　康一：我回來了。

史子走出來。

　史子：你回來了。

小實從兒童房間走出來。

　小實：爸爸回來啦。（看見紙包）啊，太棒了！（把紙包拿在手上，高
　　　　興地）媽媽，這個！太棒了！

說著跑回兒童房間。

84 兒童房間

小勇坐在散亂的玩具軌道和火車中間。

小實跑來。

    小實：喂，阿勇！軌道來了。爸爸買了軌道來了！太好了！真棒！太棒
          了！

一邊打開紙包，小勇也湊上來，伸手卻被推開。

    小實：別動！慌什麼！嘿嘿，就等這個啦。太好了！

紙包打開，裡面不是軌道，而是麵包。

    小實：（大失所望）什麼呀，唉！

    小勇：是麵包呀……

    小實：（氣鼓鼓地）煩死了！

怒氣沖沖地把麵包扔開。

麵包滾到一邊──

85 房間

史子正在幫康一更衣。

    康一：媽媽呢？

    史子：在廚房──

    康一：（呼喊）媽媽……媽媽……（對史子）喂，腰帶──

志繁走來。

    康一：啊，就是紀子的事。條件相當不錯呢。

    志繁：聽說是這樣的。昨晚在電話上……

    康一：據坂口說，他家在善通寺是屈指可數的望族，（對史子）說是他
          家的次子。

    史子：哦。

    康一：（又轉向志繁）紳士錄裡也有他的名字，非常能幹，像是個很靠
          得住的人呢。

    志繁：啊，是嗎？這門親事很不錯啊。年齡多大？

    康一：明治四十三年出生……幾歲了？……大概四十二吧。

    志繁：四十二？

康一：算週歲的話，是四十吧。

志繁：四十啊……（表情變得悶悶不樂）

康一：但我覺得年齡不是問題。

志繁：可是，年齡相差一輪還多呢……

史子：是啊……

康一：（突然露出不悅的神色）那要幾歲才合適呢？紀子也算不上年輕
　　　了。講究這些的話，要等到什麼時候才嫁得出去呢？只要對方是
　　　個體面的人不就很好嗎？
　　　這邊不也一樣，已經不是可以挑三揀四的年紀了。

志繁：……可是，我總覺得不忍心……

康一：不忍心？不忍心什麼？

志繁：……

康一：有什麼不忍心的？媽媽您要是那麼想的話，紀子她才不忍心呢。

志繁：……是嗎……

康一：是啊。難道不是嗎？媽媽，您是不是太貪心了？您一直都是這樣
　　　的。

史子：可是，那……

康一：可是什麼！

史子：紀子她會怎麼想呢……

康一：不是說了解紀子的想法嗎？你之前不是說了嗎？

史子：那是因為你……

康一：混帳！你怎麼這麼說！怎麼可以隨便說！

於是史子也閉了嘴。三人尷尬地沉默了。

志繁：（一邊唉聲歎氣）是我太貪心嗎……

康一突然起身，氣沖沖地走出。

86 洗臉間

康一走來，發洩怒氣似的，粗魯地擰開水龍頭，洗手。

87 二樓

周吉攤開桌上的參考書，正在寫稿。

志繁無力地走來。

　　周吉：（看了看她）怎麼啦？

　　志繁：被責備了……

　　周吉：（安慰的語氣）沒事的……大家都真心為她擔憂呢。

　　志繁：……

88 樓下的房間

康一滿臉不高興地坐在桌前。

小實從兒童房間拿著麵包出來。

然後故意想引起注意似的把麵包扔在一旁。

康一忽然回頭。

　　小實：騙人！

康一瞪眼看他。

　　小實：騙人！什麼呀！明明不是軌道！什麼呀！破東西！

說著把麵包踢開。

　　康一：什麼？你幹嘛？

　　小實：什麼呀！破東西！

說著又踢一腳。

　　康一：這小子！你幹嘛？

突然站起來抓住小實。

　　康一：你想幹嘛！吃的東西，竟敢用腳踢！

說著抬手就打。小實掙扎著，

　　小實：不要啊！不要啊！

努力掙脫後，跑著躲進兒童房間。

89 兒童房間

小實一屁股坐在那裡。

小勇傻乎乎地看著他。

小實：阿勇……過來。

叫完小勇後走出，小勇跟了上去。

90 玄關

孩子們正要出去，面前的格子門開了。

紀子說著「我回來了」走進來。

　　紀子：你們去哪裡？……挨罵了嗎？

小實不回答，不耐煩地推開紀子走出。

小勇也跟出去。

紀子關上格子門，進屋。

91 房間

紀子走來。

　　紀子：我回來了。哥，你又罵孩子了？

　　康一：……（鬱悶地沉默著）

　　紀子：在生氣啊。哥哥，這可不好，不能由著性子發脾氣……孩子多可
　　　　　憐啊。

　　康一：（回頭看她）什麼？

　　紀子：那樣發脾氣的話，孩子們會更不聽話的。

　　康一：不許多嘴！

　　紀子：這不是多嘴，哥哥你總是……

　　康一：別人的事不用管，先擔心你自己吧！

　　紀子：（笑了）好吧。

走出。

92 走廊

紀子上二樓前朝廚房打招呼。

　　紀子：我回來了。

　　史子的聲音：（從廚房）回來啦。

93 房間

康一鬱悶地呆坐在書桌前。

94 傍晚時分的海岸

影子長長地延伸在沙灘上——
小實和小勇面朝大海蹲著——
小實的臉被眼淚和沙子弄得髒兮兮的。

　　小實：（朝著大海）渾蛋！……渾蛋！
叫喊著把手裡握著的沙子砸在地上，然後站起來。

　　小實：阿勇！走！
說著噔噔地往前走去，小勇急匆匆地跟上去。

95 夜晚　間宮家

只有孩子們的飯菜還留在餐桌上。

96 同上　廚房

志繁和史子擔憂地交談著。

　　志繁：……到底是去哪兒了呢……
　　史子：……他們會去哪裡啊……這會兒肚子也該餓了……
　　志繁：是啊，好可憐……

97 廚房的走廊

周吉從二樓下來，往廚房探看。

　　周吉：還沒回來呀？
　　志繁：哎……去了哪裡呢？
　　周吉：嗯……這麼晚了……

98 房間

周吉走來，在那裡坐下，心神不寧的樣子——

周吉：我再去看看。

往廚房那邊打了聲招呼後站起來。

　　史子：可是爸爸……

　　周吉：我還是去看看吧……

說著走出玄關，史子送他出門。

99 同一時間　矢部家門前

紀子走來。

100 同前　玄關

紀子走進來。

　　紀子：晚安，阿姨……

101 同前　房間

多美正在哄光子睡覺。

　　多美：（起身）啊，紀子小姐？

　　紀子：是的。

102 玄關

多美走出來。

　　紀子：哎，阿姨，我們家的小孩沒來打擾嗎？

　　多美：沒有啊。

　　紀子：沒有來啊？

　　多美：是啊。出什麼事了？

　　紀子：他們從傍晚出去，到現在還沒回來。

　　多美：哎呀……這是去哪裡了呢？

這時謙吉從二樓下來。

　　謙吉：怎麼啦？

　　多美：要不你也一起去幫著找找吧？

謙吉：好的，走吧。

紀子：真過意不去。

多美：你那木屐，趾襻兒太鬆了。

謙吉：不要緊。

紀子：那……

點頭致意後走出，多美也趿上木屐走出——

多美：天都已經這麼暗了呀。從八幡神社門前到長谷那邊的大路，一直
　　　找找看。說不定會在車站附近，候車室什麼也好好找找，車站後
　　　面也看看啊。

說著送兩人出門。

103 當晚　西脅醫院的診療室

隔著圍棋盤，康一和西脅面對面坐著。時間已經晚了，其他房間都熄了
燈。

康一顯得有些鬱悶，無精打采的樣子。

西脅：該你了。

康一：該我啊……（剛回過神似的，下了一子）

西脅：（一邊下棋）可是啊，怎麼說也不該那麼發火啊……

康一：（含糊地）唔……

西脅：可別那麼發火啊，孩子很敏感的。

康一：唔。（沉思著）

西脅：不能發火。

康一：嗯，不能發火。（下棋）

西脅：（下棋）不容易啊……

康一：嗯，不容易啊……

裡屋電話鈴響起。

104 裡屋的走廊

電話鈴響著。西脅的妻子富子（36歲）出來接電話。

富子：喂，哦……哦哦，這樣啊。……哦，間宮先生啊？

哦，謝謝……哦，他在這兒。

康一走來。

康一：找我嗎？

富子：是的，從您家打來的……

康一：謝謝……

說著接過電話。富子走回裡屋。

康一：喂，啊，是我。……哦……哦……（開心地）是嗎？回來啦……
　　　哦……那太好了……嗯……嗯……

　　　　（露出笑臉）是嗎……嗯，那，我一會兒回去……哦。

說完放下電話。

105 診療室

康一回來。

康一：（開心地）嗨，說是回來啦。

西脅：是嗎？太好了。

康一：他倆餓著肚子，傻乎乎坐在車站前邊的長椅上。

西脅：是嗎？怪可憐的……

康一：嗯，兩個傢伙真叫人頭疼啊。（忽然）那我告辭了。

西脅：哦，倒也是回去看看的好。

康一：（一邊收拾棋子）怎麼越來越像我了……盡是不好的地方像我……
　　　真是傷腦筋……

西脅：就是那麼回事啊。（說著也一邊收拾棋子，忽然想起）哦，剛才
　　　那事……

康一：什麼？

西脅：去秋田的……能不能儘快替我問一下，對方很著急呢。

康一：哦，我明天就問問看。那就……（說著站起來）

西脅：好的。

說著送康一走出。

106 翌日　傍晚　矢部家門前

謙吉歸來，彷彿有心事的樣子。

107 玄關

謙吉走進來。

    謙吉：我回來了。

108 房間

光子正一個人玩耍。謙吉進屋。

    謙吉：光子，真乖。

多美從廚房出來。

    多美：今天很早啊。

    謙吉：嗯……

    多美：肚子餓嗎？

    謙吉：嗯……

    多美：要吃嗎？晚餐做炒飯……

    謙吉：哦。

見多美正要回廚房，

    謙吉：我說，媽媽……

    多美：什麼？（回頭）

    謙吉：有件事跟您說。

    多美：什麼事？

    謙吉：您就坐一會兒吧。

    多美：到底什麼事啊？（坐下）

    謙吉：我想去秋田……

    多美：秋田？

    謙吉：嗯。

    多美：是出差嗎？

    謙吉：不是。人家問願不願意去縣立醫院當內科主任。

    多美：是你去當嗎？

謙吉：是啊。今天間宮先生跟我談了，交上去的論文應該也會通過，並且最長也就忍耐三四年而已……

多美：……（思考）

謙吉：怎麼樣？

多美：（不是很情願的樣子）你覺得怎麼樣呢？

謙吉：我是打算去的……不行的話，就我一個人去也行。

多美：那可不成。

謙吉：那媽媽您也肯去嗎？

多美：……

謙吉：怎麼樣啊？

多美：……是啊……秋田啊……

謙吉：您不願意嗎？薪水可比現在多很多呢。

多美：那樣的職位，東京沒有別的可去的地方嗎……

謙吉：沒有啊，就因為是小地方才有的啊。我說媽媽，這對我可是件好事啊。

多美：道理我懂，可……

謙吉：並且去了秋田還有恙蟲，還可以做立克次體[7]的研究。

多美：……

謙吉：最長三四年就能回來，從一開始就說好了的。

多美：……

謙吉：謝絕了的話，就不知什麼時候才會有機會了。

媽媽，您覺得怎麼樣？

多美：……

謙吉：我很想去。可以吧？

說著站起來，多美依然低著頭。

謙吉：遇到不順意的事就賭氣不說話。媽媽，這是您的壞毛病呢。

說完向二樓走去。

多美難過地吸了吸鼻子。

7　立克次體，一種微生物，以發現者美國病理學家立克次的姓氏命名。寄生於虱、蚤等節肢動物體內，由此引發斑疹傷寒、恙蟲病等疾病。

光子無憂無慮地玩耍著。

109 東京　大樓的外景

下午——三點過後的陽光明媚地照耀著……

110 董事辦公室

專務董事佐竹一個人，正在辦公。
敲門聲傳來，門開了，綾探頭進來。

佐竹：喲！

綾：（歡快地）您好——

佐竹：今天有什麼事呀？

綾：剛好有點事來到這附近……

佐竹：哦，來，請坐。

綾：紀子呢？

佐竹：有點事出去了。

綾：哦，（坐下來）對了，昨天真鍋先生來了……

佐竹：哦，老鍋呀。他說什麼了嗎？

離開座位走過來。

綾：沒說什麼……怎麼樣了？紀子她……

佐竹：什麼？

綾：就是真鍋先生的事。

佐竹：哦，還沒明說呢。你能不能幫我問問她？

綾：我來問嗎？

佐竹：嗯。不過，她到底覺得怎麼樣啊……

綾：覺得什麼？

佐竹：到底有沒有那意思？

綾：那董事先生您看了覺得如何呢？

佐竹：是啊……好像有又好像沒有，真讓人捉摸不透。她從前就這樣的
　　　嗎？

綾：是啊。

佐竹：有沒有愛上過誰呢？

綾：哎，她好像沒有吧。做學生的時候，她喜歡赫本，劇照收集了這麼大一堆……

佐竹：什麼呀，赫本？

綾：美國女演員啊。

佐竹：那不是女的嗎？變態呀？

綾：怎麼可能！

佐竹：不不，就是這些地方，她很古怪的。你教教她嘛。

綾：什麼？

佐竹：各種各樣的事。

綾：各種各樣的事？

佐竹：（笑著拍拍綾的肩膀）別裝糊塗哦。

綾：什麼呀！你當我是傻子啊。（生氣的樣子）

佐竹：哈——哈——哈哈哈！（大笑）

綾：這太不禮貌了，董事先生！

佐竹：哪裡哪裡。哈——哈——哈哈哈！

站起來打開門。

佐竹：服務生！上茶！——（轉回頭）喂，來杯咖啡吧？

綾：（生硬的口氣）不必！我不要！

佐竹：哈、哈、哈哈哈！

笑著走回來。

綾：紀子怎麼這麼晚啊？

佐竹：也許不回來了呢，她曾說會順便去哥哥的醫院。

綾：什麼呀！太可惡了！這話您怎麼不早說……

佐竹一邊回到自己的座位——

佐竹：怎麼樣？要不去吃壽司？

綾：好啊。

佐竹：（一邊收拾桌子）你喜歡吃什麼壽司啊？

綾：嗯，金槍魚吧。

佐竹：金槍魚啊……蛤蜊怎麼樣？文蛤。

綾：喜歡啊。

佐竹：海苔卷呢？海苔卷壽司。

綾：不喜歡。

佐竹：你也是變態啊。哈、哈、哈哈哈！

又是哈哈大笑。

111 御茶水附近的坡道

紀子和謙吉一起走來。

對面能看見尼古拉教堂。

112 某咖啡館

窗外看得見尼古拉教堂——

紀子和謙吉在喝茶。

謙吉：以前，學生時代，我常跟省二君到這裡來。

紀子：哦。

謙吉：而且我們總是坐在這裡。

紀子：哦。

謙吉：那個畫框也還是老樣子……

紀子：（看過去）

米勒的〈拾穗者〉，陳舊的畫框——

謙吉：真是一轉眼的事啊……

紀子：是啊……雖然我們時常吵嘴，但我從小就喜歡省二哥……

謙吉：對了，我還有省二君的信呢。徐州會戰的時候，從那邊寄來的軍
事郵件，信裡還夾著麥穗呢。

紀子：——？

謙吉：當時我正在讀《麥子與士兵》[8]。

紀子：那信可以給我嗎？

謙吉：哦，當然可以，我正想給你呢……

8　《麥子與士兵》，日本軍旅作家火野葦平（1907-1960）於 1938 年 8 月發表的中篇小說。

紀子：給我吧！（忽然望見）哎，來了。

謙吉：──？（望過去）

康一走來。

康一：久等了吧？

紀子：沒有，沒等多久。

康一：走吧，（對謙吉）吃什麼？

謙吉：我什麼都行。

紀子：既然要分別了，就讓我哥好好請一頓吧。

康一：啊，我會的。不過，太貴了也不行。

紀子：（笑了）小氣鬼……

謙吉：吃什麼都好啊。

康一：貴的不一定就好吃哦。

113 晚上　矢部家

光子已經睡了。

屋裡堆著軍官用的行李箱，多美正在補謙吉的襪子。

玄關的門開了。

紀子：晚安──

多美：哪一位？

紀子的聲音：是我──

多美：哦，紀子小姐？

起身去迎接。

多美：來啦。來，請進……

紀子：打擾了。

進屋。

紀子：小光睡了？

多美：是的。

紀子：收拾行李呢？

多美：嗯。怎麼說呢。不知該從哪裡著手才好……

紀子打開包袱，取出繫著禮繩的餞別禮金和禮品。

紀子：這是我們全家的一點心意……

多美：哎呀，這，讓你們費心了……（鄭重收下）真過意不去。

紀子：謙吉哥呢？

多美：有歡送會，還沒回來呢，可是明天就要走了。

紀子：阿姨您什麼時候去呢？

多美：等差不多收拾好了就去……（顯得沒精打采的）

紀子：是嗎？難為您了……

多美：（沉重地）……這些年承蒙你們多方照顧……（一邊抹淚）

紀子：哪有啊。阿姨，那邊您是第一次去嗎？

多美：是啊……我家以前是鐵道上的，倒是去到過宇都宮那邊……

紀子：哦。不過很快的，很快就能回來的。

多美：謙吉倒也是這麼說的……

紀子：可不是嘛。

多美：是嗎……我還想，謙吉就這麼娶個媳婦，可以一輩子住在這兒呢……

紀子：……

多美：其實啊，紀子小姐你可別生氣啊，也別跟謙吉說。

紀子：什麼事？

多美：沒什麼，呵呵，是我自己想得美，我曾想，要是能有你這樣的姑娘給謙吉做媳婦那該多好啊！

紀子：哦。

多美：對不起啊，這只是我自個兒做夢瞎想的……不許生氣啊。

紀子：真的嗎，阿姨？

多美：什麼呀？

紀子：對我，您真的是這麼想的嗎？

多美：對不起啊，所以說請你別生氣啊。

紀子：阿姨啊，像我這樣嫁不出去的也行嗎？

多美：啊？（彷彿懷疑自己聽錯了）

紀子：要是我也行的話……

多美：（情不自禁地）真的？（聲音也大起來）

紀子：嗯。

多美：真的啊！我會當真的！（情不自禁地抓住紀子的膝頭）

紀子：嗯。

多美：我太高興了！真的啊？（熱淚盈眶）哎，太好了，太好了！……
　　　謝謝……謝謝……

紀子：……

多美：有心願還真是要說出來啊。要是不說的話，說不定就這麼沒影
　　　了……真是太好了。幸虧我嘴碎……太好了太好了，這下我徹底
　　　放心了。紀子小姐，吃麵包嗎，豆沙包？

紀子：不了。我該告辭了。

多美：為什麼？再等會兒吧，謙吉就該回來了。

紀子：可是……我得回去了……

多美：剛才的話，都是真的吧？

紀子：嗯。

走出玄關。

多美：真的啊，你答應了啊。

紀子：嗯。

114 玄關

紀子走到玄關口。

紀子：再見。

多美：哦。晚安。啊——太好了太好了……謝謝謝謝……

紀子走出。

115 家門前的道路

紀子正往家走。

喝醉的謙吉晃晃悠悠地從對面走回家來。

紀子：回來啦。

謙吉：啊，昨天多謝了……

紀子：明天，幾點？從上野出發？

謙吉：八點四十五分，去青森的車。

紀子：哦。那——晚安……

謙吉：好，晚安。

紀子快步走回去。

謙吉又跌跌撞撞地走起來。

116 玄關

謙吉回來。

謙吉：我回來了。

多美：你在外邊碰見紀子小姐了吧？

謙吉：嗯。

多美：紀子小姐跟你說什麼了？

謙吉：沒說什麼啊……

進屋。多美急急忙忙地跟上去。

117 房間

謙吉和多美走來。

多美：我跟你說呀，紀子小姐說她肯來！她說，肯到咱家來呢！

謙吉一屁股坐下，多美也坐下來——

多美：哎，跟你說，我試探著跟紀子小姐開了口！真是不說誰知道啊！
　　　然後她就對我說她肯來！

謙吉：來哪裡？

多美：來咱家啊！

謙吉：來幹嘛？

多美：不是來幹嘛！是來你這裡！來做你媳婦啊！

謙吉：做媳婦？

多美：是啊，多高興啊！太好了……

謙吉：……（愣住了）

多美：我簡直太高興了，太高興了……（含著淚）哎，你也高興對吧？
　　　我想你該多高興啊……（哭起來）

謙吉：也用不著哭啊。

多美：可是，你說怎能不哭呢……（一邊哭）你也一樣，高興的話就只管表現出來啊……你也高興對吧，高興的對不對？

謙吉：（小聲地）我高興呀。

多美：那，臉上可以更高興一點呀。高興吧。你這孩子，真奇怪……

說著吸了吸鼻子。

118 當晚　間宮家的二樓

周吉和志繁已換好睡衣坐在被褥上。

周吉：紀子還沒回來嗎？

志繁：好像剛才回來了……

周吉：唔……

史子急急地走上來。

史子：爸爸，請來一下。

周吉：什麼事？

史子：媽媽也請一起來。

志繁：啥事呀？

史子：請到樓下來一下……

說著下樓而去。

周吉和志繁面面相覷，然後起身下樓。

119 樓下房間

康一，稍遠處坐著紀子，史子也坐在一旁。

周吉和志繁過來。

周吉：什麼事啊……

康一：您先坐下……

周吉和志繁在那裡坐下。

康一：紀子說要跟矢部結婚。

周吉：跟謙吉君？

康一：是啊。她說剛剛跟矢部家的伯母見面講好了。

志繁：……可是，謙吉不是明天就要出發了嗎？

康一：是啊。

紀子：所以我才去說的呀。

志繁：……可是，那麼重要的事，你好好考慮過嗎？

康一：矢部可是有孩子的人哪。

紀子：（點頭）……

康一：對你的婚事，咱們全家可都在為你擔憂呢。大家的擔憂你不是不知道吧？為什麼跟爸爸媽媽都不商量一聲呢？你好好考慮過嗎？是不是太輕率了？

紀子：……

康一：爸，媽，我也不知說什麼才好，反正我不贊成。

紀子：可我讓伯母那麼一說，一下子很自然地有了那樣的想法。不知怎麼的突然覺得會很幸福，所以我想這樣很好。

志繁：……可是你，等去了他家不會後悔嗎？

紀子：我想不會。

康一：肯定不會嗎？你不會到頭來又覺得自己做錯了嗎？

紀子：不會。

康一：真不會？

紀子：……

康一：肯定不會？

紀子：不會。

然後眾人都閉口不言。尷尬的氣氛——

志繁：孩子的爸，您不冷嗎？

周吉：唔……

志繁：去休息吧？

周吉：唔……

志繁：去休息吧？

周吉：唔……睡吧……

周吉、志繁無力地站起來走出。

綾：這麼下定決心真不容易啊。我還想，以你這樣的性格，會很難離開東京呢。

紀子：為什麼？

綾：因為呀，我覺得你這樣的人，會在院子裡種上白色的花草什麼的，放著蕭邦之類的音樂，在鋪了瓷磚的廚房裡放上電冰箱，打開冰箱門，裡頭擺著可口可樂什麼的……我以為你會成為這樣的太太呢。

紀子：（笑著）哦。

綾：然後我就去找你玩兒是不是？你呢，站在有條紋篷布的遊廊上，身穿雪白的毛衣，正在逗你的蘇格蘭獵犬，還隔著籬笆跟我打招呼說，Hello! How do you do ？……

紀子：怎麼可能！

綾：嗯，我認定了會是這樣的。秋田那地方，女孩子很土氣的不是？

紀子：嗯。

綾：你呀，要穿束腿褲的呀。

紀子：穿唄。

綾：哎呀咋這麼早哩，隔壁大姐兒，這些個天兒接連著那叫個好咧——這樣的話你會說嗎？

紀子：這點兒話兒俺啥問題沒有喂。

綾：哎呀，嚇死個人咧，剛打東京到俺們這兒來，就能說俺們的話啦。咋說哩，大姐兒，還真是人不可貌相哩。

紀子：嗯，看您說的啥，俺都嫁到秋田來咧，不會說這兒的話可咋辦的咧。您說是不？

綾：你還真能說哎！

紀子：可不是！在學校那時，佐佐木不就是這麼說話嗎？

綾：哦，這樣啊。（轉換話題）哎，說起來，你家的省二哥哥還沒去蘇門答臘那時，我們不是一起去過一次城島嗎？就是那次的那個人嗎？

紀子：那次他也一起嗎……

綾：你從那時就開始喜歡他了嗎？

紀子：哪有？那時還談不上喜歡或討厭呢。

綾：那麼，是從什麼時候開始的？

紀子：從什麼時候……是慢慢喜歡上的。

綾：哦。我一點兒都不知道。

紀子：是啊。就連我，也沒想過會結婚什麼的。

綾：那你是怎麼動了念頭的呢？

紀子：很偶然的。

綾：偶然？

紀子：倒也不能這麼說……怎麼說好呢……就像裁衣服的時候，不知把
　　　剪刀放哪兒了，然後就到處去找，找來找去，發現不就在眼前嘛。

綾：嗯，我媽倒是經常這樣。戴著眼鏡還找眼鏡呢。

紀子：就是那感覺。

綾：什麼？

紀子：因為離得太近了，反而沒注意到他。

綾：那說明你還是喜歡他的！

紀子：不是的，並不是說喜歡或者討厭。是覺得這個人我從老早就最了
　　　解他，他是可以信賴的。

綾：那可不就是喜歡嘛！

紀子：不，不一樣的！對這個人的話，我可以打心眼兒裡相信他，就是
　　　這種感覺——你明白嗎？

綾：你說些什麼呀！那就是所謂的喜歡呀！

紀子：不是的！

綾：是的！就是喜歡！你這是愛上他了！徹底愛上了！

紀子：……這樣嗎？……

綾：就是的！給你一記！我要狠狠地打！

紀子：（笑著）不要啊！你手太重！

綾：接招！

作勢要打上去，紀子笑著逃開。

信走進來。

綾：哎，媽媽，幫我捉住她！

信：幹嘛呢？我說小綾，那個放哪兒了？

綾：什麼呀？

信：就是那個，前幾天的那個呀。這樣的，不是有一個嗎？黃色的那個。我肯定是放在哪裡了呀……

女傭探出頭來。

女傭：老闆娘，您來一下……

信：哎，好的好的。

說著匆匆離開。

紀子：伯母來找什麼呢？

綾：不知道。她總那樣，還會來的。哎，這叫什麼來著，這情形，真叫人擔心，我可怎麼放心去嫁人呢……

紀子：不過，你這情況是要招上門女婿的。

綾：我才不要呢，現在願意當上門女婿的人沒一個好東西。

信又急匆匆地走進來。

然後四下尋找了一番，又走了出去。

綾：你等著瞧，通常她還會再來一趟的。

紀子：（笑著）哦。

綾：不過，真是太好了，你有了那麼中意的人。

紀子：我想接下來會很不容易吧。……會有各種各樣的不方便，每個月的擔憂也會很難辦……得吭哧吭哧地刷鍋底，幹活幹得黑不溜秋的。

綾：那後來董事先生的那一樁怎麼樣了呢？

紀子：回絕了。就在今早——

綾：董事先生是怎麼說的？

紀子：他笑著說我是非常舊式的戰後派呢。

綾：說得很妙啊。他剛才來了，在二樓呢。

紀子：哦。

綾：那個人也跟他一起呢，真鍋先生。你不去看看嗎？從隔壁房間偷看一下，怎麼樣？

紀子：我才不呢。

綾：這有什麼，很有趣呢。他還挺帥的。（說著站起來）

紀子：我還是算了。

綾：沒事的，來，走啊！不要緊的！

紀子：不需要了，足夠了，也用不著那麼多夫婿。

綾：跟你說沒事的！來，去吧去吧！你要不了的給我好了！

說著把紀子往外推，兩人走出。

131 走廊（台階下）

綾和紀子走來，頑皮地躡手躡腳往二樓上去。

132 二樓走廊

綾和紀子躡手躡腳地走過⋯⋯

133 夜晚　鎌倉　間宮家　房間

已近十點。老兩口和康一各懷心事，茫然地思考著什麼。

志繁：（歎息）⋯⋯就這麼定了⋯⋯能行嗎？

康一：真叫人頭疼⋯⋯

周吉：唔⋯⋯究竟會怎樣呢？

志繁：總覺得太不忍心⋯⋯

康一：總之，要再問問她到底是怎麼想的。

周吉：你說的也是啊。

康一：雖然她已經決定了，但可能還在考慮也說不定。

周吉：唔⋯⋯

玄關的門開了，傳來紀子的聲音：我回來了。

——周吉和志繁猛地站起來，默默地走出。

康一也站起來走去書桌前，只有史子留在原地。

紀子走進來。

紀子：我回來了。弄得有點晚了⋯⋯

史子：回來啦。

紀子：順便去了阿綾那裡。

史子：哦。吃飯了嗎？

紀子：我吃點茶泡飯吧。

史子：哦。（說著站起來）

紀子：嫂嫂，不用管我，我自己來。

史子：那個，可樂餅在網罩下面……

紀子：好的，多謝。

說著走出。

康一頭也不回地默默坐在書桌前。

史子也坐在原地對著火盆，在灰上畫字。

134 廚房

在這頗有些冰冷的氣氛中，紀子淡然地吃著茶泡飯。

135 海岸

沙上的足跡一直延伸著——紀子和史子走著。

然後在沙丘上坐下來。

紀子：哎……您是擔心他有孩子這事嗎？

史子：這也算一個吧。

紀子：不過沒關係。我不介意的。

史子：可是，媽媽說你這樣讓她太不忍心了。昨天晚飯後，她還在廚房
　　　抹淚呢……

紀子：（不禁感動不已，然而——）……我很喜歡孩子的……

史子：可是爸爸媽媽不那麼想啊。小光子也會長大，要是你有了寶寶……

紀子：別擔心。這事我也好好考慮過了，一定能處理好的。這種情況也
　　　很常見，我想我不會做不到的。

史子：可是……

紀子：別擔心。不用擔心的，嫂嫂，（面露微笑）我有信心的。

史子：哦，那就好……

紀子：可能我太樂觀了。但即便沒錢，我想也不會像別人說的那麼辛苦。
　　　我不在乎的。

史子：那，你可以的，是吧？

紀子：是的。

史子：這樣的話，我就沒什麼可擔心的了。

紀子：（面露微笑）說實在的，嫂嫂，我覺得四十歲了還單身晃悠的男人不值得信任，我反倒更相信有孩子的人。

史子：……你真了不起！紀子。

紀子：為什麼？

史子：哪像我，當年什麼都沒考慮就嫁過來了……

說著站起來。紀子也站起身，兩人一起向海岸方向走去——

紀子：不過，我走了以後，家裡會怎麼樣呢？……

史子：這些事你不用掛記的。爸爸和媽媽，他們兩位都一心只為你的幸福著想啊。你就別擔心這些事了。

紀子：可是，嫂嫂您會很辛苦吧，千頭萬緒的……

史子：啊，我不在意的。從今往後，我要跟你比賽呢。

紀子：什麼？

史子：比賽勤儉持家呀！我可不能輸給你。

紀子：我也不服輸。

史子：可不能再吃鮮奶油蛋糕了。

紀子：那當然了，那麼貴的東西！……不過，如果是人家給的就吃。

說著笑了，奔跑而去。

然後在沙灘上脫了涼鞋光著腳。

紀子：嫂嫂！過來！可舒服了！

史子也跑過去，脫下木屐光著腳。

然後兩人歡快地笑著，沿著岸邊的沙灘走去。

136 東京　公司辦公室

紀子來道別。

佐竹：這樣啊，難得你特地過來。恭喜你。

說著起身離開座位。

紀子：一直以來承蒙您百般照顧……

佐竹：哪裡，我才應該多謝你……怎麼樣？叫上綾一起去哪兒吃頓飯吧？

紀子：啊……謝謝您一番好意，可我……

佐竹：這樣啊……好吧。你可要好好照料你丈夫哦。

紀子：（笑著點頭）……

佐竹：真鍋那傢伙，大概會很失望吧。不過管他呢，哈哈哈。—— 可如果是我的話怎麼樣？如果我更年輕一點，而且還獨身的話……

紀子：（笑而不語）……

佐竹：不行啊？果真如此。哈哈，哈哈哈。

笑著走到窗畔，眺望窗外。

佐竹：哎，好好看看吧。

紀子：—— ？

佐竹：東京還是很不錯的……

佐竹面朝窗外捶腰的背影。

137 鐮倉　間宮家　房間

父親母親坐在中間，康一夫婦、紀子和孩子們並排而立—— 攝影師支起三腳架，正要為他們拍照。

攝影師：請看這邊。

史子：小勇，不要亂動。

攝影師：好的，就這樣。太太，稍微再朝這邊一點……好，就這樣。

說著摁下快門。

康一：嘿……

志繁：多謝了……

大家都鬆了一口氣，正要散去——

紀子：攝影師，我想請您再拍一張。

說著朝向父母。

紀子：給爸爸和媽媽兩人……

康一：哎，那好啊。

周吉：哦。（說著回頭看志繁）那麼——

志繁：這樣啊……

說著湊近了，老兩口並排而坐。

攝影師把頭伸進相機篷，看鏡頭。

大家都笑盈盈地注視著他們。

　　紀子：爸爸媽媽，照得可真好。

　　周吉：別逗了。

　　志繁：都多少年沒這麼照過了……

　　周吉：唔……

138 海邊的波浪　夜晚

海浪唰啦唰啦，靜靜地湧來。

139 夜晚　間宮家　房間

送別宴吃的是牛肉壽喜燒，已經吃完，大家都放下了筷子，只有小實還在吃。

　　小實：（終於吃完）我吃飽了。

說著放下筷子。

　　周吉：（笑著）吃得真不少哇……

小勇突然站起來，噔噔地往外走。

　　史子：小勇，你去哪兒？

　　小勇：去大便。

看樣子他也吃了不少。大家都爽朗地笑了。史子站起來跟上去。

然後安靜下來——

　　康一：早知如此，就不讓矢部去秋田了。

　　紀子：不過哥哥，這樣也好。正因為是去遠方，才讓我拿定了主意……

　　周吉：不過，三四年，也沒多久。

　　康一：是啊……很快的……

　　周吉：咱們搬來這棟房子，差不多十六年了吧……

　　志繁：是啊……正好是阿紀小學畢業那年春天……

　　周吉：對啊。那時她只比小實大一點啊。

康一：在這兒繫一個小小的蝴蝶結，成天唱著「下雨的月亮」什麼的呢。

志繁：可愛極了。

史子回來，在一旁坐下。

周吉：唉……孩子們都長大了。康一打算怎麼辦？

康一：我還是打算在這裡開一間診所。

志繁：那，現在的工作呢？

康一：啊，那邊不要緊，可以只上晚班……

志繁：哦……

周吉：唉……就要分開了，但總會重聚的……大家一直這樣下去，好是好……但也很難辦啊……

康一：爸爸和媽媽，您二位也要經常從大和來住上一段時間啊。

周吉：唔……

紀子：對不起啊，因為我……

周吉：不，不是因為你。總歸是要這樣的。

志繁：阿紀，要多保重身體啊。都說秋田非常冷……

紀子：嗯……

周吉：啊，一定要多注意啊……多保重……這樣，就又能見面了。

紀子點點頭，又仰起臉，淚眼婆娑。

她終於忍不住，嗖地站起來逃走似的地奔出去。

140 二樓

紀子走上來，獨自飲泣，

141 大和的麥秋

陣陣清風吹過，麥浪在風中湧動……

142 當地的一座舊宅

屋柱間的橫木上掛著提燈盒子、長矛……

空蕩寬敞的房間盡頭，茂吉獨自一人，佝僂著身子，正悠閒地吸著菸。

地爐旁邊，周吉和志繁正安靜地喝茶。

周吉：（忽然眺望窗外，對志繁）哎，你看，誰家正嫁閨女呢。

舉目望去──

143 麥田中的道路（遠景）

五六個人伴隨著新娘子正從中經過。

144 地爐邊

周吉和志繁一動不動地望著。

志繁：她會嫁到什麼地方去呢……

周吉：唔……

志繁：紀子這會兒過得怎麼樣啊……

周吉：唔……雖說大家都分開了……但我們算是不錯的了……

志繁：……發生太多事了……這麼多年了……

周吉：唔……不知足的話，就沒完了……

志繁：是啊……我們真是很幸福了……

周吉：唔……

145 麥田

成熟的麥穗上，六月的微風輕輕吹過──

大和一帶，正值豐收的麥秋時節。

──劇終──

東京物語

一九五三年（昭和二十八年）

松竹大船製片廠

劇本、底片、拷貝現存

14 卷，3702 米（135 分鐘）

黑白

同年十一月三日公映

製　片	山本武
編　劇	野田高梧　小津安二郎
導　演	小津安二郎
攝　影	厚田雄春
美　術	濱田辰雄
音　樂	齋藤高順
照　明	高下逸男
錄　音	妹尾芳三郎
剪　輯	濱村義康

演員表／

平山周吉	笠智眾
平山富子	東山千榮子
平山幸一	山村聰
平山文子	三宅邦子
平山實（阿實）	村瀨禪
平山勇（阿勇）	毛利充宏
金子志繁	杉村春子
金子庫造	中村伸郎
平山紀子	原節子
平山敬三	大阪志郎
平山京子	香川京子
服部修	十朱久雄
服部米子	長岡輝子
沼田三平	東野英治郎
雜燴店女老闆　加代	櫻睦子
公寓女子	三谷幸子
敬三的同事	安部徹
美髮店的助手　阿清	阿南純子
鄰家太太	高橋豐子

1 尾道

七月上旬的一個早晨。

海濱街道上熱鬧的早市。

——尾道的市區從這條海濱街道朝山腳方向延伸而去。

2 山腳的街區

小巷那頭，孩子們正經過大道去上學。

3 平山家

房間裡，男主人周吉（70歲）和老伴富子（67歲）正收拾行裝，富子忙著往包裡裝東西，周吉在查看火車時刻表。

　　周吉：坐這趟的話，到大阪是六點啊。

　　富子：是嗎？那敬三也正好下班呢。

　　周吉：噢，他會到月台來吧，已經給他發了電報。

小女兒京子（23歲，小學教師）從廚房出來。

　　京子：（取出一包東西）媽媽，這是飯盒。

　　富子：噢，謝謝。

　　京子：（把自己的飯盒也放進包裡）那我走了。

　　周吉：噢，學校忙的話，你就不用特地來送了。

　　京子：不要緊的，反正第五節是體操課。

　　周吉：這樣啊。

　　京子：那麼車站見……

　　周吉：嗯。

　　京子：媽媽，保溫瓶裡我已經沏好茶了。

　　富子：噢，謝謝啊。

　　京子：那我走了。

　　周吉：好，你先去吧。

　　富子：去吧。

京子在話語聲中離開。

4 玄關

京子向外走去。

5 小巷

京子朝大路走去，沿路經過的小學生們向她行禮。

6 平山家

周吉和富子一邊做著出行準備——

　富子：氣枕，放哪邊了？

　周吉：氣枕不是交給你了嗎？

　富子：我這兒沒有啊。

　周吉：就在你那兒，我不是交給你了嗎？

　富子：是嗎？

說著翻找自己的提包。

這時鄰家太太（48歲）經過窗外。

　太太：早上好。

　富子：啊，您早。

　太太：今天出門啊？

　富子：是啊，坐中午的火車走。

　太太：噢。

　周吉：想趁這會兒去看看孩子們哪……

　太太：那多高興啊，您家的孩子們在東京一定盼著你們去呢。

　周吉：是啊。我們不在家的時候，還請多照應。

　太太：好的好的，你們只管放心。您家兒子女兒都那麼有出息，真有福
　　　　氣啊。

　周吉：哪裡哪裡，說不上的。

　太太：正好天氣也好……

　富子：真是託您的福了。

　太太：啊，你們路上要多小心哪。

　富子：謝謝。

鄰家太太離開──

> 富子：氣枕不在我這兒啊。
>
> 周吉：怎麼會不在，你好好找找看……（說著，發現就在自己的行李中）啊，有了，有了。
>
> 富子：找到了？
>
> 周吉：嗯，在這兒。

於是兩人繼續收拾行裝。

7 東京

看得見小工廠的江東風景──

8 一片空地

空地一角上立著「內科 小兒科 平山醫院」的招牌。

9 平山醫院的診療室

從外觀來看，主人的生活並不寬裕。

10 通往二樓的樓梯

11 二樓

小孩用的書桌等被搬到了走廊一角，主婦文子（39 歲）正用抹布擦拭。隨後，她提著水桶下樓而去。

12 樓下

文子走下樓來。

13 廚房

文子放下水桶，穿上木屐，看了看澡堂的爐門，立刻又回到房間。

14 房間

文子進屋，小兒子阿勇（6 歲）正一個人玩耍。

　　文子：阿勇，乖孩子。

說著，到外面套廊去取晾在那裡的紗布和繃帶。

15 診療室

文子進屋，整理房間，這時玄關傳來孩子的聲音——

「我回來了。」

是大兒子阿實（14 歲，中學生）回來了。

　　文子：回來啦。

阿實探頭進來。

　　阿實：我回來了——爺爺奶奶還沒來？

　　文子：就快來了。

阿實向裡間走去。

16 二樓

阿實走上樓來，看到自己的房間被收拾一新，不由得一愣。他把書包扔在走廊的書桌上，氣沖沖地叫起來。

　　阿實：媽媽！媽媽。

文子拿著兩個坐墊走上樓來。

　　文子：什麼事啊？

　　阿實：幹嘛把我的書桌搬到走廊上來！

　　文子：爺爺奶奶要來你知道的嘛。

　　阿實：可也不用搬走我的書桌呀！

　　文子：不搬這裡怎麼睡得下呢？

　　阿實：那我在哪兒做功課呢？

　　文子：在哪兒不都能做嗎？

文子扔下這句話下樓去了。

阿實繃著臉跟隨在後。

17 樓下　廚房

阿實跟在文子身後走進來。

　　阿實：哎，你說我在哪兒做功課啊？

文子不吭聲走進裡屋，阿實又跟上去。

18 屋裡

阿實纏著文子不放。

　　阿實：哎！我在哪兒做功課啊！

　　文子：吵死了！平時怎麼不見你用功！

　　阿實：當然用功！我一直很用功呢！

　　文子：瞎說！偏偏這時候你用功！

　　阿實：噢，我可以不用功啦，不學習也行啊？太好了，這下我輕鬆啦。

　　文子：你胡說什麼，阿實！

門外傳來汽車喇叭的聲音。

　　文子：哎呀，來了！

說著向外走去。

阿實也走出去，卻進了診療室。

19 玄關

幸一（47 歲，周吉的長子，文子的丈夫）提著行李走下計程車，周吉夫婦和志繁（44 歲，周吉的長女，幸一的妹妹）走進屋。

　　文子：（對幸一）回來啦。

　　幸一：啊，來，爸、媽，請進。

　　文子：您好。

　　周吉：啊。

　　幸一：來，請進。

文子先進了裡屋。

20 客廳

文子連忙擺好坐墊，阿勇默默地呆看著她。

幸一領著周吉和富子、志繁進來。

幸一：請，媽媽，您累了吧。在火車裡睡得好嗎？

富子：啊，睡得不錯。（看著阿勇）過來呀……

阿勇害羞地逃到診療室那邊去了。

大夥兒微笑著望著他。

文子：（畢恭畢敬地）爸爸媽媽好。

周吉：啊——

文子：好久沒問候爸爸媽媽了。

周吉：啊，這次又讓你們費心了。

文子：媽媽，真是好久沒見面了。

富子：是啊。

文子：您二位能來太好了。京子好嗎？

富子：她很好，謝謝你。

文子：她一個人看家……

富子：啊。

文子點了點頭，起身去泡茶。

志繁：（看她起身）對了，文子……

說著，拿著個包袱起身跟去。

21 廚房

志繁跟隨文子進屋。

志繁：我帶了點東西來，是我家附近買的脆餅，味道還可以。這是醬煮魚。

文子：哎呀，謝謝啊。

志繁：媽可喜歡吃脆餅呢。有糖果盤嗎？

文子：有。

志繁：哦，托盤也行。

文子：（從櫥櫃裡取出糖果盤）這樣的……

志繁：啊，可以可以。

說著把脆餅從袋子裡取出，放進糖果盤裡。

文子：（一邊準備茶水）紀子沒去東京站嗎？

志繁：是啊，她沒來。我給她打過電話的。

文子：她怎麼會沒來呢？

志繁：（不予作答）那就麻煩你一起端上去吧。（說著把脆餅盤子遞給
文子，回客廳去了）

22 走廊

志繁經過診療室，向裡面的孩子們打招呼。

志繁：阿實、阿勇，在幹什麼呢？過來。

然後領著孩子們走出來。

23 客廳

志繁領著孩子們進屋來。

幸一和老兩口站在套廊上望著庭院。

志繁：叫爺爺、奶奶。

三人回頭——

周吉：啊，長高啦。

一同回到屋裡。

幸一：阿實已經上初中了。

周吉：是嗎？

撫摸阿實的頭。

富子：阿勇幾歲啦？

幸一：問你幾歲了？

志繁：幾歲？

阿勇又害羞地逃了出去。

大家都笑了，阿實也笑著跑了出去。

文子端上茶和點心。

文子：（對幸一）沒別的事的話，要不要先洗個澡？

幸一：啊，爸，要不要洗澡？

周吉：噢。

志繁：媽媽也換件衣服吧。

文子：啊，您的浴衣……

富子：不用了文子，我帶來了……

周吉：那，我就先洗了。

幸一：請。啊，我來拿吧。

說著拿起行李帶領父母上了二樓。

志繁和文子起身去廚房。

24 二樓

幸一帶領父母進屋。

幸一：過大阪的時候，敬三來車站了嗎？

周吉：啊，事先發了電報，他到月台來了。

幸一：（對富子）他還好吧？

富子：（點頭）對了，他還讓我們帶了禮物來呢。

說著就要打開提包。

幸一：媽，不著急，待會兒再說。爸，毛巾什麼的帶了嗎？

周吉：啊，有的有的。

幸一：那您慢慢洗。

說著點點頭下樓去了。

25 廚房

志繁與文子——

志繁：（繼續談話）是啊……

這時幸一從一旁經過。

志繁：哎，哥——

幸一：什麼？

志繁：今晚的主菜，吃肉行吧？壽喜燒。

幸一：嗯，行啊。

文子：還要不要加點生魚片什麼的？

幸一：嗯，不用了吧。（問志繁）怎麼樣？

志繁：有肉就夠了。

隨著玄關門開的聲音，傳來一個女人的說話聲——

「在家嗎？」

志繁：啊，是紀子。請進！

文子前去迎接。

26 玄關

紀子（28歲，周吉陣亡的二兒子昌二的妻子）正在脫鞋。

文子從裡屋出來，開朗地迎接紀子。

文子：來啦。

紀子：去晚了……

文子：你去了嗎？東京車站？

紀子：嗯，不過沒趕上……趕到時大家都走了。

文子：哦。

紀子：（遞上一盒紙包的糕點）嫂子，這是我的一點心意。

文子：啊，謝謝。

說著起身進屋。

這時志繁和幸一也出來了。

幸一：啊，請進。

志繁：來啦。

紀子：不好意思，這麼晚了……

幸一：爸媽在二樓。

紀子：是嗎？那我去問候一聲……

紀子和文子往廚房方向去了，幸一和志繁回客廳。

27 樓梯下的走廊

文子進了廚房，紀子上二樓。

28 二樓

老兩口換了浴衣，正從包裡取出洗漱用具。

紀子進屋。

> 周吉：啊。

> 紀子：您二位來啦，太好了。

> 富子：哎呀，紀子好久沒見了。

> 紀子：您身體還好吧？

> 周吉：你是不是工作太忙啊？

> 紀子：不是的。怎麼說呢，這個那個的雜事，忙完了才發現時間快到
> 了⋯⋯

> 富子：其實今天你用不著特地趕過來的啊⋯⋯反正我們要住一陣子⋯⋯

> 周吉：你還在原來的公司上班嗎？

> 紀子：是的。

> 富子：你一個人也真不容易啊。

> 紀子：沒什麼⋯⋯

從樓下傳來志繁的聲音——

> 志繁：爸爸，可以洗了。

> 周吉：好，這就去。那⋯⋯

說著起身下樓。

> 紀子：（見富子正摺疊腰帶）媽媽，我來摺吧。

> 富子：啊，不用了不用了。不過，真像作夢一樣啊⋯⋯說起東京，總覺
> 得是很遠的地方，可我們昨天才從尾道出發，今天已經這樣跟大
> 家見面了⋯⋯

紀子微笑點頭。

> 富子：還真是多活幾年的好啊。

> 紀子：可爸爸媽媽都是一點都沒變啊。

> 富子：不會變嘍，都已經老了⋯⋯

志繁一邊喊著「媽——」一邊上樓來。

> 志繁：（看了看兩人）聊什麼呢？到樓下去吧。

> 富子：哎。

富子起身，紀子也跟著站起來。

　　志繁：哎，媽媽，您是不是又長了點個兒？

　　富子：（笑著）說什麼長個兒呀，我都這歲數了……

　　志繁：嗯，也是啊。是長胖了吧，（轉向紀子）我們小的時候，就覺得
　　　　　媽媽個兒好大，她來學校的時候，我都覺得不好意思呢。

　　紀子：哦……

　　志繁：有一次開學藝會的時候，她把椅子都坐垮了呢。

　　富子：瞎說，那椅子已經朽了，本來就是壞的。

　　志繁：媽媽您還是這麼想啊？

　　富子：本來就是嘛。

　　志繁：哎，行了。下樓吧。

三人笑著走下樓去。

走廊上阿實那張被搬出來的書桌——

29 當晚　診療室

阿實在學習。

30 廚房

紀子在幫文子收拾飯後的盤碗。

　　紀子：嫂子，這個放進罩子裡了啊。

　　文子：好的……

　　紀子：這個呢？

　　文子：啊，那個就放外面吧。

等等——

31 房間

周吉、富子、幸一和志繁正閒話家常。

　　——阿勇枕著富子的腿睡著了。

　　志繁：媽媽，阿孝怎麼樣了？

富子：噢，阿孝啊，她也是命不好啊。死了丈夫，好像是去年春天吧。
　　　帶著孩子去了倉敷那邊。聽說在那兒過得也不是太好。

志繁：哦。

幸一：還有那個，叫什麼名字來著？就是經常和爸爸去釣魚的那個市政
　　　廳的人⋯⋯

周吉：啊，三橋先生⋯⋯他去世了（轉向富子）已經很久了對吧。

富子：是啊。

周吉：對了，你還記得服部先生嗎？

幸一：噢，徵兵處的那個⋯⋯

志繁：我記得呢。

周吉：嗯，就是他，來了東京呢。

幸一：是嗎？

周吉：趁這幾天，我想去拜訪一次⋯⋯

幸一：他在哪裡？

周吉：台東區⋯⋯哪兒來著？我記在本子上了⋯⋯

幸一：是嗎？

紀子進屋。

志繁：收拾好了？

紀子：嗯。

志繁：辛苦你了。

富子：（把面前的米花糖罐遞過去）紀子，來嘗一個，是敬三送的特產。

紀子：啊，謝謝。

文子進屋。

富子：辛苦了。

文子：不會。（看見阿勇睡著了）哎呀，奶奶，真過意不去。

富子：沒事的，就讓他這麼睡著吧。睡得可香呢⋯⋯

志繁：（對幸一）那爸爸媽媽明天去哪兒嗎？

幸一：啊，星期天嘛，我帶他們出去走走。

志繁：是嗎？那紀子，差不多，我們走吧⋯⋯

紀子：好的，那就一起走吧⋯⋯

志繁：（對父母）早點休息……（點頭行禮）

周吉：走啦？

富子：謝謝了。還讓你們特地趕來。

志繁：哥哥，多謝款待。

幸一：啊——

紀子：這麼晚打擾了……

志繁：那爸爸，我還會再來的。

志繁和紀子起身，文子送她們出去。

志繁：啊，文子，別送了，別送了。

三人向玄關方向走去。

32 玄關

文子送兩人出來。

志繁：這麼晚打擾了。

文子：沒什麼。

紀子：多謝款待。

文子：謝謝你們特地趕來。

33 裡屋

富子輕輕把阿勇從腿上挪開讓他睡好。

幸一：爸，您累了吧。

周吉：不要緊……

幸一：媽，怎麼樣，休息吧？

富子：好的。

周吉：那就休息吧。

說著站起來。

這時文子進來。

幸一：晚安。

文子：我剛倒了水……

富子：晚安。

說著走出去。

34 樓梯

周吉和富子走上二樓。

35 兩人進屋，在被褥上坐下

富子：你累了吧。

周吉：沒事……（語氣強烈）

富子：不過大家都挺好……

周吉：唔……我們到底還是來了……

富子：哎，這兒是在東京的哪一帶啊？

周吉：在邊緣的地方吧……

富子：大概是吧，坐車坐了好遠呢。

周吉：啊……

富子：還以為會更熱鬧一點兒呢……

周吉：你說這裡嗎？

富子：啊。

周吉：幸一也說本來想去更熱鬧一點兒的地方，大概是沒去成吧。

富子彷彿陷入了沉思。

36 翌日清晨　東京近郊

遭受戰火後復興起來的街景。

37「春麗美髮店」的招牌

38 店內

助手阿清正擦拭鏡子。

39 裡屋

志繁與丈夫庫造（49 歲）正在吃早飯。

庫造：爸媽在東京待多久？

志繁：四五天吧。幫我遞一下，那個。

庫造：（取過七味辣椒，邊遞過去邊說）我不去問候一聲行嗎？

志繁：沒關係的，反正他們也會到我們家來嘛。

庫造：來了我帶他們去遊金車庭吧。

志繁：那好啊。別的你就別操心了吧。

庫造：這豆子真好吃。

志繁：……

庫造：爸媽今天幹什麼呢？

志繁：好了好了，別盡吃豆子了，（一邊拿開陶碗）
　　　我哥大概會帶他們出去走走。

庫造：是嗎？那就好。

志繁：（朝店裡）阿清！你也來吃飯吧！

傳來阿清應答的聲音。

40 幸一家

幸一在換衣服，文子在給阿勇穿褲子。

文子：今天可要聽話啊！是和爺爺奶奶一起哦！聽到了嗎？記住啦？

阿勇：記住了。

阿實過來。

阿實：真慢！還沒好啊？

文子：這就好了。

幸一：去看看爺爺奶奶好了沒有。

阿實：好。

幸一：問他們如果準備好了就走吧。

阿實：嗯。

說著興沖沖去了。

41 二樓

周吉和富子已經準備就緒。

阿實上樓來——

    阿實：好了嗎？

    周吉：好了。

    富子：久等了。

    阿實：爸爸說那就走吧。

說完立刻下樓去了。

42 樓下的房間

阿實進屋。

    阿實：我告訴爺爺奶奶了。

    文子：噢。

阿實興高采烈地哼唱著西部片的曲子，一邊朝診療室那邊去了。

    文子：（幫阿勇準備妥當）可以了。

說著拍了拍阿勇的背，於是阿勇也向診療室那邊跑去。

    文子：（邊收拾邊說）中午飯吃什麼呢？

    幸一：噢，去百貨店裡的餐館吧，也適合孩子們。

    文子：也是啊，阿勇可喜歡兒童套餐了。

    幸一：是嗎？

玄關的門開了，傳來一個男人的聲音——

「有人嗎？」

    幸一：哪位？

說著走出去。

43 玄關

一個穿襯衫的男人站在門口。

幸一走出來。

    幸一：噢，情況怎麼樣了？

    男人：啊，打擾了⋯⋯

幸一：還是沒食欲嗎？

男人：是啊，不知怎麼光想喝冷飲之類的，可是又喝不下去……

幸一：燒退了沒有？

男人：還沒。剛才量了，還是三十九度八。

幸一：是嗎……那，我去看看吧。

男人：您能來嗎？實在太麻煩您了。

幸一：沒關係。

男人：那就拜託您了。

說完離去。

44 房間

幸一回到屋裡——

文子：哪一位？

幸一：中島先生，注射器消好毒了嗎？

文子：消好了。

這時周吉和富子走進屋來。

幸一：啊，爸爸，有個病重的孩子，我得趕著去看一下。

周吉：噢。

幸一：好不容易才，真是……

周吉：哎，沒關係。

幸一：弄不好，也許不能立刻回來……

周吉：不要緊不要緊。

幸一：那我去去就回。媽，那我走了。

富子：辛苦了。

幸一出門，文子送他出去。

45 診療室

孩子們待在診療室。文子進來取出診包。

阿實：媽媽，還不走啊？

文子：（含糊地）啊。

拿著包走出去。

46 玄關

幸一正在穿鞋。

文子過來。

 幸一：可能很晚才回來。

 文子：噢，爸爸媽媽怎麼辦？我陪他們去吧。

 幸一：不用了，你去的話，家裡沒人可不行。下個星期天也能去嘛。

 文子：好的。那你去吧。

幸一出門而去。

阿實和阿勇出來。

 阿實：爸爸去哪兒了？

 文子：出診啊。

若無其事地回答，然後向屋裡走去。

阿實立時開始生氣。

47 屋裡

文子回到屋裡。

 文子：好不容易要出去一趟，真是太不巧了……

 周吉：不必介意，忙是好事呀。

 富子：真是太辛苦了。

阿實進屋，阿勇也跟進來。

 阿實：（氣鼓鼓的樣子）媽媽！不去嗎？

 文子：是啊。

 阿實：真無聊！哼！

 文子：可也沒辦法呀，因為有病人啊。

 阿實：就是無聊！

 富子：（笑著說）下次去吧。

 阿實：我才不幹呢！

 文子：你說什麼呀，阿實！快到一邊去！

阿實：什麼呀，你騙人！

文子：（嚴厲地）你給我到一邊去！

阿實咚咚地跺著腳出去了。

富子：（對阿勇招手）過來……

阿勇：才不要呢。

說完就跑掉了。

周吉和富子笑了。

文子：真拿他們沒辦法。

周吉：啊，男孩子嘛，調皮一點兒好……

正說著，診療室那邊傳來「咚！」的一聲。

是阿實把病床上的枕頭扔了出來。

文子吃了一驚，起身走出屋去。

48 診療室

阿實和阿勇坐在病床上，阿實滿臉不高興，故意狠狠地在病床上坐下。

文子進來。

文子：（嚴厲地）再不聽話就太過分了！幹什麼呢？重手重腳的！

阿實：無聊透了！

文子：下次去不行嗎？

阿實：總說下次下次，一次都沒去過！等多久也去不成！

文子：可突然有急事沒辦法啊！

阿實：怎麼會沒辦法！

文子：真混帳，你要嚷嚷到什麼時候！

說著瞪了阿實一眼，正要離開——

阿實：（拉開嗓門）哇——哇——哇！

阿勇：（學哥哥的樣兒）哇！

文子猛地轉回身。

阿實：（故意地）哇！

文子：幹什麼！太不像話了！等爸爸回來，我告訴他！

阿實：你告訴他好了！

文子：你給我記住了！到時挨罵我可不管！

阿實：有什麼了不起！我才不怕呢！

這時富子走進來。

富子：（溫和地）怎麼啦？

文子：（微笑著）啊，沒什麼……

富子：阿勇，來，和奶奶去外面走走。阿實也去吧？

阿實：……

富子：走，阿勇──

文子：真好啊，阿勇，跟奶奶去吧……

說著催促阿勇。

富子：來，走吧。阿實不去嗎？去吧。

阿實：……

文子（對富子）：讓您費心了……

富子帶著阿勇出去了。

文子：阿實，你也去吧。不去嗎？

阿實：我才不去呢！

文子：好，隨你的便！

說完進裡屋去了。

阿實又用力地在病床上反覆坐下跳起，然後挪到轉椅上，坐下來，滿臉不高興地轉圈。

49 二樓

周吉正脫下外套換上浴衣。

文子端茶進來。

文子：您請喝茶……

周吉：啊，謝謝。阿實怎麼了？

文子：唉……拿他沒辦法……

周吉：幸一小時候也那樣，倔得很，嚷嚷起來誰的話都不聽。

文子：可是您難得來一次……

周吉：哎，我們不要緊。

文子：下個星期天再……

周吉：啊，謝謝。不過，再打擾兩三天我們想去志繁家看看。（忽然看見）哦，他們在那邊玩兒呢。

50 對面的空地（由周吉這邊望去）

阿勇不知在玩什麼，富子蹲在一旁守著他。

51 空地

富子和阿勇——

富子：阿勇，你長大了當什麼呀？

阿勇沒有回答，只顧著玩耍。

富子：要像你爸爸那樣當醫生嗎？等你當上醫生的時候，奶奶已經不在了吧……

52 二樓

周吉一個人無聊地呆坐著。

53 春麗美髮店

只有一個女客人頭戴烘乾器坐在那裡——
志繁和阿清正在忙著什麼。
庫造從外面回來。

阿清：您回來了。

庫造：（對客人）啊，歡迎光臨。

點頭致意後向裡屋走去。

志繁：剛才來電話了。

54 裡屋

庫造：誰打來的？

志繁：巢鴨的榎本先生，問那件事後來怎麼樣了。

庫造：噢，沒什麼，已經解決了。爸爸和媽媽在幹什麼呢？

志繁：在二樓啊。

庫造：我去淺草了，買了糕點來。

說著從提包裡拿出一個紙包。

志繁進屋來。

志繁：這是什麼？

庫造：（打開紙包）這家的味道很好呢，是白豆沙的。

說著拿了一塊吃。

志繁：很貴吧？不用買這麼好的呀。

說著自己也嘗了一塊。

庫造：好吃吧？

志繁：好吃是好吃，但這也太浪費了。脆餅就夠了。

庫造：可是昨天的點心就是脆餅啊。

志繁：沒關係的，反正他們喜歡吃脆餅嘛。對了，你明天能帶爸爸媽媽
　　　到哪兒去逛逛？

庫造：明天啊……明天有點不方便。我得去收款啊。

志繁：噢。本來應當是我哥帶他們去的……

庫造：那今晚，我陪他們去金車庭吧。

志繁：那兒現在演什麼？

庫造：從昨晚開始演浪花曲呢。

志繁：是嗎。啊，你帶他們去吧。來了東京，什麼地方都還沒去過呢。

庫造：就是嘛，一整天在二樓待著，真難為他們了。

志繁：是啊。可也沒辦法，沒人帶他們去呀。

說著起身向店裡走去。

庫造從衣袋裡取出記事本之類，然後拿上肥皂、毛巾向二樓走去。

55 二樓

富子一個人正在做針線活兒。

庫造走上樓來。

庫造：喲，您做針線哪？

富子：啊，你回來啦。

庫造：讓您受累了。

富子：沒事的⋯⋯

庫造：爸爸呢？

富子：在陽台──

庫造：（對富子）去洗澡吧。（然後從窗口朝陽台喊）爸爸！爸爸！

56 陽台

周吉呆呆地坐著。

　　周吉：（聽見庫造的聲音，回頭）噢。

　　庫造的聲音：去洗澡吧！

　　周吉：噢⋯⋯

說著起身進屋。

57 二樓

富子正收拾針線。

周吉進來。

　　周吉：啊，回來啦。

　　庫造：好，走吧。媽媽，等回來的時候，去吃小豆冰淇淋吧。

　　富子：好的，多謝你。

　　庫造：我們走吧。

說著三人下樓而去。

58 樓下　店內

阿清正往顧客頭髮上捲髮卷，志繁站在一旁看著。

這時三人進來。

　　庫造：我們去洗個澡。

　　志繁：噢。去吧。

　　富子：我們走啦。

志繁：啊，媽媽，您就穿我那雙舊木屐去吧。

富子：噢，那就借用一下……

志繁：慢走啊。

三人走出——

志繁忽然想到什麼，拿起電話。

志繁：喂，請問是米山商社嗎？請找平山紀子。

啊，多謝。……紀子？是我……不，應該是我謝你……

那個，想拜託你一件事。明天你有空嗎？不，是爸爸媽媽，他們來了東京，到現在還沒出去遊覽過呢……

可不是嘛，所以，如果你明天有空的話，能不能請你帶他們出去走走。真過意不去……對，本來要是我能去就最好了，可是這些天店裡脫不開身……嗯，可不是，不好意思啊……啊？噢，是的……嗯……嗯……

59 米山商社的事務所

只有七八個辦事員的雜亂的小公司。

紀子在接電話。

紀子：對不起，請稍等一下。

說完放下電話走到上司那裡。

紀子：實在不好意思……

上司：（一邊做工作一邊說）什麼事？

紀子：明天我可不可以請一天假？

上司：可以啊。

紀子：謝謝。

上司：旭日鋁廠的事辦妥了嗎？

紀子：今天就能辦完。

說完行禮回到電話前。

紀子：喂，啊，讓您久等了……那明天九點我去接他們。嗯？不，不用了。那麼明天見。

60 行駛的觀光巴士中

周吉夫婦和紀子一同坐在車內。

導遊小姐一邊介紹：「歡迎各位光臨東京。借此機會，讓我們一同來了解一下東京這座大都會的歷史吧。」

61 丸之內商業區的風景漸漸遠去

62 從車窗中望去的宮城

「皇居曾經被稱為千代田城。距今約五百年前，由太田道灌主持修建而成。護城河中倒映著松樹蒼翠的樹影，這裡的幽靜在東京熱鬧的都會環境中顯得更加古雅莊嚴。」

63 銀座

觀光巴士行駛而去──

64 百貨公司旁的街道

觀光巴士停在路邊。

65 百貨公司樓頂

周吉夫婦和紀子正眺望街景。

  紀子：哥哥家是在這個方向。
  周吉：是嗎？
  富子：志繁家呢？
  紀子：姊姊家，嗯，大概是那一帶吧。
  富子：你的住處呢？
  紀子：我住的地方（轉向相反的方向）在這邊。您看見了嗎？
  富子：看見了。
  紀子：非常破舊的地方。若不嫌棄的話，回去時順便去坐坐吧……
  周吉：噢。

導遊小姐從對面招呼大家：「各位，差不多該走了，請大家集合。」眾人
向那邊走去。

66 從那樓頂看到的街景

67 同日，紀子公寓的外景——

陳舊的公寓。
時近黃昏，夕陽映照。

68 二樓某室

帶蚊帳的嬰兒床裡躺著一個嬰兒。年輕的主婦在一旁摺疊晾乾的衣物。
敲門聲——

　　主婦：哪位？
門開了，紀子走進來。

　　主婦：哎，今天真早——

　　紀子：小美在睡覺？

　　主婦：剛剛才好不容易睡著了。

　　紀子：不好意思，有酒嗎？

　　主婦：酒？

　　紀子：（點頭）我公公婆婆來了。

　　主婦：噢，也許還剩一點。
說著起身取來一個一升瓶，瓶裡還剩了約兩合[1]酒。

　　主婦：只有這麼點兒了，夠嗎？

　　紀子：夠了。那我就借用了。謝謝。
說完離開。

69 走廊

紀子進了隔壁自己的房間。

1　合，日本舊式容量單位。10合等於1升。

70 紀子的房間

周吉夫婦正端詳著櫥櫃上昌二（他們的陣亡的次子，紀子的亡夫）的照片。

紀子走進來。

    周吉：啊，昌二這張照片是在哪兒照的呀？

    紀子：在鐮倉，是朋友幫他拍的……

    富子：什麼時候？

    紀子：去打仗的前一年。

    富子：噢。（然後轉向周吉）看他瞇著眼睛那模樣……

    周吉：唔……這照片裡他也歪著頭呢。

    富子：這孩子就這毛病。

    周吉：唔……

照片的特寫——

71 走廊

紀子出屋，又走向隔壁，敲門進屋。

72 隔壁室內

主婦走向門口。

    主婦：什麼事？

    紀子：（微笑著）酒壺和酒盅。

    主婦：啊，對，對……

說著從櫥櫃裡取出酒壺和酒盅，順便取出一碗小菜。

    主婦：這個也拿去吧。煮青椒，很好吃的。

    紀子：謝謝。我就不客氣了。

    主婦：（一邊把酒壺和酒盅遞給紀子）洗過了。

    紀子：不好意思，又來打擾。

說完離開。

73 紀子的房間

周吉和富子——

紀子回來。

富子：阿紀，請別忙活了。

紀子：不要緊，也沒什麼要忙活的。

邊說邊做準備。

富子：今天多虧你陪我們……

紀子：別客氣……反倒讓爸爸媽媽受累了吧？

周吉：哪裡哪裡，沒想到讓你陪我們看了那麼多好地方……

紀子拿了抹布來，擦拭二老面前的小飯桌，擺上碗筷、小菜等。

富子：真過意不去啊，耽誤你上班了。

紀子：沒事的……

周吉：工作很忙吧？

紀子：不要緊的。是間小公司，忙的時候星期天也要上班，現在正好是
　　　空閒的時候……

周吉：是嗎？那就好……

紀子起身拿來酒壺。

紀子：（把酒盅遞給周吉）您請。

周吉：啊，好。（接過酒盅）

紀子：沒什麼可招待的……

周吉：哪裡哪裡……（一飲而盡，對富子說）真好喝啊。

紀子：爸爸，您很喜歡喝酒嗎？

富子：啊，以前可能喝呢。家裡若是沒酒，就老不高興的，到了晚上，
　　　還要出去喝呢。

周吉：唔……（苦笑）

富子：所以每當生了男孩，我就想啊，這孩子可別變成好酒的……

周吉：昌二怎麼樣？

紀子：他也喝啊。

富子：（意外地）是嗎？

紀子：有時下班以後在外面喝酒，到夜裡沒了電車，還常常帶朋友來這

　　　　　裡……

　　周吉：是嗎？

　　富子：那麼說你也很頭疼嘍？

　　紀子：（微微一笑）嗯，現在想起來倒很懷念呢。

　　富子：真是這樣啊。我們大概是離得遠，總覺得昌二還在哪裡活著。因
　　　　　為這個，你爸爸還時常責備我呢……

　　周吉：唉，人早已經死了嘛，都快八年了呀。

　　紀子：……

　　富子：說是這麼說啊……

　　周吉：（對紀子）那也是個調皮搗蛋的傢伙，給你添了不少麻煩吧……

　　紀子：沒有啊……

　　富子：的確是這樣，讓你受累了……

　　紀子：……

敲門聲——

　　紀子：來了。

說著起身去開門。

一個來送外賣的男子端著大碗蓋飯站在門外。

　　送外賣的：讓您久等了。

　　紀子：謝謝。

送外賣的男子把大碗遞上後離開。

紀子把大碗蓋飯端上小飯桌。

　　紀子：恐怕不太合您的口味，媽媽請……

　　富子：謝謝啊。

　　紀子：請用吧。

　　富子：那就不客氣了。

富子面對小飯桌坐好，揭開碗蓋。

紀子又把另一碗端到周吉面前。

74 同日夜　春麗美髮店

空蕩蕩的店內，志繁坐在室內一角，正搖著團扇與來訪的幸一交談著。

幸一：這麼晚啊。

志繁：就快回來了。爸媽大概會在東京待到什麼時候？

幸一：嗯……他們沒說什麼嗎？

志繁：嗯，沒說什麼……對了哥哥，我有個主意，你能不能出三千塊錢？

幸一：什麼事啊？

志繁：哎，我也會出錢的。兩千塊可以了吧？不過還是得三千吧？

幸一：你想幹什麼？

志繁：噢，我想要不讓爸爸媽媽去熱海住兩三天吧。

幸一：唔……

志繁：哥哥你也很忙，我這陣子講習會什麼的也抽不出空兒來。即便這樣，也不能總拜託紀子……你說呢？

幸一：嗯，這樣也好。

志繁：我知道熱海有個不錯的旅館，景致好，又便宜。

幸一：那就好啊。讓他們去吧。

志繁：爸媽會很高興的。

幸一：那好。我也正犯愁呢。即便是帶他們出去，也得花兩三千塊呢。

志繁：就是嘛，這樣還更省錢，而且可以泡溫泉。（忽然像是覺察到裡屋有人，回頭喊道）我說啊……

裡屋內庫造回頭。

庫造：什麼事啊？

說著走出裡屋。

志繁：我說啊，剛才也跟哥哥講過了，我想讓爸爸媽媽去趟熱海。

庫造：是嗎？那不也挺好。（對幸一）我也一直過意不去呢，哪兒也沒能帶他們去……

志繁：所以嘛，你覺得呢？

庫造：我贊成，（對幸一）那裡很不錯的。

幸一：（點頭）那，就這麼辦吧。

志繁：（點點頭對庫造說）而且讓他們來了咱家，也沒能為他們做什麼。

庫造：是啊，就是嘛。（對幸一）熱海很不錯。（自己也在旁邊的椅子上坐下來，對幸一說）這麼熱的天，與其在東京遊覽，不如讓他

們去洗溫泉，舒舒服服地睡睡午覺。這樣對老年人更好。對不
　　對？（說著看了看志繁）
　志繁：就是嘛。（自言自語）不過也太晚了。
　幸一：大概是順便去了紀子的公寓吧？
　志繁：啊，也許吧。
說著一邊用團扇啪啪地驅趕腳下的蚊子。

75 熱海的街市

小城群山環抱——
海岸的防波堤——

76 靠海的旅館房間內（二樓）

周吉和富子換上了旅館的浴衣，一邊喝著茶——
　富子：沒想到還能來趟溫泉……
　周吉：是啊，哪想到讓孩子們破費……
　富子：真舒服啊。
　周吉：嗯，明天起個大早，在這附近走走吧。
　富子：好啊，好像這前頭有個地方風景很不錯。女侍這麼說的。
　周吉：噢……（看著大海的方向）真是風平浪靜啊。
　富子：是啊。

77 平靜的大海

78 同一天晚上 旅館的走廊（樓梯下面）

時鐘已經指著十一點半。
女侍端著壽司大盤向樓上走去。

79 二樓走廊

女侍端著壽司走進一個房間。

80 那個房間內

去掉隔扇的兩個房間。兩組客人把鋪著的被褥挪到一邊，正圍坐著打麻將。

包括女人在內，共十一二人。像是哪個公司的旅行團。

也有人橫躺在被褥上。

遠遠傳來賣唱藝人唱流行歌的聲音。

　　女侍：久等了——

女侍放下壽司後離去。

　　男 A：噢，壽司來了……噢！碰！

　　男 B：哎，你要胡啊？

　　男 C：你可真是碰到我的痛處了。

　　男 D：哎，不痛不痛，碰得好（說著抓了一張牌，扔出），媽的！

　　男 C：你能胡？（扔牌）

　　男 B：（摸了一張，扔牌）快胡了。

　　男 A：快胡了？你不是打過嗎？

　　男 B：打過啊。

　　男 D：他媽的！（抓牌）

81 走廊

打麻將的聲音——賣唱藝人的歌聲越來越清晰。

有兩個男人像是剛從絲川邊回來，正向房間走去。

82 老兩口的房間

周吉和富子已經躺下了。

傳來麻將和賣唱藝人的嘈雜聲，兩人都無法入睡。

　　富子：真吵啊。

　　周吉：唔。

　　富子：這都幾點了啊？

　　周吉：唔……

83 走廊

麻將的噪音夾雜著賣唱藝人的流行歌，越加嘈雜。

84 旅館前的街道

一群賣唱藝人起勁地唱著歌——

85 老兩口的房間

周吉一直忍耐著，但實在睡不著，「嗯」一聲坐起，歎氣。
富子也坐起來，無可奈何地歎息。
賣唱藝人的歌聲越發嘈雜。

86 早晨（——熱海——）

環抱小城的群山，晨光映照——

87 旅館二樓

走廊一角集中堆放著昨夜留下的碗盤和空啤酒瓶等——女侍哼唱著流行歌，正打掃房間。

88 防波堤

周吉和富子身穿旅館的浴衣，在晨風中小憩。

富子：（看見周吉疲倦地敲擊自己的脖頸）怎麼啦？
周吉：唔。
富子：大概是昨晚沒睡好吧。
周吉：嗯……你倒睡得挺好。
富子：胡說。我也沒睡著……
周吉：你才胡說，你還打呼呢。
富子：是嗎？
周吉：唉，這兒是年輕人來的地方啊。
富子：是啊。

89 旅館二樓

兩個女侍，一邊清掃走廊和房間——

　　女侍Ａ：哎，昨天那對新婚夫婦怎麼樣？看起來很討厭哪。

　　女侍Ｂ：他們真是新婚夫婦嗎？沒見過那樣的啊。

　　　　　　今早男人早早起來了，女的還一直賴在被窩裡抽菸呢。

　　女侍Ａ：也是那男人慣的唄。我去聽了一下，說什麼「這下你整個人都
　　　　　　是我的了」。

　　女侍Ｂ：那樣的女人，還不知是誰的呢！

90 防波堤

周吉和富子——

　　富子：京子現在在幹什麼呢？

　　周吉：嗯……差不多該回家了吧。

　　富子：（微笑著）老頭子，是不是想家了？

　　周吉：哎，是你吧，是你想家了吧。（說著笑了）東京看了，熱海也看
　　　　　了，該回家了。

　　富子：是啊，回家吧。

　　周吉：嗯。

說著站起身來。

富子也跟著起身，像是頭暈似的身子晃了一下。

　　周吉：怎麼了？

　　富子：不知怎的，身子發軟。沒事兒，已經好了。

　　周吉：大概是因為沒睡好吧。走吧。

說著，兩人朝旅館方向返回。

91 旅館二樓

清掃完畢的房間裡，矮桌上擺著茶和鹹梅乾。

92 春麗美髮店

同一天下午。

助手阿清正整理器具，志繁在為一個中年婦人做頭髮。

還有幾個頭戴乾燥器，一邊閱讀雜誌的女客。

　　志繁：（一邊做頭髮）太太，您要不要試試把頭髮往上梳？肯定適合您。

　　婦人：是嗎？

　　志繁：您的髮際線非常漂亮。把左邊梳緊，右邊做成蓬鬆的大波浪，可
　　　　　以映襯……

　　婦人：那下次就試試這麼梳吧……

　　志繁：就是，會顯得非常有個性呢。

另一個婦人：（對助手）阿清，給我拿本別的雜誌，還有火柴……

　　阿清：好的。

說著把另外的雜誌遞過去，並為客人擦著一根火柴。

　　志繁：（對那個婦人）您今天出門挺早的嘛。

　　婦人：不，我今天是晚班。

這時老兩口回來了。

　　阿清：啊，您二位回來了。

　　周吉：噢，你好。

　　志繁：哎呀，你們這快就回來了？

　　周吉：啊。

　　富子：回來了。

　　志繁：你們幹嘛不慢慢多玩兒幾天……出什麼事了嗎？

　　周吉：啊，沒有沒有。

　　富子：回來了……

說著向裡屋走去。

　　婦人：哪位？

志繁：噢，是熟人。從鄉下來⋯⋯

婦人：哦。

志繁：喂，阿清，你幫我弄一下這些髮卷。

93 二樓

周吉和富子在房中休息，看似鬆了一口氣。

這時志繁上樓來了。

志繁：玩得怎麼樣？回來得真夠早的。

周吉：唔。

志繁：熱海怎麼樣？

周吉：唔，很好啊，溫泉也很不錯。

富子：從旅館可以看見風景，非常好。

志繁：我就說嘛，那裡可好呢。而且是才建好的⋯⋯人多嗎？

周吉：嗯，有點多。

志繁：吃到什麼好菜了嗎？

富子：生魚片，還有茶碗蒸⋯⋯

志繁：生魚片很好吃吧。那裡離海很近⋯⋯

富子：還有大塊的玉子燒呢。

志繁：為什麼要急著回來呢？還以為你們會再慢慢待兩三天時間呢。

周吉：嗯，不過我們想差不多該回家了。

志繁：不用著急嘛，難得出來一次。

周吉：不過，也該回去了⋯⋯

富子：京子一個人也怪孤單的⋯⋯

志繁：不用擔心的，媽媽。京子也已經不是小孩了⋯⋯下個休息日，我
　　　還想陪你們去看歌舞伎呢。

周吉：是嗎？不過，總讓你破費過意不去啊。

志繁：哎，你們應當多玩幾天才對啊。今晚七點家裡有個聚會⋯⋯不，
　　　是講習會。

富子：這樣啊，有很多客人來嗎？

志繁：是啊，不巧剛好輪到我家啊。

周吉：是嗎？那可真是不好辦啊。

志繁：所以我才希望你們多玩兒幾天啊。我應當先跟你們說一聲就對了……

阿清進來。

阿清：師傅，髮卷弄好了……

志繁：噢，好的。（對父母）我去一下。

說完跟隨阿清下樓去了。

周吉：（面帶失望的表情）怎麼辦？

富子：怎麼辦呢？

周吉：再到幸一那裡去添麻煩也不好……

富子：也是啊，要不到紀子那裡借宿一晚？

周吉：不成，那裡也住不下咱們兩個。你一個人去借住吧……

富子：那你呢？

周吉：我想去服部先生那裡拜訪一下，應當可以讓他容我住一宿。總之，那就走吧。

富子：好吧。

周吉：（微笑著）到底變成無家可歸的了……

富子也笑著點頭。

94 上野公園的一角

周吉和富子坐在公園的長椅上，默默嚼著花生米之類的食物。

周吉：（取出懷表看了看）差不多紀子也該回來了。

富子：是嗎？

周吉：還是早了點吧？

富子：可是老頭子，去拜訪服部先生的話，也不能去太晚了呀……

周吉：說的也是，那就慢慢走著去吧。

說著緩緩起身走路，一邊眺望街區的方向。

周吉：嗨，東京可真大呀。

富子：就是。要是不小心在這地方走丟了，恐怕一輩子都找不著吧。

周吉：唔。

富子：哎呀！

想起手提袋忘在了長椅上，急忙折回去取。

周吉：你看，就在那兒呢。

然後，兩人又並肩而行。

95 傍晚，代書處（服部的家）門口

外面的玻璃門已經關上，窗簾也拉上了。

96 裡面的房間

來訪的周吉與舊友服部修（68 歲），還有他的老伴兒米子（60 歲）親近地交談著。

服部：嗨，已經這麼多年了啊。

周吉：從那以後，不知不覺都過去十七八年了。

服部：是嗎？難為你每年都寄賀年片來。

周吉：哪裡哪裡，這話是應該我對你說的呀。

米子：尾道變化也很大吧？

周吉：不大。幸虧躲過了戰時的轟炸啊。你老家西御所那邊也還是老樣子呢。

米子：是嗎？那是個好地方啊，登上千光寺，看得到老遠的風景呢。

服部：是啊，櫻花開過以後，鯛魚味道又好又便宜……來了東京以後，從來就沒吃過鯛魚啊。

米子：真是這樣的。（忽然想起）哎，孩子的爸。

服部：嗯？

米子低聲說了幾句什麼。

服部：嗯，待會兒再說。

這時從二樓走下一個穿西服的青年（借宿的房客）。

青年：阿姨，要是伊阪來了，請告訴他我在那邊的彈子房。

米子：（點點頭）你去吧。

青年：拜託了。

青年走了，米子也起身去了廚房。

服部：唉，這人在二樓借住。很貪玩的一個人。

周吉：噢。

服部：是個學法律的大學生，可法律的事他什麼都不懂。

周吉：（微笑著）是嗎？

服部：不是上彈子房就是打麻將，他老家的父母可真夠倒楣的。

說著，兩人一同放聲大笑。

米子：（從廚房）哎，你來一下……

服部：嗯？哦──（對周吉）怎麼樣，好久沒一起喝酒了，去哪兒喝一
　　　　杯吧。

周吉：啊。

米子：我家裡什麼都沒準備。

周吉：哪裡哪裡，我突然來打擾……

服部：你還記得嗎？那時候當警察署長的……

周吉：噢，沼田先生。

服部：對對對，他也在這兒，就住這附近。

周吉：哦，是嗎？他現在做什麼呢？

服部：他兒子在一家印刷公司當部長，他現在正享清福呢。

周吉：是嗎？那倒不錯……

服部：要不也叫上他？

周吉：那可太好了。真沒想到……這樣啊……

97 街上的霓虹招牌

上野廣小路一帶。

98 看得見上野街景的小飯館二樓

周吉和前輩沼田三平（71 歲）、服部三人正圍著火鍋暢談。

沼田：（拿起酒壺倒酒）來，喝吧喝吧。

周吉：哎呀，已經喝得夠多了……

服部：嗨，不多不多。多少年沒喝了，別擔心嘛。

周吉：其實我最近已經不喝了。

服部：可你當年酒量那麼好。對，就是縣知事來尾道那次……

沼田：噢，是在竹村屋吧。啊哈……

服部：（對沼田）那一次您也喝醉了。記得嗎？那個白白胖胖的藝伎……

沼田：阿梅？

服部：您喜歡那姑娘，對不對？

沼田：哈哈哈，那可不是，還跟知事先生爭風吃醋，不得了呢。

服部：（對周吉）你也有點喜歡那姑娘，對吧？

周吉：唉，真難為情啊……（苦笑著）我向來都是一喝酒就不成了。

沼田：哪裡哪裡，沒有的事，還是喝點兒好。來，乾了。

周吉：哎。（喝乾杯裡的酒，接受敬酒）

服部：說起來，你家挺不錯啊。孩子們都好好的。

周吉：唉，怎麼說呢……

服部：像我家這樣，哪怕有一個活下來也好啊。我還時常跟老太婆說
　　　起……

沼田：兩個都沒了真是痛心啊……（對周吉）你家是一個吧？

周吉：嗯，二兒子沒了。

服部：唉，再也不要打什麼仗了。

沼田：唔，一點也沒錯。不過，孩子這東西，沒有吧，覺得冷清，有吧，
　　　又越來越嫌父母礙事。反正就是不能兩全其美啊。（表情落寞地
　　　把酒喝乾）哎，喝吧。

（給服部倒酒）

服部：嗯。

服部接酒，一時間大家都沉默不語。

服部：不行，這說得越來越喪氣了。

沼田：哈哈哈哈，打起精神來吧。

服部：唔，喝吧喝吧。（一邊給周吉倒酒）我家要是再寬敞一點，今晚
　　　本可以住我家，喝他個通宵……

說著站起來，去走廊擊掌喚人。

服部：喂，大姐，酒！（又擊掌）我說大姐，拿酒來！

邊說邊下樓去了。

沼田：我說你啊，來一趟可真不容易。

周吉：啊，真沒想到會在東京見著您……

99 忽明忽暗的招牌

100 同一天夜裡 僻靜的街道

夜已經很深了。

101 附近的「加代」雜燴店

沼田、服部、周吉三人都醉醺醺的，圍坐在鍋前。服部已經喝過了頭，迷迷糊糊地坐著。

老闆娘加代是個標致俐落的中年女人。

加代：（把酒壺放在沼田面前）來，熱的。

沼田：喂，給我斟一杯嘛。

加代：（一邊斟酒）您今天喝得太多了吧。

沼田：喂，平山君，這女人怎麼樣？不覺得她有點像嗎？

加代：又來了。

周吉：哦，像誰？

服部：（忽然抬起頭）啊，像啊，很像。

沼田：像誰？

服部：不是像阿梅嗎？

沼田：不是不是，阿梅胖得多。像我老婆啊。

周吉：噢，這麼說還真像。

沼田：很像吧，這塊兒……

加代：你們差不多也該走了吧？今晚您喝太多了。

沼田：連刻薄的性格也像。

加代：您真嘮叨啊。

沼田：我老婆也常常這麼說，啊哈……

　　　哎，過來呀，來給我倒杯酒，來啊。

然而加代已不再理睬他。

　　周吉：（拿過酒壺）服部兄，再來一杯？

正要倒酒，服部已經醉得不行了。

　　服部：不能再喝了。

說著只搖了搖頭，他已爛醉如泥。

　　沼田：（只管一個人沉浸在感慨中，對周吉）不過，你是最有福氣的了。

　　周吉：怎麼會呢？

　　沼田：到東京來，又有好兒子，又有好女兒……

　　周吉：那您家不也一樣嗎？

　　沼田：哪兒呀。我家那小子不成器，成天只會看老婆的臉色，把我當累
　　　　　贅。沒出息的傢伙。

　　周吉：他不是印刷公司的部長嗎？

　　沼田：什麼呀，哪來的部長！還在當股長呢。說起來太沒面子，我才對
　　　　　人家說他是部長。其實是個沒用的東西。

　　周吉：可別這麼說。怎麼會呢？

　　沼田：好不容易才有了這麼個獨生子，都怪我們把他慣壞了……看看你
　　　　　家的孩子，多有出息！人家可是真正的博士啊。

　　周吉：唉，現在醫學博士也不稀奇了。

　　沼田：唉，做父母的再怎麼期望，孩子卻不爭氣啊。
　　　　　首先他太沒志氣，根本不知道什麼叫鯤鵬之志。前不久我還對兒
　　　　　子這麼說了。那小子卻說什麼東京人太多，往上爬不容易。你說
　　　　　這叫什麼話！怎麼會這麼沒魄力？一點奮鬥精神都沒有。當年我
　　　　　可不是這麼教育他的啊……

　　周吉：我說沼田先生，您也太……

　　沼田：嗯？難道你不這麼想嗎？你覺得很滿意嗎？

　　周吉：唉，哪談得上滿意啊……

　　沼田：我說嘛，就連你都不滿意……我心裡真不好過……（一邊揉了揉
　　　　　眼睛）

　　服部：（忽然抬起臉）哎，不行了，不能再喝了。（然後又開始昏睡）

　　周吉：不過啊，沼田先生，我這次出來之前，對兒子也還抱著點兒期

待，哪想他只不過是近郊小巷裡的診所醫生。您的心情我能理解。就像您說的那樣，我也覺得不滿意啊。可是話又說回來，沼田先生，這是世間父母的私欲啊，私欲是沒有止境的。所以這事兒不看開可不行啊。反正我是這麼想的。

沼田：你這麼想嗎？

周吉：是這樣想沒錯。

沼田：原來，你也……

周吉：我兒子過去也不是那樣的……沒法子啊。沼田先生，東京畢竟還是人太多了。

沼田：是嗎？

周吉：唉，不想開點兒不行啊。

沼田：也是啊。最近的年輕人裡頭，甚至有的殺了自己的父母也不在乎呢。比起他們，咱們的孩子還算不錯的啊。哈哈哈哈。

加代：您幾位！已經十二點了！

沼田：十二點怎麼了？

加代：差不多該回去了吧。

沼田：哈哈哈哈，你這樣子可像了。我就喜歡你這樣呢。

加代：（狠狠瞪了服部一眼）怎麼辦啊？這人。

沼田：噢，別理她，別理她！今晚就要喝個痛快。你說，這多開心啊。

周吉：唔。啊，開心開心。

其間只有服部一個人沉沉入睡。

102 同一天晚上　紀子公寓的走廊上

不知從哪個房間傳來時鐘敲響十二點的聲音。

103 紀子的房間

被褥已經鋪好，富子坐在上面，紀子在為她揉肩膀。

富子：啊，謝謝，可以了。

紀子：不急的……（接著輕捶）

富子：唉，今天一天可真長啊……從熱海回來，去了志繁那兒，去了上

野公園……

紀子：您累了吧。

富子：沒什麼，給你也添了麻煩……真過意不去……

紀子：您別客氣。不過您能來太好了……我還以為您不會再來了呢。

富子：四處得你們照應……（對還在捶背的紀子）真的不用了。

紀子：好的。

富子：太謝謝了。

紀子起身去拿了水瓶和杯子來，放在富子枕邊。

富子：你明天一大早還要上班，都這麼晚了……

紀子：不要緊的。倒是媽媽您……該休息了吧。

富子：那就睡吧……

紀子：您睡吧。

紀子讓富子躺下，為她蓋上被子。

富子：沒想到，能蓋著昌二的被子睡覺……

紀子起身去關窗。

富子等紀子回來——

富子：我說，阿紀啊……

紀子：嗯？

富子：我說了你千萬別介意啊……

紀子：什麼事？

富子：昌二他死了已經有八年了，你還那樣擺著他的照片，我看著總覺
　　　得太委屈你了……

紀子：（面帶笑容）為什麼這麼說呢？

富子：你還年輕啊……

紀子：（笑著）已經不年輕了……

富子：不，真的。我覺得對不住你……時常跟你爸爸說起這事兒，要是
　　　有合適的人，你就別顧慮了，嫁給人家吧。

紀子：……（笑著）

富子：我是說真的。若不這樣的話，我們真覺得對不起你……

紀子：（笑了笑）好的，如果有的話……

富子：有啊，會有的。像你這麼好的人一定會有的。

紀子：是嗎？

富子：……這些年來一直讓你吃苦，這樣下去的話，我心裡過意不去啊……

紀子：沒事的。媽媽，我就甘願這樣。

富子：可是，你這也太……

紀子：不，我不在意的。這樣過得更輕鬆。

富子：可是，即便現在是這樣，將來漸漸上了年紀，一個人還是會寂寞的啊。

紀子：不要緊的，反正我已經決定不長歲數了。

富子：（感動得落淚）你啊……真是個好人哪……

紀子：（淡淡地）睡吧。

說完起身關燈，鑽進被子。不一會兒，紀子的眼裡漸漸湧出淚水。

104 春麗美髮店

電燈滅了，椅子和工具等都蓋上了白布。

105 裡間

志繁和庫造並排而臥。傳來敲門的聲音。

男人的聲音：不好意思……請問有人在嗎？……

兩人睜開眼睛。

敲門的聲音——剛才那個聲音：喂喂……喂喂……金子先生……

志繁：哎，哪一位？是誰啊。

庫造：唔。

志繁一邊整理睡衣前襟，一邊往外走。

106 店裡

志繁打開店裡的電燈——

志繁：哪一位？

人聲：我是這附近派出所的高橋⋯⋯

志繁：噢，對不起⋯⋯

說著開了門，一個巡警站在門外。

巡警：啊，對不起，這麼晚了⋯⋯這位說是您家的熟人，我把他帶來
　　　了⋯⋯

志繁：⋯⋯

巡警：他醉得很厲害⋯⋯

周吉搖搖晃晃地出現在門口。

志繁：怎麼回事？爸爸？（對巡警）真對不起。

沼田也緊跟著搖搖晃晃出現在門口。

巡警：那我走了。

說完行禮離去，沼田默默地向他鞠躬致謝。

周吉和沼田都已爛醉如泥。

志繁：（看著沼田）這是誰？爸爸──

周吉：這⋯⋯

趁著志繁關大門的工夫，兩人鞋也沒脫，就進了屋，一屁股坐在燙髮的座
椅上。

志繁：（回來）爸爸！怎麼回事啊？爸爸！

周吉：嗯⋯⋯

庫造也身穿著睡衣從裡屋出來。

庫造：怎麼了？

志繁：帶了個陌生人回來。

庫造：誰呀？

志繁：不知道。

沼田：（口齒不清地）哎⋯⋯開心，真開心⋯⋯嗯⋯⋯

志繁：（憤憤然地）怎麼回事啊？爸爸！爸爸！爸爸！
　　　怎麼回事啊？

周吉：（迷迷糊糊地）哎⋯⋯真是的⋯⋯沒辦法啊⋯⋯
　　　嗯⋯⋯開心啊。

志繁：真沒辦法⋯⋯（皺著眉頭）好不容易才戒了，又喝起來⋯⋯（看

了看沼田，用力搖醒他）喂喂，喂喂，你醒醒！

　沼田：啊，開心，真開心……

　志繁：（又去搖周吉的肩膀）爸爸！爸爸！……真沒辦法！

說著，垂頭喪氣地坐下。

　庫造：怎麼搞的？這是去哪兒喝了酒回來？

　志繁：誰知道是哪兒！（憤憤地嘟嚷）真不像話……爸爸過去就愛喝
　　　　酒。一說有宴會，總是喝得醉醺醺地回來。不知給媽媽添了多少
　　　　麻煩，我們也煩死了……好不容易到京子出生以後，他才像變了
　　　　個人似的，徹底把酒給戒了。我們才放了心……

　沼田：（突然狂躁地）啊，那不行，啊，不行不行，哎……

看他像要說什麼，卻又呼呼地睡著了。

　庫造：（不由得皺起眉頭）哎，怎麼辦？

　志繁：（煩不勝煩地）還以為今天不會回來了，哪想他反倒帶來個陌生
　　　　人……真討厭……

說完向屋裡走去。

107 裡間

志繁喪氣地一屁股坐在被褥上。

庫造進來。

　庫造：喂，也不能讓他們就那麼睡呀。

　志繁：沒辦法啊……

　庫造：讓阿清到下面來，讓他們上二樓睡吧。

　志繁：醉成那個樣子，還上得去二樓？

　庫造：那怎麼辦？

　志繁：真煩人啊……（站起來）你拿著這個（指毛毯）去二樓睡吧。只
　　　　好讓他們睡這兒了。

　庫造：這樣啊。

說著拿著毛毯站起來，志繁把自己的毛毯也遞給他。

庫造抱著毛毯走出去。

志繁整理餘下的被單，又把坐墊摺起來當枕頭，一邊自言自語地抱怨。

志繁：真麻煩。要回來怎麼不早說……這麼晚了，醉醺醺地回來……所
　　　以我最討厭好酒的……還帶個陌生人回來……當人是傻子啊……

108 店裡——

周吉和沼田四仰八叉地靠在椅子上呼呼大睡。

109 清早　紀子公寓的外景

110 走廊

紀子端著洗好的碗筷向自己的房間走去。

111 室內

富子做好回家的準備，正在穿襪子。
紀子進來——

　　富子：實在是麻煩你了……
　　紀子：沒關係的，讓您住在這麼破舊的地方……
　　富子：會不會耽誤你上班啊？時間還來得及吧？
　　紀子：不要緊，還來得及。（說著把櫃子上的一個紙包拿過來）哎，媽
　　　　　媽……
　　富子：什麼呀？
　　紀子：怪不好意思的，這個……
　　富子：什麼？
　　紀子：（笑著說）給媽媽的零用錢。
　　富子：你這是……
　　紀子：您別介意，是我的一點心意……
　　富子：你這樣可不行。
　　紀子：只是一點兒心意……
　　富子：不行不行。
　　紀子：可是，媽媽……（說著硬要往富子手裡塞）

富子：不行啊，可別這樣。

紀子：（硬塞給她）請收下吧。

富子：本來應當是我給你才對啊……

紀子：怎麼會呢……您就收下吧，媽媽。

富子：好吧。真過意不去，那我就收下了。

紀子：（面帶笑容）請收下吧。

富子：我知道你也有很多需要花錢的地方，還讓你這麼體貼我，真不知道說什麼才好。（拉著紀子的手）謝謝你，紀子……謝謝……

紀子：（開朗地）媽媽，時間也差不多了。

富子：噢。（一邊悄悄擦拭眼淚）

紀子：下次到東京，媽媽請再來我這兒吧……

富子：哎……不過，不知還能不能來了……你雖然很忙，但一定要來尾道啊。

紀子：我很想去呢，要是離得再近一點兒就好了。

富子：是啊。真是太遠了……

紀子站起來關窗。

富子也站起身，忽然在昌二的照片前停下來，久久地凝視。

紀子發現富子的牙刷牙膏忘在了一邊——

紀子：媽媽，您忘的東西。

說著把東西遞給富子。

富子：啊，又忘了……這陣子，老忘東西。

笑著把東西放進手提袋。

112 夜晚 東京站 十號月台下面的候車室

長途列車的乘客們排著隊等候檢票。佇列中有周吉和富子，還有前來送行的幸一、志繁和紀子他們一群人。

幸一：這趟車的話，到名古屋或岐阜一帶天就亮了吧。

周吉：是啊。

志繁：到尾道是幾點？

幸一：明天下午一點三十五分。

富子：對了，給京子發電報了嗎？

幸一：發了。大阪那邊敬三也一定會到月台上去。

富子：噢。

紀子：媽媽要是能在車上好好休息就好……

周吉：嗨，她呀，不論在哪兒都能睡好。

富子：即便睡不好，反正明天過午就到家了。

志繁：爸爸，酒喝太多可不行啊。

周吉：昨晚是因為跟朋友久別重逢嘛……

志繁：頭疼好了嗎？

周吉：啊，已經好了。

幸一：可別喝多了啊。

富子：這回也算是個教訓吧。

周吉：唉……給你們添了不少麻煩，多虧你們照顧，玩得非常愉快。

富子：大家都忙，實在是麻煩你們了……不過，這回跟大家都見了面，以後如果有個三長兩短的，你們就不必特地趕回來了……也好……

志繁：（笑了笑）媽媽你說什麼呀？別說那麼洩氣的話，弄得跟生離死別似的……

富子：嗯，我是說真的。離得實在太遠了。

廣播通知開始檢票——

乘客們紛紛站起來。

他們也分別拿上行李站起來。

志繁：太擠了。

幸一：嗯。不過這節車廂的話，應該還有很多座位。

緩慢向前的乘客隊伍——

檢票口上方的時鐘——

廣播的聲音還在繼續。

113 大阪的景色（上午）

大阪城——

工業地帶林立的煙囪等等——

114 能看見大阪城的車站內

敬三（27 歲，周吉的三兒子）腳步匆忙地橫穿鐵軌走來。

115 車站內事務所

四五個站務員正忙於工作。

敬三進來。

「早安。」

「早安。」

　　敬三：（對年長的同事）昨天實在對不起啊。

　　年長同事：噢，聽說你父母來了？

　　敬三：是啊，出了樁意外的事。本來他們沒打算停留的，沒想到我母親
　　　　　　在火車上病了……

　　年長同事：怎麼啦？

　　敬三：也不知是怎麼了，說是這裡堵得慌，覺得噁心。

　　年長同事：是心臟不好嗎？

　　敬三：不是，大概是暈車吧，可能是很久沒坐火車的緣故。

說著一邊開始工作——

　　敬三：昨天可把我忙壞了。到被褥鋪去租被子，還跑了兩趟去找醫生來，
　　　　　　簡直忙死了。

　　年長同事：哦，那現在怎麼樣了？

　　敬三：已經好了，今天早上就恢復了。

　　年長同事：你母親多大歲數了？

　　敬三：嗯，多大歲數呢？已經六十多了，好像六十七還是六十八吧。

　　年長同事：老人家上了年紀，可得好好照顧啊，都說想盡孝心的時候父
　　　　　　母已經不在了。

　　敬三：的確如此啊，然而我真是沒法往墳上蓋被子[2] 呢。哈哈哈哈。

2　沒法往墳上蓋被子，日諺。意為如果等到父母去世後才想到盡孝心的話，即使往父母墳上蓋被子
　　也來不及了。

說完繼續工作。

116 敬三的宿舍

僻靜地段的一棟舊樓的二層，窗外看得見林立的煙囪之類。

富子從病床坐起，正在服用藥粉。

周吉：大概因為車上太擠，才暈車的吧。

富子：可能是吧。

周吉：已經好了嗎？

富子：嗯，已經全好了。照這樣子，今晚回去都可以。

周吉：嗯，不過還是再打擾一晚，明天坐空一點的火車回去吧。

富子：京子一定擔心了吧。

周吉：嗯。

富子：不過，沒想到啊，還能在大阪下車，還見到了敬三。才十天時間，
　　　跟孩子們都見了面……

周吉：嗯。

富子：孫子們也長大了……

周吉：嗯，過去常說，孫輩比兒女更招人疼，你怎麼想？

富子：你呢？

周吉：還是兒女好啊。

富子：是啊。

周吉：不過，孩子們長大就變了。志繁小時候不也是個心腸很好的孩子
　　　嗎？

富子：是啊。

周吉：女兒一旦嫁出去就指望不上了。

富子：連幸一也變了。他本來是個很善良的孩子啊。

周吉：很難讓父母稱心如意吧……（兩人說著一同無奈地笑了）貪心的
　　　話還是少說吧，其實算不錯的了。

富子：是不錯啊，應該說相當不錯了，咱們很有福氣呢。

周吉：是啊，算是有福氣的了。

117 東京　清晨　幸一的家

後院裡，阿勇在玩沙子。

118 診療室——候診室

文子在打掃候診室。

幸一在診療室讀信。

> 幸一：爸媽回去的時候，在大阪下車了呢。
>
> 文子：是嗎？
>
> 幸一：說是媽媽在火車上病了，十號中午才回到尾道。

文子走進診療室。

> 文子：已經好了嗎？
>
> 幸一：應該好了吧。信裡寫了好多感謝的話。
>
> 文子：媽媽一定是累的。
>
> 幸一：嗯，可能因為偶爾旅行一次，而且時間太長了。
>
> 文子：不知道他們滿不滿意呢？
>
> 幸一：那當然滿意了，四處遊覽，還去了熱海……
>
> 文子：也是啊。
>
> 幸一：東京的話題大概夠他們談論很久吧。

說完站起來正要進裡屋，電話鈴響了。

119 走廊

幸一拿起電話。

> 幸一：喂，啊，是我。啊？電報？沒有啊，沒來。
>
> 　　　從哪裡？

120 春麗美髮店

志繁正在打電話。

> 志繁：從尾道啊，是京子發來的。真奇怪，說媽媽病危了。啊？嗯。是的。

121 幸一家的電話

　　幸一：奇怪啊。剛剛才收到爸爸寫來的信……說媽媽在火車上有點不舒
　　　　　服，就在大阪下了車，十號回到尾道……嗯……嗯……是這樣
　　　　　的。

不覺間文子也來到一旁，擔憂地聽著。

　　送電報的聲音：（在門口）平山先生，電報。

文子急忙出去。

　　幸一：（聽到送電報的聲音）啊，你等一下。

122 玄關

文子從診療室拿了印章，簽收電報。

　　文子：謝謝……

然後立刻折回屋裡。

123 走廊

文子拿來電報

　　文子：尾道來的。

　　幸一：你念念。

　　文子：母病危，京子……

　　幸一：（對著電話）喂，喂，我這裡也收到電報了。

124 春麗美髮店

　　志繁：是嗎。還真是……嗯……嗯……對，對……反正得去一趟……
　　　　　啊……啊……那待會兒見……

125 走廊

　　幸一：好，那我等你。

放下電話。

　　文子：怎麼會突然病了呢？

幸一：嗯⋯⋯

文子：病情很嚴重嗎？

幸一沉默著往裡間走去。

文子：要不要通知紀子？

幸一：啊，你打個電話給她。

說完離開。

文子撥電話。

126 紀子的公司

年輕的辦事員接電話。

辦事員：（大剌剌地）哦，哦，是米山商社。好，你等一下。

然後對紀子——

事務員：平山，電話。

紀子：是我嗎？

走過來接電話。

紀子：喂，啊，嫂子？噢⋯⋯啊？媽媽她？⋯⋯

嗯⋯⋯嗯⋯⋯這樣啊？⋯⋯嗯⋯⋯嗯⋯⋯謝謝您⋯⋯

掛斷電話後回到桌旁，沉思了一會兒，然後起身向室外的防火樓梯那邊走
去。

127 防火樓梯上

紀子站在樓梯上，一動不動地沉思。

128 幸一的家 診療室

志繁正在跟幸一談話。

志繁：怎麼回事啊？如果說爸爸病了倒還可以理解⋯⋯

幸一：嗯。

志繁：媽媽身體那麼好，會很嚴重嗎⋯⋯

幸一：嗯，肯定不太好吧，都說病危了。

志繁：看來非得去一趟了？

幸一：嗯。

志繁：媽媽在東京站說的話好奇怪呢。什麼有個三長兩短就可以不用來了……我還想怎麼說這麼不吉利的話，她大概是有預感吧。

幸一：嗯，但是不去不行吧。

志繁：是啊，既然說是病危的話……要去就早去為好。
　　　坐上次的那班火車怎麼樣？

幸一：可家裡的事也得安排一下才行啊。

志繁：我也一樣忙得很啊，最近這段時間……

門口有客人來，是一個老婆婆領著一個頭纏繃帶的孩子。

幸一：（看見客人）請進。

志繁於是進裡屋去了。

文子出來。

幸一：（對文子）哎，拿繃帶來。

說完便進屋去了。

129 裡屋

志繁和幸一——

幸一：那就坐今晚的夜車出發吧？

志繁：好吧，反正總要去的……那就這麼定了。我回去了。

幸一：噢。

幸一說完正要折回診療室——

志繁：哥哥，等一下……

幸一：什麼？

志繁：喪服怎麼辦？帶不帶？

幸一：嗯……也許還是帶上好吧。

志繁：是啊。帶去吧。帶去用不上，那就最好不過了。

幸一：那是。

志繁：那就東京站見，在上次那裡。我提早去。

幸一：好。

志繁走了，幸一返回診療室。

空無一人的房間。

130 尾道

平山家所在的小巷。

131 平山家　套廊

竿子上晾著冰袋等物。

132 屋裡

周吉和京子守在昏睡的富子枕邊。掛鐘敲響一點鐘。

　　京子：（抬頭看了看掛鐘）爸爸，我去去就回。

　　周吉：啊，去吧。辛苦啦。

京子起身離開。

133 京子的房間

京子進屋，解下圍裙，稍事打扮後走出房間。

134 玄關

京子安靜地出門而去。

135 小巷

京子走出小巷。

136 屋裡

周吉望著富子沉睡的面容，輕聲歎息。

富子微微一動。

　　周吉：哦，怎麼樣？……嗯？……熱嗎？

然而富子依然昏睡不醒。

周吉：孩子們都要從東京來看你呢……京子剛才接他們去了……就快來
　　　了，就快了……

富子依然昏睡——

　　周吉：（一邊為富子扇扇子）會好的……會好……會好……會好的……
然而這是周吉在自己說給自己聽。

137 庭院中

花草在七月的微風中搖曳。

138 夜晚　平山家的廚房

昏暗的電燈下，京子正在鑿冰塊。

139 屋裡

醫生在一旁，幸一正在為富子檢查。富子依然處於昏睡中。
周吉、志繁、紀子擔憂地守在一旁。
京子拿來冰袋，與大家一同擔憂地望著。

　　醫生：抽過血，血壓降下來了，但還是不能擺脫昏睡狀態……
　　幸一：啊，是嗎？（用手電筒檢查瞳孔）反應很弱啊。
　　醫生：是啊。

隨後檢查完畢——

　　幸一：（對醫生）多謝……
　　醫生：那，我過些時候再來……
　　周吉：總是麻煩您……
　　醫生：請好好照顧病人。

說完起身告辭，紀子送他離開。
京子為富子換冰袋。
遠處傳來火車的汽笛聲。

　　志繁：（自言自語般）敬三怎麼回事。這麼慢！（對京子）他回電報了
　　　　嗎？

京子：嗯，什麼也沒有……

志繁：他在大阪，應該最快的……

紀子回來。

幸一：（趁這機會）爸爸，您來一下……（站起身，對志繁）你也來……

說著去了旁邊的房間。

140 隔壁房間

幸一進來，等待周吉和志繁。

兩人進屋。

幸一：（站著）爸爸，看來媽媽病情很嚴重……

周吉：是嗎？

周吉和志繁都先於幸一坐了下來。

志繁：嚴重到什麼程度？

幸一：情況很糟。（對周吉）這麼長時間不醒，看來非常不妙。

周吉：嗯……是不是因為前些時候去東京累壞了？

志繁：不會吧。在東京的時候，媽媽精神那麼好，對不對？（說著看了
看幸一）

幸一：嗯……不過，也許有這個原因。

周吉：那，該怎麼辦？

幸一：我想能撐到明天早上就算不錯了……

志繁：（悲痛地）明天早上？

幸一：嗯，能撐到天亮就不錯了。

周吉：（無力地）是嗎？……不行了嗎……

志繁的眼淚奪眶而出。

幸一：媽媽六十八了對吧？

周吉：啊……（自言自語般）是嗎？不行了嗎？

幸一：我想是這樣的。

周吉：（自言自語般）是嗎……就這麼完了啊……

幸一：那……

說著起身回裡屋。

141 裡屋

紀子和京子擔憂地望著幸一回來，然而幸一卻默默地在富子枕畔坐下。

142 隔壁房間

周吉和志繁——
　　周吉：（有氣無力地）敬三也趕不上了嗎……
志繁又悲傷起來。
周吉安靜地站起來回到裡屋。

143 裡屋

周吉默不作聲地來到富子枕畔坐下，悲傷地凝視富子沉睡的臉，不時地眨眼。

144 黎明

尾道的夜迎來拂曉——東邊的天空明亮而耀眼，太陽即將升起的時刻。
空無一人的月台——
沒有行人的街道——
拍打著海岸石垣的細浪——

145 平山家

富子的臉上蓋上了白布。
志繁、幸一、紀子、京子都悲痛地低垂著頭。
京子不時地彷彿想起什麼似的，擦拭著眼淚。
　　志繁：（感慨地）人這輩子真沒意思啊……
無人回應。
　　志繁：（擦拭眼淚）明明身體那麼好……
京子和紀子也悄悄拭淚。
　　志繁：媽媽到東京來，也是有預感的吧。
　　幸一：嗯……是啊……

志繁：不過，來了一趟也好啊。讓我們能看到她健健康康的樣子，還說
　　　了好多話……（忽然想起來似的）紀子，你帶喪服來了沒有？

紀子：沒有，因為……

志繁：是嗎？要是帶來就好了。京子，你有嗎？

京子：嗯，沒有。

志繁：那得找誰借一下了。

京子：……

志繁：去借一下吧，紀子的也一起。

京子和紀子都沒作聲。

志繁：不過也算大往生[3]了。媽媽沒受一點苦就去了。（說著，忽然覺
　　　察到門口的動靜）是敬三嗎？

京子立即走出去迎接。

146 玄關

敬三正在脫鞋。

京子出來。

敬三：怎麼樣了？

京子悲從中來，默默垂下頭。

敬三：這樣啊……還是沒趕上啊……我就想可能趕不上……

無力地脫鞋。

147 起居室——裡間

敬三說了聲「大家好」，與京子一同進屋。

大家應聲迎接。

敬三：（對幸一）我不巧出差去了松阪那邊，對不起我來遲了。（對志
　　　繁）電報發來的時候我不在啊，姊姊。

志繁：哦。

敬三：怎麼會這樣呢。什麼時候的事？

3　大往生，佛教用語。尤指有德行的人無疾而終。

志繁：今天凌晨，三點十五分……

敬三：是嗎……我要是趕上八點四十分直達鹿兒島的車就來得及了……

幸一：敬三，媽媽……面容很安詳。

敬三站起身，走到亡母枕畔，掀開白布，端詳母親的臉。眼淚漸漸湧出。
大家在一旁，紛紛拭淚。

幸一：（忽然覺察）啊，爸爸呢？

志繁：哎呀，哪兒去了？

紀子站起來，朝庭院方向張望，一邊向玄關走去。

148 門外

紀子出來，四處張望尋找。

149 俯瞰市區和大海的一處山崖上的空地

周吉孤零零地佇立著。

紀子走來。

紀子：爸爸……

周吉：（回頭）啊……

紀子：敬三來了。

周吉：噢，是嗎……（感慨地）啊，多美的早晨啊。

紀子：……（一陣心酸，低頭）

周吉：今天一定很熱吧……

說完平靜地往家走去。紀子也低著頭默默跟隨在後。

150 寺廟內

強烈的陽光下，庭院裡空無一人。傳來木魚聲。

151 正殿

富子的葬禮。

周吉、幸一、志繁、紀子、敬三、京子——

對面是前來參加葬禮的親友，其中有鄰家太太以及京子任教的小學的學生代表等人。

誦經的聲音、木魚聲……

這時敬三不知怎麼突然起身離去。

志繁、紀子他們不解地回頭看他。

152 僧房

敬三走來，木然站立，然後坐下來無精打采地望著外面的風景。

153 墓地

遠遠看得見對面是波光粼粼的海面。

154 僧房

茫然沉思的敬三──

不一會兒紀子走來。

　　紀子：你怎麼了？

　　敬三：（頭也不回地）那木魚聲，我實在受不了。

　　紀子：為什麼？

　　敬三：不知為什麼，我覺得媽媽好像一點點消散了……

　　　　　（抹去淚水）

　　紀子：（沉痛地看著他）……

　　敬三：我還想盡孝心哪……

　　紀子：……（目光低垂）一會兒就要上香了……

　　敬三：怎麼會現在就去世呢？真的是成了沒法往墳上蓋被子啊……

說著站起來往回走去。

紀子悄悄拭淚，跟隨而去。

155 附近墓地

遠處的大海波光閃爍。傳來誦經的聲音。

156 海岸

波浪嘩嘩地洗刷著海岸。

157 海濱街道上一間舊餐館的二樓

送葬歸來的周吉、幸一、志繁、紀子、敬三、京子六人圍桌而坐。

幸一：（一邊給周吉倒酒）爸爸，我們以前還在這個房間看過煙火呢。

周吉：噢，好像是啊。

志繁：對對，住吉廟會的晚上啊。敬三，你記得嗎？

敬三：嗯，不記得了。

幸一：你總是天亮著的時候鬧個不停，煙火最漂亮的時候卻睡著了。

志繁：就是，枕著媽媽的腿，呼呼大睡……

敬三：我全都不記得了。

幸一：那時候爸爸在做什麼呢？

周吉：啊……市教育科長吧。

幸一：是嗎，那是很久以前了啊……

志繁：對了，放春假的時候，全家一起去大三島那次。

敬三：噢，那一次我記得。媽媽還暈船了……

周吉：啊，有那樣的事嗎……

幸一：那時候，媽媽身體還很好……（對周吉）那時有多大歲數？
　　　四十……

周吉：嗯，大概四十二三吧……

志繁：爸爸您一定要保重身體啊……

周吉：嗯。

志繁：希望您更加長壽……

周吉：啊，謝謝。

說著慢慢起身出去。

大家一時沉默——

志繁：不過，怎麼說呢。雖然這麼說不太好，兩個老人要先走一個的
　　　話，還是爸爸先走比較好啊。

幸一：嗯。

志繁：現在這樣，等京子結了婚，爸爸一個人就麻煩了。

幸一：是啊。

志繁：如果是媽媽的話，可以讓她到東京來，怎麼都好辦。對了，京子，媽媽不是有條夏服腰帶嗎？鼠灰色，露珠青草花樣的……

京子：對。

志繁：那個我想留作紀念，行嗎？哥哥？

幸一：啊，行吧。

志繁：還有，細白紋的上等麻布，還在吧？

京子：在。

志繁：那個我也想要。

這時周吉回來了。

周吉：啊，多虧大家，這下事情都辦妥了。你們都那麼忙，特地遠道趕來，給你們添麻煩了。謝謝了。

說著鞠躬致意。

大家也連忙振作精神鞠躬還禮。

周吉：還讓幸一看了病，你媽媽也覺得沒什麼遺憾了吧……

幸一：哎，也沒能做什麼……

周吉：不過啊，有件事沒跟你們說呢。這次去東京的時候，在熱海你媽媽就有一次搖搖晃晃地站不穩……

幸一：啊？

周吉：不過當時倒也沒什麼毛病……

志繁：那爸爸當時為什麼不說呢？哪怕只跟哥哥說一聲也好啊。

周吉：說的也是啊……

幸一：不過那不是原因。媽媽本來就胖，應該是突發的原因。

志繁：是嗎？不知怎麼簡直就像作夢一樣……（忽然態度一變）哥哥，你什麼時候回去？

幸一：唔，我也沒時間久留……

志繁：我也是啊。怎麼樣，坐今晚的快車？

幸一：嗯，敬三打算怎麼辦？

敬三：我還有時間。

幸一：是嗎？（對志繁）那，今晚回去吧？

志繁：好，紀子還不著急走吧？在爸爸這裡多陪陪他吧。

紀子：好的。

周吉：不，你們忙，不用了。

敬三：要不我也一起回去吧。出差的報告還沒寫呢。

　　　還有棒球比賽……我還是回去吧。

周吉：是嗎？那麼忙還讓你趕來……

志繁：可是爸爸，您今後就太寂寞了。

周吉：不要緊，很快會習慣的。

志繁：哎，京子，替我盛飯……

京子默不作聲地盛飯。

志繁：敬三，回去的時候你繞到車站，先去把晚上的票買好。

敬三：（點頭）也替我盛一碗。

志繁：（一邊從京子手裡接過飯碗）但願車不會太擠……

海面反射的光在隔扇和天棚上閃爍——

158 海岸

波浪嘩嘩拍打著岸邊的石垣。

159 小巷

對面看得見大海。

160 平山家　庭院一角的菜地

周吉在侍弄菜地。

161 廚房

紀子正在往飯盒裡裝飯菜。

162 房間

京子正在做去學校的準備。

紀子進來。

紀子：來，飯盒。

京子：太謝謝你了。

紀子：（一邊為京子抹平襯衫上的皺褶）打擾了這麼長時間……京子，
　　　等放了暑假到東京來吧。

京子：嫂子，你今天非回去不可嗎？

紀子：是啊，再不回去……

京子：那我不能去送你了……

紀子：哦，不用了。暑假你一定要來啊。

京子：（點頭）不過太好了，能讓嫂子待到今天。（一邊包飯盒）我覺
　　　得哥哥姊姊他們也應當多待幾天才對。

紀子：不過大家都很忙啊。

京子：可他們也太過分了。指手畫腳了一通之後，甩手就走了。

紀子：那是沒辦法的呀，他們都有工作。

京子：嫂子不也有工作嗎？是他們太自私了。

紀子：可是，京子……

京子：嗯，媽媽剛去世，立刻就說什麼要東西做留念，一想到媽媽的心
　　　情，我真是難過極了。即便是外人都還更有溫情呢。我覺得父母
　　　子女不應該像那樣。

紀子：可是啊京子，我像你那麼大的時候，也曾那麼想過。但是孩子一
　　　旦長大，總要離開父母的啊。到了姊姊那般年紀，就會有跟爸爸
　　　媽媽不一樣的她自己的生活。我想姊姊那麼做也絕對沒有惡意，
　　　不論是誰都會認為自己的生活是最重要的。

京子：是嗎？可是我不想變成那樣。那樣的話，父母和子女之間也太沒
　　　意思了。

紀子：是啊。可是大家不都變成了那樣嗎？漸漸地變成那樣。

京子：那嫂子也會變嗎？

紀子：嗯，我不想變，可還是會變成那樣。

京子：真討厭啊，這樣的人世……

紀子：是啊，盡是些令人厭煩的事……

京子：（振作精神）那嫂子，我……

紀子：好的。你去吧。

京子走向套廊，朝著庭院的方向。

京子：爸爸，我走了。

打過招呼，向玄關走去。

紀子送她出去。

163 玄關

兩人走來。

京子：嫂子您多保重。

紀子：謝謝。你也多保重。

京子：嗯。

紀子：暑假一定要來啊。

京子：嗯。那就再見了。

紀子：再見。

京子：我走了。

微微一笑，離去。

164 房間

紀子回到屋裡，收拾整理。

周吉一邊擦著手走進來。

周吉：京子走了？

紀子：嗯，爸爸，我坐今天中午的火車……

周吉：是嗎。要回去了啊？這麼長時間，讓你受累了。

紀子：不，什麼忙也沒幫上。

周吉：你在這裡可幫了大忙了。（坐下來）你媽媽可高興呢，在東京住
你那裡，你那麼熱情地待她……

紀子：哪裡，也沒能好好招待……

周吉：真的，你媽媽對我說呢，那天晚上最開心，我也要向你道謝呢。
　　　謝謝了。

紀子：不，不。

周吉：你媽媽也擔心呢，你今後的生活怎麼辦？

紀子：——？

周吉：這樣下去可不行啊。你不必顧慮什麼，要是有好人家，隨時嫁了
　　　吧。把昌二忘了也沒關係。一直讓你這樣下去，我心裡反倒歉
　　　疚，難過啊。

紀子：不，不會的。

周吉：不，是這樣。你媽媽也誇你呢，說再沒有像你這麼好的人了。

紀子：媽媽她是偏心我呢。

周吉：不是偏心。

紀子：我並不是像您說的那麼好的人，如果連爸爸也那麼覺得，我反倒
　　　過意不去了……

周吉：不，不是那樣的。

紀子：不，是這樣的。其實我很自私，並不像爸爸媽媽所想像的那樣，
　　　心裡總想著昌二。

周吉：但還是忘了好啊。

紀子：可最近我甚至有不想他的時候。很多時候會忘了他，我覺得我不
　　　能一直這樣下去。像這樣一直一個人過下去，究竟會怎樣呢？有
　　　時候夜裡我會忽然這麼想。每天每天無所事事地過去，心裡很寂
　　　寞。我還在內心深處期待著什麼……我真的很自私。

周吉：不，你不自私。

紀子：就是自私。這些事我也沒能跟媽媽說出口。

周吉：別介意啊。這樣就好，你真是個好人，又誠實……

紀子：不敢當。

周吉：別……

說著站起來從佛龕的抽屜裡拿來一塊女式手表。

周吉：這是你媽媽的手表，現在雖然不流行這樣式了，你媽媽剛好像你
　　　這個年紀的時候開始戴它。請收下做個紀念吧。

紀子：可是，這……

周吉：好了，收下吧。（遞上手表）能給你用，你媽媽一定很高興。

紀子：（傷心地垂下頭）……謝謝……

周吉：唉……我真心希望你別顧忌，早日得到幸福，真的。

紀子百感交集地捂住臉。

周吉：真奇怪啊，比起自己親生的孩子，反倒是你這個應當算外人的，
　　　對我們這麼好……真的很謝謝你。

說完頹然低下頭。

紀子忍住眼淚。

165 小學的校舍

傳來歌聲。

166 大海盡收眼底的山坡

正是校外寫生課的時間。

孩子們分散四處，正在畫畫。

京子一邊巡視，忽然看看手表，然後向一邊跑去，俯視山下。

167 山下的鐵路

開往東京的列車從對面疾馳過來。

168 山坡

京子依依不捨地望著。

169 疾馳的列車

170 車內

紀子也依依不捨地望著窗外。

171 透過車窗向外望去，尾道的群山──

172 車內

紀子隨即把婆婆遺下的手表湊近耳邊，沉浸在懷想中。

汽笛的迴響。

173 平山家

周吉獨自孤零零地坐在套廊邊，眺望著遠處的大海。

鄰居太太照舊隔著窗戶跟他打招呼。

　　鄰居太太：孩子們都回去了，又冷清了啊。

　　周吉：沒什麼……

　　鄰居太太：真是太突然了……

　　周吉：啊……她是個倔脾氣。早知這樣，趁她在世的時候，也應該對她
　　　　　　更好一點啊……

　　鄰居太太：……

　　周吉：剩下我一個人，突然覺得日子變長了……

　　鄰居太太：的確是這樣啊……真寂寞啊……（說著走開了）

　　周吉：唉……

周吉獨自眺望大海，不由得深深歎息。

174 大海

航行在島嶼之間的汽艇，砰砰作響著漸漸遠去。

175 套廊邊

周吉茫然地望著大海──

176 大海

汽艇砰砰的聲響如夢一般遠去。

瀨戶內海，一個七月的下午的景色。

──劇終──

浮草

一九五九年（昭和三十四年）

大映東京製片廠

劇本、底片、拷貝現存

9 卷，3259 米（119 分鐘）彩色

同年十一月十七日公映

製　片	永田雅一
策　畫	松山英夫
編　劇	野田高梧　小津安二郎
導　演	小津安二郎
攝　影	宮川一夫
錄　音	須田武雄
美　術	下河原友雄
照　明	伊藤幸夫
音　樂	齋藤高順
剪　輯	鈴木東陽
舞台指導	上田吉二郎

演員表／

嵐駒十郎	中村雁治郎
壽美子	京町子
加代	若尾文子
阿繁	浦邊粂子
吉之助	三井弘次
仙太郎	潮萬太郎
扇升	伊達正
正夫	島津雅彦
矢太藏	田中春男
莊吉	丸井太郎
杉山	入江洋佑
木村	星光
本間阿芳	杉村春子
本間清	川口浩

劇場主、丸大商店的老闆　　笠智眾
小川軒的藍子　　　　　　　野添瞳
梅廼家的阿勝　　　　　　　櫻睦子
梅廼家的八里　　　　　　　賀原夏子
客人　　　　　　　　　　　菅原通濟

1 漁港風景

白色燈塔和瓶子。防波堤。漁具。
從船尾能望見燈塔。盛夏時節——
製冰公司旁邊。屋頂連綿，對面海角上雪白的燈塔。

2 碼頭　候船室門外

一旁有紅色郵筒。

3 候船室門外

戲班相生座的幫工德造拉著空車走來，在那裡放下車把。

4 候船室

（男女乘客四五人，還有一個候船室值班員）
德造走來。

　　德造：哎，真熱啊。

　　值班員：嗨，您好哇。

　　德造：真受不了啊，熱成這樣。

這麼說著，一邊往近旁牆板上貼「嵐駒十郎戲班」的海報。

　　值班員：這回相生座演什麼戲啊？

　　德造：就是這個啊，歌舞伎呀。

　　值班員：哦，武打的呀。上回演的脫衣舞可真有意思，穿桃紅褲衩的大
　　　　　　屁股女人那個。

　　德造：您哪，這回不演那樣的，是歌舞伎大戲啊。

　　值班員：這樣啊？

　　德造：那可不，人家是從岡崎、刈谷，還有知多巡演到這兒來的呢。

　　值班員：這樣啊？那又可以讓我白看嘍。

　　老頭兒乘客：俺早年間啊，對對，約莫十七八年前吧，在山田的新道看
　　　　　　　　過一回這位駒十郎的戲。

　　值班員：哦。

　　老頭兒乘客：那還真是演得好。演丸橋忠彌，盡演那「這裡喝一合，那

裡喝五合，加在一起喝掉三升」之類的戲。[1]

德造：是嗎？

老太太乘客：（不耐煩地）船班又誤點了嗎？

值班員：沒晚，今天沒接到通知，應該能按時到吧。

青年客人：就沒見它準點來過。

老太太乘客：還真是。

德造：（事不關己地）可今天也很熱呀。

5 防波堤和白色燈塔

海鷗飛舞。

（只見遠處聯絡船正開過來。汽笛鳴響的聲音。）

6 海上

向前航行的聯絡船──

7 甲板上

熱得不停地扇扇子的客人，以及正在工作的船員們──

8 客艙

除三四個男女客人之外，都是嵐駒十郎戲班的男女成員──駒十郎（58歲）、壽美子（34歲）、加代（23歲）、吉之助（37歲）、仙太郎（34歲）、扇升（65歲）、扇升的孫子正夫（6歲）、矢太藏（47歲）、龜之助（30歲）、六三郎（50歲）、長太郎（43歲）、妝髮師傅莊吉（32歲）、劇本員杉山（25歲）、先遣木村（45歲）、伴奏阿繁（52歲）──

大夥都滿臉疲憊、炎熱難捱的樣子，各自隨意躺著，或是翻看雜誌等等。

一個船員走進來取東西。

客人之一：喂，誤點好久了啊。

船員：什麼呀？就快到了。

1　丸橋忠彌，江戶時代早期的浪人。因參與謀畫攻打江戶城的慶安事件而被處刑。《慶安太平記》等歌舞伎劇碼的主角。這裡引用的是劇中主角醉酒時的台詞。

說完便出去了。

聽見這話，壽美子忙叫醒還在睡覺的駒十郎。

壽美子：班主，您……

駒十郎：唔……嗯？……要到了？

壽美子：加代，你拿好這個。

加代正要接那個包袱，杉山從一旁伸手接過。

加代：不用了。

說著冷漠地把包袱拿回。

吉之助：（合上正在讀的書，扔給杉山）喂，劇本員，這是你的吧？

杉山：啊，是的。

說著接住吉之助扔過來的書。

然後大夥兒開始收拾整理身邊的行李——

壽美子：大夥可別忘了東西。六哥，沒事吧？

六三郎：哎。

壽美子：扇升叔，好了嗎？

扇升：（因為耳背）啊？

矢太藏：（湊近他的耳朵）沒忘記東西吧？忘、記、東、西。

扇升：（點頭）哦。

仙太郎：（哼唱）你可別忘了喲。

其他兩三人：（齊聲）請別忘了喲……

汽笛鳴響。

從船尾看見燈塔。

9 波矢的街上貼著的傳單

傳來汽笛的聲響。

10「嵐駒十郎戲班」的旗幟

旗幟在風中飄揚——

11 街中十字路口張貼著戲班的傳單

傳來沿街宣傳的太鼓聲——

12 街上

戲班成員走街串巷展開宣傳。伴奏阿繁彈奏三弦，龜之助吹奏黑管，正夫、壽美子、加代、仙太郎緊隨其後，還有化了妝的吉之助和矢太藏邊走邊發傳單。

門口，矢太藏走來。

孩子們跟上來。

> 孩子們：（異口同聲地）喂，給我。
>
> 　　　　給張傳單唄。
>
> 　　　　不給嗎？傳單！
>
> 　　　　喂，傳單拿來，小氣鬼！
>
> 矢太藏：瞎嚷嚷啥！（然後衝著其中一個孩子）你有姊姊嗎？
>
> 孩子1：沒有。
>
> 孩子2：我家有！
>
> 矢太藏：是嗎？（說著遞過傳單）幾歲啦？
>
> 孩子2：十二歲——
>
> 矢太藏：笨蛋！

奪回傳單。

門口，吉之助發散著傳單走進了「梅廼家」。

13 小餐館「梅廼家」店內

沿街宣傳的太鼓聲遠去後，正門咔啦地開了，吉之助走進來。

> 吉之助：老闆，拜託了。

說著給鍋台邊的老闆遞過傳單。

> 老闆：哦，相生座啊。
>
> 吉之助：哎，還請您多幫襯——

正要走開。

看見一旁的小房間裡濃妝豔抹的八重。

她長得肥墩墩的，卻顯得分外誘人，身穿吊帶襯裙，脖子上的粉白得異樣。

　　八重：喲，大哥，從今晚開演嗎？

　　吉之助：（瞟了她一眼便露出不屑的神情）是啊。

　　八重：哦？

說著對他拋媚眼。

吉之助回了一個媚眼後走出。

14「梅廼家」門前

吉之助走出來。

這時二樓的紙窗開了，同樣濃妝豔抹的阿勝探出頭來。這是個身材苗條，很適合穿和服的妖嬈女人。

吉之助折回。

吉之助回頭仰望，似乎頗受吸引。

　　吉之助：（點頭致意）你好。

　　阿勝：今晚我會去看的。

　　吉之助：多謝。等您來。

說完揮了揮手。

阿勝正揮手，忽然身旁出現一個鄉下官員模樣的中年男人，默不作聲地把阿勝拉回去，並關上了紙窗。

　　吉之助：老爺，您太太來啦。

吉之助失落地看了看樓上，又大搖大擺地走進店裡。

15 店內

吉之助走進來。

　　吉之助：老闆，生意興隆真不錯啊。借根火柴用一下。

說著在門口橫框上坐下，拿過放在那裡的大盒火柴，點菸。

　　老闆：……

　　八重：喂，你叫啥名字呀？

　　吉之助：錦之助。

八重：錦之助？

吉之助：就是阿錦[2]呀。

八重：哎呀，討厭！呵呵呵呵。真討厭！

阿勝從二樓下來。

阿勝：老闆，酒還要再加呢。

老闆：好的。

吉之助：（對阿勝）您好。姊姊，今晚等您來啊。

阿勝點頭。

八重：阿勝姊，一起去唄。

老闆：那店裡怎辦？店裡……

嘴裡還在嘟囔。

吉之助：（對女人們）一定來哦，等你們。

說著站起來。

撒下五六張傳單，走出。八重拿起團扇。

八重：這人挺豪爽的。

一邊扇扇子。

16 街上 理髮店「小川軒」門前

走街串巷的戲班隊伍經過。

17 從「小川軒」店裡往門外看去

老闆在角落裡磨剃刀。女兒藍子（22 歲）正給客人刮臉。

客人：（朝著老闆）這樣啊，是大阪的角兒啊？

老闆：瞧您說的，人家在這塊老早就是熟臉了，以前也來過這。聽說以前在道頓堀的角座劇院也演過戲呢。

客人：哦，這樣啊。聽您這一說，那得……

藍子：別動，再動我割你呀。

客人：那可不成，求你別割呀。小藍。

---

2 阿錦，當時走紅的歌舞伎名優萬屋錦之介的暱稱。

矢太藏拿著傳單走進來。

　　矢太藏：你好——拜託了。

　　老闆：辛苦辛苦。

　　矢太藏：真熱啊，實在是難受。

藍子拿了手巾，然後拿起一旁的團扇在胸前啪嗒啪嗒地扇著——

　　矢太藏：（看著藍子）你家小姐模樣長得好哇。

藍子一回頭，瞪了矢太藏一眼。

　　矢太藏：（迫不及待地）你好，幫你爸爸的忙呢？了不起！佩服。（對
　　　　　　老闆）您老有靠了啊。

　　老闆：哪裡……

　　矢太藏：（忽然看了看牆上的執照）哦，小川藍子……多好聽的名字
　　　　　　啊。我說藍子啊，你是獨生女吧，掌上明珠啊。（對老闆）當
　　　　　　爹的也擔心吧，還是得招上門女婿吧。（然後又對藍子）哎，
　　　　　　小藍，招女婿的話，可要招個好的。像我這樣的怎麼樣？可靠
　　　　　　得很哪。

藍子不禁噗哧地笑了。

　　矢太藏：（迫不及待地）多好看的笑臉啊，多招人喜歡。真的，多好哇。

18 相生座的門口

立著三四支古舊的旗幟。兩個老人經過。

19 舞台

杉山、阿繁、仙太郎、龜之助、莊吉等人正在擺放序幕的道具。

20-a 化妝間（二樓）

大房間裡頭的小房間是駒十郎和壽美子、加代共用的房間，兩個房間之間
用舊幕布隔開。扇升、六三郎、莊吉等在收拾行李包裡的服裝，駒十郎正
在做化妝前的準備。
走街串巷的成員回來。

壽美子、加代走上二樓。

　　駒十郎：莊吉，去給我倒杯茶來。

莊吉走下樓去。

20-b 樓下　化妝間

莊吉一邊用手巾擦手一邊走下樓來。

壽美子和加代進屋。

「我回來了。」

「您回來啦。」

戲班成員紛紛送上「您辛苦了」「辛苦啦」的問候。壽美子在橫框上坐下。

　　壽美子：哎，熱死人了。

　　駒十郎：喂，把我的衣服拿出來。

　　壽美子：要幹嘛呢？

　　駒十郎：去問候一下老客戶。

21 後台　化妝間門口

從後台門口，劇場主人、丸大商店的老闆提著用包袱皮包好的大酒瓶走進來。恰好仙太郎走出來，走街串巷的成員也同他一起。

　　仙太郎：啊，歡迎歡迎。您請。

　　老闆：哦，這個請收下。

說著遞過酒瓶。

　　仙太郎：真過意不去，謝謝啦。來，您請進。

　　杉山：請。

說著將來客領上二樓。

22 化妝間

丸大商店的老闆上來。

　　六三郎：（看著他）班主，相生座的老闆來了。

　　駒十郎：（迎接著）啊，剛才多謝您了。請，請……

壽美子：（將坐墊推過來請客人坐）來，您請。

老闆：哦……

駒十郎：還真是好久不見了……

老闆就座。

老闆：是啊，好久不見了啊。

駒十郎：唉，許多事，又得給您添麻煩了。

老闆：上一次是啥時候啊？好像戰爭剛結束，還什麼都沒有的時候。

駒十郎：唉，自那以後，已經過去十二年了。

老闆：都這麼多年了呀。

駒十郎：哎，過得真快啊……

老闆：（回望眾人）人員變動也不少哇。

駒十郎：哎。哪想世道變成了這樣……對了，她叫壽美子……

壽美子：還請您多多支持……

老闆：啊，對啦，上一次，那叫啥？就是演蝙蝠安那個……

駒十郎：哦，辰之助啊，已經死了。在福知山……

老闆：是嗎，怎麼死的？

駒十郎：是腦出血啊。

老闆：唔。那是個好演員啊。真沒想到……

駒十郎：啊，（回頭看著加代）她就是辰之助的女兒……

加代默默行了個禮。

老闆：是嗎，已經長這麼大了呀。當時你只有南京豆那麼點兒大呢。

駒十郎：哦……

加代：（問壽美子）南京豆是什麼？

壽美子：就是花生呀，落花生。

加代：怎麼可能。

這時負責先遣的木村進屋來。

壽美子：（迎上去）木村哥，什麼事？

木村坐下來。

木村：哎。班主啊，我這就走了，還有別的事嗎？

駒十郎：哦，你看著辦吧。

木村：那還是雜費讓對方出？

駒十郎：啊，那樣比較好。

老闆：下回是去哪兒？

駒十郎：啊，去紀州的新宮……

老闆：是嗎？

說著看木村。

木村：那我走了。（對老闆和駒十郎）失禮失禮。

木村走出的同時，仙太郎端著分裝在茶杯裡的酒走進來。

仙太郎：班主，這是丸大的老闆送的酒……

說著分發給眾人。

駒十郎：哎，這真是過意不去啊……謝謝啦。

見眾人都分到了酒——

駒十郎：那就借大家的手，拍一拍……再來一拍……
　　　　祝喜慶，第三拍……

隨著祝詞，眾人一同啪啪地鼓掌。

眾人：恭喜恭喜。

老闆：啊，恭喜。

駒十郎：恭喜恭喜。

23 街上

駒十郎扇著扇子走過來。

兩個女人看在眼裡。駒十郎經過，走遠。

女人1：這就是這回的角兒？

女人2：都老大年紀了。

24 街角

駒十郎回頭迅速環視四周，然後拐進小巷。

25 飯館「鶴屋」門前

駒十郎走來，進店。

這是一間賣烏龍麵和煮菜的飯館。

26 店內

一個客人正坐在下間的桌前吃烏龍麵。

　　駒十郎：勞駕。

老闆娘阿芳（45歲）從裡間探出頭來。

　　阿芳：啊，您來了。

　　駒十郎：來一壺酒。

　　阿芳：哎。

說著走進去。

　　客人：（擱下錢）放這兒了啊。

　　阿芳：多謝了。

目送客人走出——

　　阿芳：（急切地）一直等您呢。你們走街的剛才還經過呢……

　　駒十郎：（感慨地）好久沒見了啊……這麼些日子沒什麼變動吧？

　　阿芳：（點頭，迎進屋）來，請進去那邊，那邊通風好。

　　駒十郎：哦，那我就進屋坐會兒。

說著，隨阿芳往屋裡去。

（遠攝）

27 裡間

駒十郎站著環視房間。

　　阿芳：（遞過坐墊）坐吧坐吧。

　　駒十郎：啊，多謝。哎，一如既往，不錯啊。

　　阿芳：您也身體好好的……

　　駒十郎：啊，託福……

　　阿芳：十二年沒見了呀。

駒十郎坐下。

駒十郎：真不容易啊！你一個人……多少年了……

阿芳：您前不久說得了五十肩³，最近怎麼樣了？

駒十郎：這事我跟你說過嗎？

阿芳：說過呀，說是疼得不得了……

駒十郎：是嗎？已經沒事了。哎呀，有涼風吹過來呢。

阿芳端了盛著煮菜和鹹菜等等的托盤過來。

駒十郎：哎，真不錯，多謝多謝。阿清最近怎麼樣了？他好嗎？

阿芳應和著坐下。

阿芳：前年高中畢了業……

駒十郎：這個你在信裡跟我說過了。

阿芳：哦，這樣啊。他現在，在局裡上班呢。

駒十郎：局裡？

阿芳：郵電局啊。說是臨時工……其實他是想去念上面的電氣學校……

駒十郎：噢，有志氣。

阿芳：可他要是去了我就一個人了……

駒十郎：倒也是啊，那可就難辦了。

阿芳：可是那孩子，為這個自己把錢都存好了。

駒十郎：是嗎？

阿芳：他那麼有心，還是應該成全他……

駒十郎：也對啊……

阿芳站起來去取燙好的酒。

駒十郎從袖兜裡取出香菸。

駒十郎：我說……阿清他，是怎麼看我的啊？

阿芳：……

駒十郎：他還是以為父親已經死了嗎？真以為我是你哥哥嗎？

阿芳低垂著眼光不作答，去拿了酒壺來。

阿芳：（拿起酒壺）請。

駒十郎：哦。（接酒）

3　五十肩，常見於五十歲左右的中老年的一種疾患。發病期間肩部和手臂等處疼痛難捱，往往持續數月。

阿芳：我說您哪，心裡會不好受吧？

駒十郎：為啥？

阿芳：阿清的事。

駒十郎：這要說起來也沒轍啊，有個當戲子的爸爸不如沒有。

阿芳：可……

駒十郎：可別說啊，都照往常就很好嘛。

阿芳落寞地垂下目光。

駒十郎：雖說很對不起你，唉，行了。（遞過酒杯）怎麼樣，來一杯吧。

阿芳：多謝。

接過酒杯，駒十郎為她斟酒。

駒十郎：唉，好啊。

大門拉開的聲音。

兩人朝那邊望去。

阿芳：（探頭看了看）哎呀，是阿清。

清從門口進來。

阿芳：回來啦。

清（21歲）走進來。

清：啊，舅舅您來啦！

駒十郎：（感動不已）嗯。

清：要是知道您來，我就早點回來了。

阿芳：怎麼這麼晚？

清：請局長幫我補習功課呢。

說著就往樓上房間去。

駒十郎：（手搭在清肩上）長高了啊。

阿芳：那可不。要過去的話就該送去徵兵體檢了。

駒十郎：嗯，甲種合格那是肯定的。

清直接走上二樓去了。

駒十郎：長這麼高了。（然後轉向阿芳）可不，咱們上年紀也是當然的
　　　　啊……

阿芳開心地點頭。

駒十郎走上二樓。

28 二樓（清的房間）

放著組裝到一半的收音機及其材料和工具等等。

駒十郎走上來，在窗邊坐下。

清：舅舅這回能待到什麼時候？

駒十郎：看客人多少唄，半年一年都成啊。

清：那麼久會有客人來嗎？

駒十郎：哈哈哈哈。（一邊笑著，視線停留在一旁的收音機上）這個，
　　　　是你在弄的嗎？

清：嗯。

駒十郎：是啥呀這個？

清：啊，別碰！今晚，我去看舅舅的戲怎麼樣？演什麼呀？

駒十郎：啊，你可別來，那不是你看的東西。

清：那是誰看的呢？

駒十郎：客人唄。

清：我不也是客人嗎？

駒十郎：說是這麼說，你不看也成。很無聊的，不要看。

清：既然是那樣的戲，為什麼還要演呢？去演更好的戲不就完了？

駒十郎：那也不成。

清：為啥？

駒十郎：不管你演多好的戲，現在的客人也看不明白。唉，算了吧。你
　　　　可別來啊。對了，上次咱們還一起釣魚了。現在能釣到什麼
　　　　魚？

清：是啊，能釣到什麼呢？

駒十郎：釣啥都行，再一起去吧。

清：天氣很熱的。

駒十郎：熱也不要緊，去吧。好不好？明天怎麼樣？

清：那就去吧。

駒十郎：嗯。去吧去吧。

說著站起來。

　　駒十郎：好，真的要去哦。

說著很開心似的笑瞇瞇地起身離開。

駒十郎走下樓梯。

29 樓下

駒十郎走下樓梯，笑瞇瞇地拿起酒壺。

　　阿芳：啊，酒涼了吧？

　　駒十郎：沒事，嗯。（一邊斟酒，滿足地）還挺愛講大道理，都說不過
　　　　　　他了。

　　阿芳：（開心地）是嗎？他說什麼了？

　　駒十郎：可聰明了，腦袋好使著呢。

露出滿意的表情，拿起酒杯，看著阿芳微笑，喝酒。

30 當晚　相生座的大門外

擠滿了來看熱鬧的客人。

演出進行中，賣門票的德造聲音洪亮地招呼著客人。

　　德造：歡迎光臨。兩位——

31 觀眾席（地板間）

混雜的觀眾席——坐了大約七八成。

32 舞台

《國定忠治　赤城山》[4] 已近結尾。

壽美子扮演忠治，吉之助扮演嚴鐵，仙太郎扮演定八。

　　忠治：鐵兒！

　　嚴鐵：哎！

　　忠治：定八——

4　《國定忠治》，以江戶時代的俠客國定忠治為主人公的大眾劇碼。

定八：大哥有何吩咐？

忠治：今夜就要告別赤城山，離開生我養我的故鄉，扔下苦心經營的地盤，與各位心愛的弟兄分別，踏上路途了呀。

定八：如此說來，小弟也不禁備感淒涼哪。

大雁「嘎——嘎——」啼叫的聲音……

嚴鐵：啊，大雁哀鳴，朝著南天飛去了……

忠治：月兒也西斜了。

定八：小弟明日起該何去何從？

忠治：任步而行，隨心所向，踏上那沒有目的也沒有盡頭的旅途。

定八、嚴鐵：（感慨萬千地）大哥！

然後忠治屈身握住刀柄，右手高高舉起，擺出一個漂亮的姿勢。

一聲響亮的竹笛。

嚴鐵：圓藏兄他……

忠治：想必他也一樣捨不得故鄉吧。

說著拔出寶刀（傳說中由小松五郎義兼鍛造的有名的寶刀）。

笛聲越發高昂。

忠治緩緩放下寶刀，行至舞台右側兩三步處的萬年潭，將寶刀伸進水中。

叮咚的水聲響起。

33 觀眾席

清來了。

妓女阿勝、理髮店的姑娘也來了。

34 舞台

忠治回到舞台正面，將寶刀換到左手，亮相。隨從二人，同往寶刀所指的方向望去。

笛聲依然持續。

忠治：加賀國之人，小松五郎義兼鍛造之名刀，以萬年潭雪水清濯……（懷抱寶刀）畢生得此刀護我……

說著，將寶刀遞到嚴鐵面前。

嚴鐵從懷中取出紙片擦拭。

再度傳來大雁的啼鳴。

　　忠治：啊，大雁也飛走了。

烏鴉嘎嘎的叫聲傳來。

　　忠治：烏鴉也飛走了嗎？

接著後台響起唱片裡的歌聲——

　　♪烏鴉啊，為什麼啼叫？因為烏鴉⋯⋯

「噔！」一聲宣告結束的梆子聲。同時從觀眾席扔來香菸、奶糖、紅包
等。

　　♪在山裡，有七隻可愛的小寶寶。

急迫的梆子聲中，幕布拉上。

35 幕布裡面（舞台）

壽美子退回化妝間，吉之助和仙太郎留在舞台上收拾香菸、奶糖和紅包
等。

只穿了襯裡綢衣的矢太藏走出來，從幕布縫隙間偷看觀眾席。

　　矢太藏：（對二人）喂，你們看，就是那個，理髮店的姑娘。

於是另外二人也一起偷看。

　　吉之助：哪個呀？

　　矢太藏：那邊不是有個頂著手帕的老太婆嗎？就在她後頭，看，那個正
　　　　　　吃豆沙包的⋯⋯

　　仙太郎：哦，嘴真大呀⋯⋯

36 觀眾席

理髮店的藍子與父親並排而坐，正在吃豆沙包。

37 幕布裡面

仙太郎和吉之助——

　　仙太郎：（對吉之助）我說，你盯上的，是哪個呀？沒來嗎？

吉之助：來了呀，就是那個。正吸菸，穿著竹紋夏衣那個。

38 觀眾席

穿白底花紋夏衣的阿勝正吸著菸。

39 幕布裡面

仙太郎和吉之助——

　　仙太郎：這女人不錯嘛，真是賺到了。我的是哪個？

　　吉之助：（環視一遍）你那個沒來，比這個好著呢。不過不是我喜歡的
　　　　　　類型。

　　仙太郎：哦，真叫人期待呀。

他們身後，大夥兒正忙著布置下一場的舞台。

40 化妝間（二樓）

扇升做白髮掌櫃的裝扮，正夫是小孩的角色，六三郎扮作武士等等，眾人
各自裝扮著，後面阿繁正在給三弦調弦。

駒十郎和加代只穿著襯裡綢衣，壽美子摘掉了忠治的假髮套，正在解護手
和綁腿。

　　駒十郎：（對壽美子）看樣子很受歡迎嘛。人來得多不多？

　　壽美子：馬馬虎虎，七成吧。第一天這樣不能算多。

　　駒十郎：嗨，走著瞧吧，會越來越多的。

　　壽美子：那就好……

　　加　代：沒事的，在刈谷的時候，不也是這樣。姊姊您最近怎麼這麼心虛
　　　　　　呀？

　　壽美子：倒也沒有。

　　駒十郎：別擔心，沒事兒，包在我身上。肯定會一天天往上走的，哈哈
　　　　　　哈哈。

梆子響了兩聲。

加代急忙開始準備。

41 翌日 梅廼家附近的街區

42 梅廼家的店鋪

小房間的櫃檯旁，吉之助一個人小口小口地喝著酒。

阿勝端來冰水，一邊吃東西——

　　阿勝：那我問你，那後來你跟國定忠治去哪了？

　　吉之助：不是下了赤城山嗎？

　　阿勝：是問你下了赤城山之後啊。

　　吉之助：這還不明白？不就是來了你這嘛。

　　阿勝：你這人——討厭！

　　吉之助：怎麼會討厭呢，怎麼會……啊，那小子來了。

仙太郎走來。

　　老闆：（從廚房招呼）您來啦。

仙太郎大方地答應著走進小屋裡來。

　　仙太郎：喲……

　　阿勝：您來啦。

　　吉之助：你坐這。

說著讓座，吉之助坐下。

　　仙太郎：（接著說）真熱啊。看，這汗……（環視四周）怎麼回事？人
　　　　　　不在嗎？

　　吉之助：慌什麼呀，這就來了。班主在幹嘛呢？

　　仙太郎：剛才出去了。

裡間傳來聲響。

　　阿勝：（衝著裡間）八重姊，快來呀。人家等著呢！

八重笑呵呵提著裙子走出來。

　　八重：哎呀，您來了。（坐下）您好啊！

　　仙太郎：（小聲對吉之助）就這個？

　　吉之助：（點頭）不合意嗎？

　　仙太郎：可別開玩笑！

吉之助喝乾酒杯。

吉之助：不行嗎？

仙太郎：可別耍我！

八　重：哎，你們說啥呢？轉朝這邊來嘛。

仙太郎：（瞟了她一眼）不成，怎麼感覺心裡發涼。

八　重：來，喝一杯吧。

仙太郎：（沒辦法只好接受）阿吉，你這小子可真是黑心腸啊。我算看
　　　　錯你了。

吉之助：看錯什麼？

仙太郎：還用說嗎？

說著乾完一杯。八重黏上來，給他斟酒。

仙太郎：（越發喪氣，對吉之助）喂，你瞧瞧，太慘了吧？

八　重：大哥，什麼慘呀？

仙太郎：別搭理我，我老娘死了。

八　重：真的？

仙太郎：不行，我渾身發冷啊。

正門咔嗒一聲開了，矢太藏探頭進來。

吉之助：也沒那麼嚴重吧。

老　闆：您來啦。

矢太藏：（站在門口）喂，玩得還好吧？

吉之助：哦，不進來嗎？

矢太藏：（依然站在原地，朝阿勝）大姊，叫啥名字？

阿　勝：勝子。

矢太藏：好名字。（然後看著仙太郎和八重）哦，仙哥，讓你遇上好的
　　　　嘍。好好玩兒吧，我去去就來。回見。

阿　勝：回頭見。

矢太藏走出。

八　重：再來呀！

吉之助：（對垂頭喪氣的仙太郎）喂，仙哥，仙太郎大哥，怎麼啦？

仙太郎猛地端起酒杯，比了個忠治舞劍的姿勢——

仙太郎：（用演戲的腔調）鄙人幸虧有你庇護啊……（然後發洩般地怒

吼）喂，拿酒來！給我上酒！酒！酒！

43 小川軒理髮店

矢太藏走進來。

店裡只有藍子一個人。

矢太藏：你好！

藍子：您來啦。

矢太藏：今天你爸呢？

藍子：去協會了。

矢太藏：哦，是嗎？天真熱啊。

說著脫了木屐走進店裡。

藍子：找我爸有什麼事嗎？

矢太藏：你爸怎麼都成啊。我是來看你的，嘿嘿嘿。

藍子：討厭！

矢太藏：是真的。小藍，你摸摸看，我這胸口，你摸摸！

說著抓住藍子的手。

藍子：（嚇得呼救）媽媽！媽媽！

藍子母親從裡間探出頭來，面孔看起來頗讓人害怕。

矢太藏頓時老實了。

母親：幹嘛？你有事嗎？

矢太藏：（慌張地）沒，那個，能幫我刮刮鬍子嗎？

母親走出來。

母親：（把矢太藏帶到理髮台前，然後對女兒）藍子，你到裡面去。

藍子走進裡間去了。

矢太藏站在那裡懊惱地看她走進去。

母親：（拿了剃刀）請。

矢太藏：（心虛地摸著下巴，嘟嘟噥噥）也沒怎麼長……不刮其實也
行……我還是算了吧……

母親：（折回來）坐下。

矢太藏：（屈服）唉，多謝您。

說著在理髮台坐下。

藍子母親在手掌上檢視剃刀。

44 棧橋

駒十郎和清坐在木箱上垂釣。

駒十郎叼著點著的菸。

　　清：舅舅，根本釣不著啊。

　　駒十郎：不能著急，一會兒就上鉤。你腦袋不熱嗎？

　　　　　　（說著拿出手帕）用這手巾蓋上吧。

　　清：不要緊。（轉換話題）我說舅舅，有點太誇張了吧。

　　駒十郎：什麼誇張？

　　清：戲啊。那場面用得著那麼瞪眼嗎？

　　駒十郎：瞎說什麼！那戲就是那麼演的。

　　清：可是，丸橋忠彌什麼的完全沒有社會意義啊！

　　駒十郎：社會意義是什麼呀？

　　清：就是跟當今社會的關聯啊。

　　駒十郎：瞎說些啥，丸橋忠彌是古時候的人哪！

　　清：所以我說舅舅不行嘛，太守舊……

　　駒十郎：嘿，看把你得意的！盡胡說些什麼。守舊也不賴呀，那樣的觀
　　　　　　眾看得很高興呀。

　　清：觀眾高興就行了嗎？

　　駒十郎：別說了，演戲的事別再說了。（舉起魚竿）你看你看，餌又給
　　　　　　吃掉了不是？

清微笑。

　　駒十郎：（一邊上誘餌）你是不是想升學啊？

　　清：嗯。

　　駒十郎：念書的事我很贊成，可剩下你媽媽一個人多可憐呀。

　　清：還好吧。

　　駒十郎：怎麼會還好呢，設身處地為你媽想想吧。她可是個好媽媽。

　　清：我媽已經同意了，沒事的舅舅。

駒十郎：不會沒事的，別讓你媽媽傷心。她可是個好媽媽啊。

清沒有作答，舉起魚竿看了看，又再次將釣鉤拋進水裡。

45 將近傍晚　相生座　化妝間浴室外面

煙囪冒著煙，長太郎正在爐邊煽火。火生得不是很順利，煙霧瀰漫。

　　長太郎：啊，太嗆了。姊姊，水溫還好吧？

46 化妝間浴室

壽美子正在洗澡。

　　壽美子：謝謝，水溫正好呢。我這就洗好了⋯⋯

47 後台（廚房）

阿繁正準備晚飯，切醃蘿蔔，負責妝髮的莊吉在擦拭飯碗。

48 化妝間（二樓）

扇升翻看著舊雜誌之類，正夫在他身邊獨自拍畫片，六三郎和龜之助湊在一起玩花牌，矢太藏在一旁觀戰。劇本員杉山一邊讀文庫本，一邊不時地瞟眼偷看正在織毛衣的加代。

這時壽美子洗完澡走上樓來——

　　壽美子：啊，洗得舒服極了⋯⋯（然後對加代）班主還沒回來？

　　加代：嗯。

　　壽美子：這是去哪兒了吧？

　　矢太藏：班主不是去釣魚了嗎？

　　壽美子：（疑惑地）釣魚？

　　矢太藏：哦，我在理髮店刮臉的時候，看他跟一個小夥子拿著魚竿走過去了。

　　壽美子：小夥子？

　　矢太藏：您不知道啊？聽說是郵局的，我從鏡子裡看見的。

　　壽美子：哦。你這裡怎麼啦？

矢太藏：唉……不小心弄到了……在理髮店……

壽美子：哦……（疑惑的表情）那加代你先去洗澡吧。

加代：哦。好的。

說著收拾了針線站起來去了。

杉山懊惱地目送她。

與加代擦肩而過，阿繁走上樓來，端著小小的飯盆和放在托盤上的小菜等
等。

擱在壽美子他們的房間裡。朝屋裡的人——

阿繁：來，飯做好了，吃飯吃飯。

正夫：（對扇升）爺爺，吃飯啦，吃飯——

扇升：啊，嗯。

大家各自取出筷子，有的人還拿了罐頭或瓶裝鹹菜之類，然後對壽美子說
一聲「我先吃了」之後，紛紛下樓而去。

駒十郎和吉之助、仙太郎一同走上樓來。

壽美子坐在梳妝檯前抹臉霜，隨即覺察到聲響回過頭來——

壽美子：回來啦。

駒十郎：啊。

壽美子：你去哪啦？

駒十郎：啊，跟大家一起呢。

壽美子：釣著了？

駒十郎：什麼？

壽美子：魚啊。

駒十郎：啊……

稍有些慌亂。

壽美子：阿吉，怎麼樣？釣著了？

吉之助：啊？呵呵呵，這小子（仙太郎）釣到了河豚呢。氣鼓鼓的大河
豚哪，大有收穫。太棒了，是不是？

仙太郎：（苦笑）別開玩笑了。

兩人笑著，拿了筷子下樓去了——

壽美子：我說，你們真的一起去的？

駒十郎：什麼……

壽美子：是跟他倆嗎？

駒十郎：（被觸到痛處）哦……

壽美子：（逼問的架勢）到底去了哪兒？

駒十郎：釣魚啊。

壽美子：是嗎？到底是誰？那個跟你一起的小夥子。

駒十郎：唔？哦，是老客戶家的少爺啊。

壽美子：聽說是郵局的？

駒十郎：你這是聽誰說的？

壽美子：是誰說的有關係嗎？

駒十郎：倒也沒啥……（然後嘟噥）是誰說的呀。

壽美子：你倒是挺在意的。

駒十郎回過頭來。

壽美子：（試探地）為什麼會跟他一起？好奇怪。

駒十郎：奇怪什麼？

壽美子：……你這不是在敷衍我嗎……

駒十郎：（彷彿剛剛覺察一般，故意打馬虎眼）什麼呀，啊，這樣啊。
　　　　你吃醋呢。啊哈哈哈哈，夠傻的，算了吧，算了吧。啊哈哈。
　　　　有你在，我怎麼可能幹那樣的事呢？真傻。我這把年紀，可不
　　　　比年輕那會兒了。你又不是不知道，你很清楚的嘛……

壽美子：哼……你說得倒好聽。

壽美子不為所動，沉下臉默默把眼光調開。駒十郎看在眼裡，臉上的笑容
漸漸消失。

49 城外的沙丘

沙丘上並列的石佛。

50 沙丘旁的冷飲店

一個老頭正在補漁網。
壽美子和扇升兩人單獨在店頭交談。

壽美子：您知道對不對？不要緊的。您就告訴我吧，求您了。我不說是
　　　　跟您打聽的，好嗎？我一定不對別人說，好嗎？有隱情對不
　　　　對？

扇升：（面朝正夫那邊）喂，正兒，當心點。

51 店頭

正夫坐在石堆上。

52 冷飲店

正夫朝扇升那邊看去。

壽美子：（執拗地）我說啊，您跟班主還是老交情呢，您肯定知道的
　　　　吧。我還不認識班主時您就已經來這裡了……您就說了吧，求
　　　　您了，好不好？

扇升：（自言自語一般）……沒辦法呀……

壽美子：是什麼沒辦法？

扇升：……

壽美子：是什麼？說呀，為什麼沒辦法呢？

扇升：（嘟囔）既然來到這地方……（自言自語般）一輩子的緣分哪……

壽美子：這樣啊……我就說……哎，是哪兒的人，哪裡的人啊？

扇升：……

壽美子：她是個什麼人？你說呀，是個什麼人？

扇升：（嘟囔）你最好去問六三郎吧。

壽美子：六哥知道的啊？這樣啊，原來六哥也知道的啊。

壽美子陷入沉思。

53 當晚　相生座的觀眾席

稀稀落落地坐了三四十個客人——

54 舞台

伴著唱片播放的流行歌謠，加代正表演舞蹈。正夫也一身裝扮，正與她一同舞蹈。

55 化妝間（二樓）

吉之助、仙太郎、矢太藏、扇升等，都在為接下來的表演做準備。莊吉正調整假髮套。

駒十郎在化妝，壽美子一邊整理衣衫一邊和他交談。

　　壽美子：成嗎？班主？

　　駒十郎：啥？

　　壽美子：客人這麼少，（半是自言自語）為啥偏要到這地方來呢……

駒十郎白了她一眼，然後默默地畫眉毛。

六三郎從樓下上來，乾咳了一聲，引起壽美子的注意。

壽美子回頭看他。

六三郎用眼光示意後，又走下樓去。

壽美子若無其事地站起來，緊隨著走下樓去。

56 後台（化妝間）

六三郎從樓梯上下來並等候。

然後壽美子走下來。

　　壽美子：啥呀，六哥？

　　六三郎：（壓低聲音）她來了。

　　壽美子：哦。

壽美子緊隨六三郎身後走去。

57 舞台側面的演奏間

六三郎和壽美子走來。

　　六三郎：（從格窗往觀眾席偷看）就是那個。

　　壽美子：哪個？

六三郎：對面角落，柱子前邊的……拿團扇那個……（告知後離去）

58 觀眾席

阿芳來了，正在看戲。

59 伴奏間

壽美子一動不動地看著。

60 觀眾席

阿芳——

61 伴奏間

壽美子——

62 舞台

加代正在舞蹈——

63 後台（化妝間）

六三郎獨自一人——
壽美子回來。

　　壽美子：六哥，謝謝了。

　　六三郎：沒……
六三郎像是心中很不安的樣子。
壽美子正要離開，忽然想起似的。

　　壽美子：回頭再感謝你啊。

　　六三郎：別……
壽美子直接走上了二樓。

64 化妝間（二樓）

壽美子走上來。

大夥兒幾乎都準備好了，駒十郎正在穿服裝。壽美子坐下。

 壽美子：（憤憤地自言自語）哼，當我是傻子。

 駒十郎：（責問的語氣）究竟怎麼了？

 壽美子：沒啥究竟不究竟的。

 駒十郎：你從剛才就在那兒一個人瞎嘀咕什麼……再怎麼努力，客人不來也沒辦法不是（然後看了看外面）——（然後又突然豎起耳朵）噢，這不下雨呢。

 仙太郎：唉，稀稀落落地下起來了。

 駒十郎：是嗎？真是屋漏偏逢連夜雨啊。

 壽美子：唉唉，現演現報哪。

 駒十郎：啥？你還胡說八道個沒完了啊。給我閉上嘴老實點，老子正頭疼呢。

 壽美子：（咬牙切齒地）哼，這還用說！從一開始我就知道你！

壽美子粗暴地扔下手裡的東西。

 駒十郎：（怒吼）喂，你給我老實點！

一回神，發現眾人正看著兩人，然後又連忙移開視線。扇升尷尬地站起來走出去。

駒十郎和壽美子有些難堪地閉了嘴。

壽美子動作粗暴地繼續化妝。

65 化妝間的窗子

雨不停地下著。

66 翌日「鶴屋」樓下的房間

外面在下雨。

67 二樓（清的房間）

清和駒十郎正下象棋。

駒十郎思考，然後走棋。

清走下一步。

 駒十郎：啊，那不行啊。等一下！

 清：怎麼又？

 駒十郎：這樣……（一邊思考）這樣走……你這樣過來……我再這樣……
    啊，就這樣！

說著走棋。

 清：好了嗎？

 駒十郎：好了。沒事了。

 清：（走棋）將了！

 駒十郎：啊，等會兒，這可不行啊。等一下。

 清：不行！

 駒十郎：哎，等等，等等。……這樣……再這樣。哎呀，這樣也不成……
    那就這樣……

 清：快點，快點。

 駒十郎：哎哎，你等等，我這麼走。

說著走棋。

68 樓下（裡間）

阿芳面帶微笑，一邊留意著二樓的動靜，一邊收拾飯後的碗盤。

69 店裡

正門開了，壽美子走進來。

阿芳從裡間探出頭。

 阿芳：來啦。

 壽美子：給我倒壺酒。

 阿芳：好的。

說著就要去準備。

壽美子：我說老闆娘。

阿芳：（回頭）什麼？

壽美子：我家班主沒來嗎？駒十郎？

阿芳：啊，在呢。

壽美子：可以叫他來一下嗎？

阿芳：好的。

然後走到樓梯口正要開口，卻不知怎麼稱呼，於是直接走上樓去。

70 二樓 清的房間

正下象棋的駒十郎和清。

阿芳探頭進來。

阿芳：你來一下。

駒十郎：啥事？

阿芳：來接你的。

駒十郎：誰啊？

阿芳默默走下樓。

駒十郎：（對清）等著我啊，我一定會贏你的。

說著站起來。

清：哦，那我就偶爾讓您贏一回吧。

駒十郎：傻瓜，我剛才讓著你呢。可別那麼說哎。

然後笑瞇瞇地走下樓去。

71 店裡

壽美子坐在那裡等著。

駒十郎下來，不由得大吃一驚。

駒十郎：啥呀，有啥事？

壽美子臉上浮現一絲冷笑。

駒十郎：你來幹嘛？

壽美子：我不能來嗎？

駒十郎：你說啥？

壽美子：所謂老客戶，原來就是這裡的老闆娘啊。

說著，站起來就要往裡屋走。

　　駒十郎：（阻止她）你要去哪兒？

　　壽美子：去道謝啊，跟你的老客戶。

　　駒十郎：慢著！

壽美子推開駒十郎的手就往裡走。

72 裡間

駒十郎拉住壽美子。

　　駒十郎：喂，你給我站住！

　　壽美子：這有什麼！幹嘛呢！（對阿芳）老闆娘，真是承蒙照顧了。

　　駒十郎：喂！回去！你給我回去！

說著要把她拉走。

　　壽美子：（不耐煩地推開駒十郎的手）你這是幹嘛！

　　駒十郎：喂！

清從二樓走下來。

　　壽美子：（看他）哦，你就是她家的兒子吧？

　　駒十郎：還不給我住嘴！

　　壽美子：你父親是誰，他是幹什麼的？

　　駒十郎：喂，你說什麼呢？閉嘴！

　　壽美子：你慌張什麼！（對阿芳）老闆娘有個好兒子多開心啊！對不對？
　　　　　　老闆娘？

　　駒十郎：你！混帳！

　　壽美子：什麼呀！

　　駒十郎：滾！快給我滾！

說著硬把她往外推。

壽美子被推回去，怒不可遏。

　　壽美子：我有話要跟那母子倆說！放開我！放開！放開！

　　駒十郎：混帳！說啥！過來！

說著硬把她拖到外面去。

73 從裡間遠攝

清茫然地望著店裡，隨即把眼光移到阿芳身上。

阿芳一動不動地坐在門口的木框上剝豆子。

74 小巷　兩側是庫房之類

雨中，駒十郎和壽美子對視著。

駒十郎：混帳東西！蠢貨！你胡攪些啥呀！給我放老實點！

壽美子：都什麼事兒啊！

大路上有人經過。

駒十郎：（見狀連忙躲開）輪得到你來鬧嗎！給我滾一邊去！

壽美子急促地呼吸並怒目而視。

駒十郎：就你，對他們母子倆有啥可說的！我去見兒子天經地義！見自
　　　　己的兒子不行嗎？你有啥不滿嗎？有的話說說看！混帳！

壽美子：（怒視著）哼，你還有理了！就會說好聽的！

駒十郎：啥？你這爛貨！

壽美子：這樣的話你竟然說得出口啊！這樣說我你對得起良心嗎？

駒十郎：你說啥呢！

壽美子：您忘記了？在岡谷的時候！還記得是誰出力搭救你？在豐川那
　　　　會兒不也一樣嗎？一倒了楣就來苦苦央求，對我低三下四的是
　　　　誰呀！

駒十郎：什麼？

壽美子：哼，要不是我，你以為你會落到什麼地步！要不是我每次苦苦
　　　　哀求老闆們，你怎麼可能強撐到今天！可別太把自己當回事兒
　　　　了！

駒十郎：你說什麼！

壽美子：可別把我惹毛了！你當我是什麼呀！

駒十郎：你說呢！瞎扯什麼！你當自己是啥呢，你！你想想以前！你不
　　　　就是個山中溫泉的妓女嗎！偏要來跟我，到我這兒來賴著不
　　　　走，好不容易才把你教得能獨當一面了。你說，這是多虧了誰
　　　　呢！忘恩負義，那可是比狗，比畜生都不如！混帳！蠢貨！我

呀，不靠著你這樣的照應，照樣能過得好好的。你瞎扯些啥
呀！混帳！混帳東西！

壽美子：到底誰是混帳呀。混帳的不應該是你嗎！不是您老人家嗎！

駒十郎：你胡說八道！

壽美子：不胡說的話要怎麼說呢？

駒十郎：好吧⋯⋯從今往後咱們就恩斷義絕了。你再走進我這裡一步我
可不答應！

壽美子怒目而視。

駒十郎：我兒子他，跟你們呐，就不是一般的人種。人種不一樣！給我
好好記住了！蠢貨！還胡說八道的。狗屎，混帳，混帳東西！

雨順著排水管激烈地落下來。

75 當晚　相生座　觀眾席

客人少得可憐。稀稀落落地坐了十四五個觀眾。

駒十郎：（只聽見對白）呀，給我肅靜！世人所言不假，以善為本方能
治惡啊。爹娘的哀歎令我不忍，為搭救那女兒的性命，我懷揣
妙計，隱身於練壁小路，數寄屋坊主宗俊虧得生來頭顱渾圓，
化身出家人隱於忍之岡⋯⋯

76 後台（化妝間）

台上的對白聲傳來——

扮演武士的演員坐在矮凳上等候上台。

矢太藏：唉，客人簡直沒幾個啊。

吉之助：這麼幾個看客可真是沒救啦。

仙太郎：又該遭罪了。

矢太藏：菩薩保佑啊⋯⋯

77 二樓（化妝間）

壽美子和加代做好了《野崎村》[5]裡的阿光和阿染的裝扮，面朝化妝鏡坐著。

　　壽美子：哎，加代，有件事想拜託你呢。

　　加代：（看著壽美子）什麼事？

　　壽美子：這裡的郵局啊，有個小夥子。名叫清，人長得很帥。

　　加代：哦？他怎麼啦？

　　壽美子：我說啊……

說著拿出一張一千元的鈔票遞過來。

　　加代：什麼？您這是？

　　壽美子：拿著。

　　加代：為什麼？

　　壽美子：你啊，去見他，看看能不能勾引到他。

　　加代：勾引？

　　壽美子：你去的話他肯定會上鉤的。怎麼樣？拜託了。

　　加代：（笑起來）這種事，我才不幹呢。

說著把錢推回去。

　　壽美子：我跟你說正經的，加代。

　　加代：可是，這種事，人都沒見過呢！

　　壽美子：（很不高興地）那好吧，你不願意就算了。這麼不肯幫忙……

　　加代：可是，姊姊……

　　壽美子：算了，算了。

氣鼓鼓地把頭扭開。

　　加代：（不安地）我可以嗎？那樣的事……

　　壽美子：（轉過頭來）當然行啊，所以才來拜託你啊。

　　　　　　只要露出你的白牙齒微微一笑，阿貓阿狗都會忙不迭地湊上來的。

　　加代：呵呵呵。真會乖乖湊上來嗎？要是出岔子我可不管啊。

5　《野崎村》，歌舞伎等傳統戲劇的著名劇碼。描寫武士遺孤久松與商家女阿染和農家女阿光之間的愛情故事。

壽美子：（滿意地）沒關係沒關係。

加代：可是姊姊，為什麼？

舞台方向傳來閉幕的拍子聲——

壽美子：哎，沒什麼。你試試看嘛，就當試一下身手吧。
　　　　　錢，拿著。

加代：那我就收下了，多謝。

壽美子：那麼，就明天嘍。

加代：嗯，我試試看。

於是兩人又面朝化妝鏡開始補妝。

78 翌日　鎮上的郵局

盛開的一串紅。

時鐘——兩點多。

清正在工作。

正門開了，加代走進來。

加代：請給我一張電報紙。

清：好的。

說著站起來。

加代：鉛筆借用一下。

清：那裡有鋼筆。

加代：我寫不來鋼筆，鉛筆借我一下嘛。

清：（一邊遞鉛筆）你演的戲我看了。

加代：哦？（嫣然一笑）你叫阿清對吧？

清：（意外地）你怎麼會知道呢？

加代：（嫣然一笑，一邊在電報紙上寫下電文）當然知道了，我聽說
　　　的。（把寫好的電報紙遞過去）哎，拜託了。

清：（閱讀）情到這邊來……

加代：不對，是「請」。

清：收信人是？

加代：（小聲地）你啊。

又一笑，走出。

清目送她，然後站起來，朝對面交換台前負責接線的同事——

清：兩角君，拜託一下。

兩角：好的。

清向門外走去。

79 郵局前面

加代正等在郵筒後面。

清走出來，看見她。

加代：（輕盈地走近）今晚戲散場以後，你到戲棚外面來，我等你。

說完嫣然一笑，離去。

清佇立原地目送她，走進郵局之前，再度回頭凝望。

80 當晚　鶴屋走廊上掛著的彩繪燈籠

鶴屋的遠景。

通往二樓的樓梯。

81 清的房間（二樓）

清坐在書桌前沉思——猶豫不決的樣子。走到鏡子前，端詳自己的臉。

然後堅定地站起來。

走下樓梯。

82 樓下（裡間）

清走下樓梯。

清：媽，我出去一下。

阿芳：什麼事呀，這麼晚了……

清：我把東西忘在郵局了。

趿上木屐走出。

83 店裡

清急匆匆地走出。

　　客人：喂，來碗烏龍麵。

　　阿芳：好的。

84 道路

清走過。

85 相生座門外

戲已散場，昏暗，悄無一人。
清走來。

86 木窗裡面

清悄悄探看裡面。
只見加代站在對面，用下巴示意他過去。
清脫了木屐走進去。

87 場內　觀眾席的走廊

空曠而昏暗。
加代站在那裡。清走來。加代轉身看著他。

　　加代：你居然出來了，我還以為你來不了呢。

清不作聲。羞怯的模樣。

　　加代：（握住清的手）你在發抖嗎？

加代靠近他。

　　清：……

　　加代：我也是，你摸摸……

說著把清的手放在自己胸口。然後順勢湊上去吻他。
清茫然不知所措——
加代鬆開他，輕盈地走出兩三步，再回頭淺淺一笑。

清一動不動地凝望她，然後疾步走近，緊緊擁住加代，激烈地吻她。
空蕩蕩的舞台上，四五片紙做的雪片紛紛飄落。

88 沙丘

大約兩天後，晴好的天氣。藍天碧海。

來游泳的吉之助、仙太郎和矢太藏等人。還有長太郎、杉山、龜之助一群人正悠然閒坐。

能看見對面也有兩三個人正在海裡游泳。

　　杉山：唉，唉……這天藍得叫人傷心啊……

　　長太郎：哼，別瞎扯了，我就想吃大塊的豬排。

另一邊——

　　吉之助：喂，肚子餓了。

　　仙太郎：嗯，最好有油炸蝦什麼的就著冰啤酒，盡情地喝。

　　吉之助：嗯嗯，還有電風扇吹著。還真有人這麼吃呢。

　　矢太藏：（忽然想起）對了，半田的姑娘給我寄明信片了呢，帶畫兒的。

　　仙太郎：我也收到了。

　　吉之助：就是那個這兒長黑痣的傢伙吧。我也收到了。

　　矢太藏：啥呀，原來三兄弟都有份啊，我白高興了。

　　吉之助：（對矢太藏）喂，剛才理髮店的姑娘她……

　　矢太藏：麻煩你別提了。那個不行，（抬頭看天）不行哪。

　　仙太郎：說起來班主也太不上心了。

　　吉之助：班主他怎麼成天一趟趟地往外跑啊？

　　仙太郎：也不知是去哪，阿姊也憂心著呢。

　　矢太藏：木村到底怎麼樣了？說是去踩點，自打去了新宮，就沒了消息。

　　仙太郎：嗯，打出去的子彈有去無回呀。

　　矢太藏：那可怎麼成……

　　吉之助：他不會回來了吧，要回來的話應該早就回來了。

　　仙太郎：那傢伙不回來的話可怎麼辦哪，重蹈在豐川的覆轍嗎？那可受
　　　　　　不了哇。

矢太藏和吉之助也不禁歎息，一副垂頭喪氣的模樣。

遠處傳來飛機的噪音——

　　吉之助：（仰望著天空）飛那麼高幹嘛？飛來這邊，扔點冰啤酒什麼的
　　　　　　　下來不好嗎？

三人一同仰望天空——

89 同一時間　化妝間

扇升、正夫和六三郎等人正在午睡，壽美子在一旁趴著身子，一邊扇扇子
一邊思考著什麼。

90 同一時間　從海邊望得見的山丘上

清和加代並排坐著。

　　加代：沒事嗎？我們這樣每天見面……

　　清：……

　　加代：沒事嗎？郵局那邊？

　　清：沒事，我交代好了才來的……你沒事嗎？

　　加代：嗯，反正已經沒戲演了。

　　清：為什麼客人不來了呢……

加代比之前神情更加嚴肅，甚至顯得有些傷感。

　　加代：用不了多久，我們就要分別了……

　　清：……

　　加代：你說，明年這時候會怎麼樣呢？

　　清：別說這個了。

　　加代：你一定娶到好媳婦了吧。

　　清：（憤憤地）我才不娶呢。

　　加代：為什麼？

　　清：（目光焦灼地）你是怎麼想的……（激動地握住加代的手）你到底
　　　　是怎麼想的呢？

說著摟住加代。

　　加代：不行，別這樣。

推開清的手。

清：（走過去）為什麼？又沒誰看著不是嗎？

加代：不行啊。

抽出被握著的手。

清：為什麼不行呢？

加代：（背過臉悲傷地）我不是個好姑娘。（回頭看著清，眼裡含著淚）我是不值錢的女人啊。

清：你瞎說什麼！

加代：我一開始是想騙你來著。

清：——？

加代：我根本不認識你，是大姊求我，讓我來見你……我本來想只要你上鉤就行了。

清：那個我管不著！你一開始怎麼想，我不在乎！你怎麼想的呢！你自己！

說著把加代攬進懷裡。

加代：別，別！不行呀。你不能找我這樣的啊！

說著逃開，清緊追在後。

91 漁船後面

清擁抱著加代激烈地吻著。
加代隨即也抱住了清的脖頸。

92 當日傍晚　從鶴屋內向店面望去

駒十郎坐在櫃檯前沉思著，面前放著酒。
阿芳正在廚房溫下一壺酒。

阿芳：（同情的目光）你們派去探路的人究竟怎樣了？真是犯愁啊……

駒十郎：唔……（自己斟酒）也不能一直讓丸大的老闆照護咱們……這下麻煩了。

阿芳：是啊……

駒十郎：好的時候倒好，倒楣的時候最是難熬啊。哈哈，這營生真是沒法子呀……（忽然心情一變）清還沒回來啊？

阿芳看了看座鐘。

　　駒十郎：這麼晚了……早點回來不好嗎？

　　阿芳：（微笑著）一定在跟人學習呢。最近這些天每晚都回來得晚。

　　駒十郎：那就沒辦法了。可是，接下來又要很久見不著了……還想著趁
　　　　　　現在多看看他……真是不湊巧啊。

阿芳忽然傷感，然後斟酒。

　　駒十郎：唉……（接酒）又要分別一段日子了……

　　阿芳：接下來去新宮嗎？

　　駒十郎：本來是這麼想的，也不知最後……

　　阿芳：我也想什麼時候去看一看……

　　駒十郎：可是你，在那裡已經沒有可投靠的地方了吧？
　　　　　　親人都不在了啊。

　　阿芳：（點頭）月廼家在戰後也換了主人，不知後來怎麼樣了。

　　駒十郎：唉，身不由己啊……一切都變了……

　　阿芳：（忽然心情一變）我說，她是哪裡人？

　　駒十郎：誰呀？

　　阿芳：就是來這裡的那個女人……

　　駒十郎：哦哦，那個呀，不說她了。你就饒了我吧，多包涵。就那樣，
　　　　　　一不小心，我其實沒那個意思，不知怎麼就，忽然就……

　　阿芳：（笑了）你呀……

　　駒十郎：什麼啊？

　　阿芳：你以為我在吃醋嗎？別傻了。這麼大年紀了……
　　　　　　你動作快得很，我早就習慣了。

　　駒十郎：（笑了）戳到痛處了。這樣啊，哈哈哈，那就請多見諒吧。

　　阿芳：比起這個，我擔心她會不會把事情說給清知道？

　　駒十郎：什麼事？

　　阿芳：你是父親這事啊……

　　駒十郎：唔……沒事的，反正我不會再讓她跨進這個門了。

　　阿芳：可是，萬一讓清知道了……

　　駒十郎：那就到時候再說。不會的，沒事。

阿芳：……（沉思，然後抬起臉）我說啊……

駒十郎：嗯？

阿芳：那，你真打算這樣一直當他舅舅嗎？

駒十郎：應該是吧。最好不要告訴他，說出來清也太可憐了。

阿芳：可是……

駒十郎：唉，不打緊的，我一直做他舅舅就好……

阿芳：……

駒十郎也不禁難過起來。然後兩人似乎又開始思考。

93 傍晚的道路

駒十郎回來。

94 戲棚附近

駒十郎走來，忽然看見什麼。連忙定睛確認。
前方的角落裡，加代和清正依依惜別。
駒十郎凝視著他們，露出意外的表情。
—— 清和加代道別後走了。
駒十郎目光凌屬地看著他們，然後急忙繞到戲棚正門的方向。

95 化妝間門口（外面）

加代回來。

96 化妝間門口（裡面）

加代走進來，露出訝異的樣子。
駒十郎立在那裡瞪著她。
加代想抽身離去。

駒十郎：喂，慢著！

加代：—— ？

駒十郎：你剛才到哪裡去了？

加代：……

駒十郎：給我過來！

駒十郎率先走向觀眾席的方向。

加代惶然不安地跟在後面。

97 無人的觀眾席（地板間）

駒十郎等在那裡，加代走來。

駒十郎：你剛剛在那邊跟誰在一起？跟誰？你說！你跟那個男的是從什
麼時候認識的？喂！你說！不敢說嗎！

說著一邊揍加代。

加代：（趔趄）那又怎麼了？我跟誰不行嗎？你管得著嗎？

駒十郎：什麼？還想糊弄我！你們能幹出來的不就是那些勾當嗎？還想
找藉口嗎？有藉口的話你倒說說看！

說著又把加代打得摔出去。加代倒地。

加代：（艱難地再度爬起來）您這麼看我，也不奇怪……

駒十郎：什麼！

加代：姊姊她，從一開始就是拿了錢來求我的……

駒十郎：（追問）你說什麼……是壽美子求你的？

加代：……

駒十郎：（抓住加代的肩膀）喂！她求你什麼了？

加代：……算了……不說了。

駒十郎：你給我說！你不說嗎？你敢！

說著反擰加代的胳膊。

加代：疼死我了！

駒十郎：疼就給我說！

加代：（不堪疼痛）姊姊她……讓我……去勾引他試試看。

駒十郎：啥？壽美子竟然對你說這樣的話！

加代無力地點頭。

駒十郎：真的嗎……她真的求你了？你說的是真的？

加代無力地點頭。

駒十郎：好吧！去把壽美子叫來。壽美子！

加代退縮。

駒十郎：（喘著粗氣）還不快去！快去叫她來！

加代頹喪地去了。

駒十郎一個人坐立不安地在那裡來回踱步，然後在角落裡堆放著的坐墊上坐下來等候。壽美子出來。

駒十郎目光凌厲地看著她。

兩人對視，彷彿帶著一絲殺氣——

壽美子：（冷冰冰地）有什麼事嗎？

駒十郎：你給我過來！

壽美子：幹嘛呀？

說著走去近旁。駒十郎一把拉過她就要打。

壽美子：（一邊躲）你要幹嘛？

駒十郎：你這個臭婆娘，竟然敢對我兒子下手！你到底想怎麼整我兒
　　　　子！

壽美子：（甩開他，氣憤地）哼，誰知道是您兒子呀！
　　　　這兒子可真厲害呀！跟女戲子打得火熱！

駒十郎：畜生，竟敢胡說八道！

壽美子：哼，有其父必有其子啊！

扔下狠話正要離開，駒十郎追上去又把她拖回來，繼續揍她。

壽美子拚命掙脫。

駒十郎撲了個空，差點摔倒。

壽美子：（冷笑）氣不過嗎？哼，那就讓你氣個痛快吧！

駒十郎氣得上氣不接下氣。

壽美子：（一邊整理凌亂的衣領等）哼，這世間的風水也是輪流轉的，
　　　　不會總是盡讓你一個得好處。請你把這事好好記住了。

駒十郎：什麼？你才該給我好好記住呢！沒想到你這臭婆娘……混帳！
　　　　混帳東西！
　　　　我不要再看到你這張臉！給我滾出去！臭狗屎！

轉身離去。

壽美子突然改了主意，緊跟著追上去。

　　壽美子：你等等！

　　駒十郎：幹啥！鬆手！

　　壽美子：你看我就那麼礙眼嗎？

　　駒十郎：啥？

　　壽美子：你知道我為什麼要這麼做嗎？你不也對我瞞著那個人的事嗎？
　　　　　　你設身處地替我想想看。你想過嗎？
　　　　　　從此就算我和你各有一半的錯吧，你看差不多就別生氣了。好
　　　　　　嗎？我說算了吧，咱們和好吧。戲也沒法演了，這不已經到了
　　　　　　生死存亡的關頭嗎？不是嗎？

　　駒十郎：給我閉嘴，別瞎扯了。這都什麼時候了！別跟我裝可憐。裝什
　　　　　　麼可憐！

說完頭也不回地走了。

　　壽美子：你啊！班主！

然後在原地蹲下來，木然沉思。

98 化妝間（二樓）

駒十郎走上來。

屋裡鋪著兩三床被褥，扇升和正夫睡在一個被窩裡。

正在想心事的加代抬起臉看著駒十郎。

駒十郎疾步走過去，

　　駒十郎：混帳東西！

說著就揍加代，然後直接走到化妝鏡前，一屁股坐下，黑著臉木然沉思。

外面傳來盂蘭盆舞的伴奏聲。

99 梅廼家的店頭（當晚）

小包間裡，吉之助、仙太郎和矢太藏三人與阿勝、八重圍坐在飯桌旁，正
在喝燒酒。

　　阿勝：今晚可真夠安靜的，都怎麼啦？

　　吉之助：也沒怎麼著。

八重：哎，打起精神來。

仙太郎：（對八重）喂，給我再來一杯燒酒。

矢太藏：你有錢喝嗎？

仙太郎：總會有法子吧，對不對呀，姊兒？

矢太藏：那給我也來一杯。

吉之助：還有我。

仙太郎：阿吉，你有嗎？

吉之助：什麼？

仙太郎：錢啊。

吉之助：我說這不明擺著嗎？別讓我難堪嘛。對不對呀，姊兒？

說著看了阿勝一眼。

阿勝：你這號人我可不喜歡。手在那瞎摸什麼……你別縮手呀。

吉之助：什麼？我明明沒幹什麼呀。（伸出手）你這說的啥呀？

阿勝：討厭！（站起來）八重，走！

八重也站起來。

吉之助：喂，上燒酒啊，燒酒——

八重：沒錢不行的——

說完跟阿勝一起上二樓去了。

三人沉默，過了一會兒——

矢太藏：哎，我說，班主打算在這地方熬到啥時候啊？

吉之助：等在這裡人家也不會回來了，那個先遣隊……

仙太郎：嗯，所以剛才我還在考慮來著。

矢太藏：考慮什麼呢？

仙太郎：嗯？唉，算了。

矢太藏：啥呀，你說說看，說啊。

仙太郎對矢太藏低聲耳語。

矢太藏：唔……唔……（邊聽邊點頭，壓低聲音）阿仙，那樣的事你以
　　　　前做過嗎？

仙太郎：（小聲地）啊，只做過一次，在近江戲班那會兒……

矢太藏：（同樣小聲地）是嗎……我其實也做過……

　　　　　　阿吉，怎麼樣？

　吉之助：（通常的聲量）什麼？

　矢太藏：（用手制止著，壓低聲線）別太大聲——溜號啊。到了該下決
　　　　　斷的時候了。從班主那個大錢包裡借一點兒，怎麼樣？

　吉之助：（依然是通常的聲量）我可不願意。

　仙太郎：可是，連燒酒都喝不上了，這不是沒法子的事嗎？

　吉之助：（又是通常的聲量）那就抱歉了，我不幹。要幹的話你倆幹吧。

　矢太藏：（再度壓低聲音）讓你別這麼大聲哪。

　吉之助：我就是這聲量，不過我不會說出去。

兩人回看吉之助，一時冷場。

　矢太藏：（低聲對仙太郎）怎麼辦，阿仙？要不算了吧？

　仙太郎：（也小聲地）唔，看來還是……

　吉之助：那還用說！班主是什麼樣的人，你們還不清楚嗎！白讓你們得
　　　　　了班主多少照顧！人生在世，若是忘了人家的恩情，那就狗屁
　　　　　都不如了。真沒想到！
　　　　　簡直不想理你們！沒想到你們竟然是這麼沒良心的傢伙！跟你
　　　　　們同甘共苦這些年，你們竟然動了這種念頭！

　矢太藏：（點頭）說得沒錯，我知錯了。阿吉你說得對。
　　　　　阿仙你說呢？

　仙太郎：嗯，讓你這麼一說，還真是的。

　吉之助：那當然了。

　矢太藏：哎，阿吉，這事就算過去了。對不起。請息怒吧。

　吉之助：你們明白了就好，我就是看不慣不合情理的事啊。

　矢太藏：嗯，明白，真的是明白了。咱們來重新喝個痛快吧。（朝著廚
　　　　　房的方向）喂，大叔，來三杯燒酒。三杯哦。

老闆瞟了他們一眼並不作答。

　仙太郎：（對矢太藏）能行嗎？喂，不要緊嗎？

　矢太藏：包在我身上！

說著取出掛在胸前的護身符袋子，拜了一拜之後，從中掏出一張一千元紙
幣。

矢太藏：這是我準備留著以防萬一的救命錢。嘿嘿嘿，也沒法子了。

仙太郎：竟然藏在這麼個破地方。怎麼還鼓鼓的哪？

矢太藏：嘿嘿，因為還一起塞著防賊的神符嘛。

大門開了。

老闆：歡迎光臨。

壽美子走進來，沒注意到他們三個。

壽美子：大叔，來一壺熱的。

說著在地板間的桌前坐下，陰鬱地陷入沉思。

三人面面相覷。

矢太藏：（壓低聲音）咱們有的吃了，我這份還是收起來吧。

說著拿過剛剛取出的千元鈔票，又塞回護身符袋子裡。

仙太郎：姊姊，您來啦。

壽美子：啊，你們都在呢。

仙太郎：是的。

吉之助：探路的還沒有消息嗎？

壽美子：嗯，還沒……

吉之助：姊呀，說不定，那小子就不回來了呢。

壽美子：……

吉之助：（瞟眼看了看仙太郎和矢太藏，語帶嘲諷地）

　　　　這傢伙也太壞了，真是的……

兩人有些頹喪。

矢太藏：（掩飾著不安）老闆，燒酒還沒好啊？三杯燒酒！

老闆：哎，這就好。

壽美子獨自消沉地想心事——

100 翌日　相生座正門

門前空蕩蕩的，停著一輛拉貨的車——

101 室內觀眾席

除了吉之助以外的整個戲班的成員坐在各自的座位上，一動不動地望著同

一方向。在所有人視線所指的地方，堆放著戲班的服裝和小道具等，兩個舊貨商正撥拉著算盤給東西計價。

　　舊貨商Ａ：（給同夥看了看算盤後耳語）大概就這個價吧。

　　舊貨商Ｂ：（將對方的算盤珠子又撥拉了一下）這個吧。

　　舊貨商Ａ：唔，（把算盤給駒十郎看）算下來就這麼多吧。

　　駒十郎：嗯，可不可以再多算一點？

兩個舊貨商把算盤珠子上下撥拉了一番後互相點頭。

　　舊貨商Ａ：優惠你一點，最多是這個價了……

　　舊貨商Ｂ：班主，到這個價，已經不能再多了。

　　駒十郎：是嗎……那好吧。應該夠大家的盤纏錢了。

　　舊貨商Ａ：那就是這個價了。

　　駒十郎：嗯，那好吧。

舊貨商從懷中取出帶繩子的錢包。

在另一邊——

　　矢太藏：（對一旁的杉山）喂，寫劇本的，你被偷的只是相機嗎？

　　杉山：還有打火機呢。

　　阿繁：（在另一邊）我還借給阿吉不少錢呢。

　　長太郎：最慘的是班主啊，錢包都讓他給拿去了。

　　矢太藏：（對一旁的仙太郎）這傢伙，也太黑心了。下回讓我撞見看我
　　　　　　不宰了他。

　　仙太郎：唉，其實當時我就覺得有點不對，那傢伙平時就不是個講義氣
　　　　　　的人。

　　矢太藏：真是這樣啊。連我防賊的護身符袋子，他趁我睡著的時候咔嚓
　　　　　　一剪刀，全給拿走了……

　　六三郎：（在另一邊）扇升大爺，您今後怎麼辦哪？

　　扇升：什麼？（然後哀傷地嘟噥）這下不得了了……

離他們稍遠的地方，壽美子一個人有氣無力地沉思著。正夫坐在舞台一側的舞台花道上一邊搖晃著雙腿，一邊啃著一顆梨。

102 同前 傍晚 後台的化妝間

只見整個戲班成員的隨身物品堆放著，一個人影也沒有。

103 二樓（化妝間）

整個戲班的夥伴們靜悄悄地圍坐，正舉行簡單的餞別宴。

與圍坐的眾人保持著距離，壽美子一個人坐著，正沒精打采地想心事。

── 不見加代的身影。

　駒十郎：喂，矢太，你沒酒啊？

說著把燒酒的酒壺遞給他。

　矢太藏：哎，多謝。

接過酒壺倒酒，然後一邊說著「怎麼樣」，一邊把酒壺遞給旁邊的人。

　駒十郎：（感傷地）唉，都怪我沒能耐，走到今天這地步，但咱們也不
　　　　　會這樣一直倒楣下去吧。等我東山再起的時候，一定通知各
　　　　　位，只要你們還是自由身，請一定再來入夥啊。

眾人都面帶愁容地聽著。

　駒十郎：阿龜，你有什麼地方可去嗎？

　龜之助：嗯，我妹夫在濱松郊外開鹹菜鋪……

　駒十郎：這樣啊……莊吉打算怎麼辦呢？

　莊吉：嗯，我想再去懇求一下以前的老闆……

　駒十郎：哦。記得你以前是在一身田的松湯溫泉啊。

　莊吉：啊……是的。

　駒十郎：嗯，能做像樣工作的人還是去做的好。杉山君你曾說想去上學
　　　　　是嗎？

　杉山：是的，一邊打工一邊……

　駒十郎：唉，大夥兒就要各奔東西了，今後別忘了在這個戲班裡的日子。
　　　　　雖然吃了很多苦，也還是有過些有趣的事嘛。

　仙太郎：哎，班主，就要分別了，大夥兒不妨好好熱鬧熱鬧？

　矢太藏：對，來吧來吧！開開心心地喝一場……

　仙太郎：（對壽美子）哎，大姊也請過來一起喝吧。

　壽美子：……

矢太藏：來，大姊，請過來呀。

仙太郎：這不都要分別了嗎，您說呢？

矢太藏：（環視全場）啊？加代怎麼了？

龜之助：（環視四周）究竟怎麼回事啊？

杉山：（落寞地）……

仙太郎：來，大姊，來一杯吧。

其間阿繁調好三弦，壽美子也站了起來。

仙太郎：我說班主，今日就要分別了，請跟大姊和和睦睦地喝一杯吧。

駒十郎：（只睎眼看了看壽美子）我說扇升叔、六哥，跟您兩位也是多
　　　　年的交情了啊……

六三郎：是啊……扇升叔，班主他……

說著提醒扇升。扇升點頭，用手擋在耳後傾聽。

駒十郎：好事壞事，我都沒少說嚴厲的話。這麼些日子難為你們了……
　　　　見諒啊……還請多多包涵啊。

扇升悲傷難挨，嗖地站起身走下樓去。

扇升落寞的背影——正夫緊隨他而去。

104 後台（化妝間）

扇升和緊隨他的正夫走下來。

扇升在地爐旁蹲下拭淚。

正夫：爺爺……爺爺……你怎麼啦……爺爺……

扇升表情悲傷地擤鼻子。

從二樓傳來三弦伴著歌聲和手打拍子的聲音。

正夫不知怎的突然感到不安，「哇」的一聲哭了起來。手裡拿著的梨掉在
地上。

105 晚間的道路

駒十郎拿著布包袱走過。

106 鶴屋的店頭

愁眉不展的駒十郎走進來。

阿芳從裡屋出來。

　　阿芳：啊。

　　駒十郎：出大事了。

　　阿芳：怎麼啦？

　　駒十郎：整個戲班終於散夥了。

　　阿芳：唉……這樣啊。

　　駒十郎：讓丸大的老闆也操了不少心，但也沒辦法了……他老人家真是
　　　　　　個好人哪……

　　阿芳：唉，請進屋吧。

　　駒十郎：阿清在幹嘛呢？

　　阿芳：不是跟您在一起嗎？

　　駒十郎：沒有啊，我不知道。

　　阿芳：剛才您那裡的年輕姑娘說是您有事來叫他去的啊……

　　駒十郎：年輕姑娘……

　　阿芳：女孩子。

　　駒十郎：然後他就出去了嗎？

　　阿芳：是啊，他們一起。

駒十郎突然直奔門外而去。

107 門外

駒十郎出來左右巡視了一番，失望。沮喪地返回。

108 店裡

駒十郎返回，站在那裡。

阿芳不解地迎接他。

　　阿芳：您怎麼啦？

　　駒十郎：這下不得了了。

　　阿芳：什麼事啊？

駒十郎：（陰沉了臉垂頭喪氣地）阿清這小子，這回可沒救了。

阿芳：到底怎麼了？阿清他幹什麼了⋯⋯您說啊。

駒十郎：唉，這下不得了了⋯⋯

阿芳詫異地看著他。

駒十郎精疲力盡地沉思。

109 裡間

掛鐘的鐘擺咔嗒咔嗒地晃動著。

110 清早　鄉間小道

火車開出。

111 破舊旅店的走廊

傳來火車的聲響——

112 那旅店的走廊

車站前常見的那種粗陋旅店。

清和加代正面帶愁容各自沉思。

加代：你在想什麼呢？

清：⋯⋯

加代：你後悔了嗎？

清：我才不後悔呢，明明是我慫恿你的。

加代：可是⋯⋯

清：可是什麼？

加代：是我不好，真不應該來。

清：為什麼？

加代：你呀，就不該找我這樣的。找了我這樣的是不行的，而且對不起
　　　班主⋯⋯

清：你怎麼能這麼說呢？這不干舅舅的事啊！

加代：可是，你不是說還想升學，還想去念書嗎？那樣比較好，就應該
　　　那樣。聽話，那樣你將來才不至於會後悔……

清：那，你後悔了嗎！上學什麼的我早就不在乎了。
　　跟你的事，我想去懇求母親，我母親一定會原諒我們的。即使她不
　　原諒，我也……

說著握住加代的手。

加代：不行，不行啊！（要掙脫清的手）你呀，就這樣回去吧！好嗎？
　　　回你媽媽那裡去！好嗎？給我回去！

清：回去了不得招人笑話嗎？回去了我們怎麼辦？

加代：就分手啊。就這樣，在這裡……

清：那你怎麼辦呢？整個戲班不都散了夥嗎？

加代：沒事的。我這樣的人你不用管，總會有辦法的，總會找到出路的。

清：你說什麼呢！

猛地摟過加代。

加代：（掙脫清的摟抱）不行！快回去！你給我回去！回去！

然後兩人面色凝重地對視——

113 鶴屋的店頭

客人離開後，阿芳收拾碗盤，擦拭桌子，然後走向裡間。

114 裡間

駒十郎正坐在緣廊一側沉思。

駒十郎：（歎息一聲）這小子到底去哪兒了呢……

阿芳也憂心忡忡地看著駒十郎，一邊默默地扇著團扇。

駒十郎：有其父必有其子啊……動作夠快的……我真是小看他了……

扇著團扇，接著說。

駒十郎：還以為這孩子是雞窩裡飛出了金鳳凰，誰知這世道，哪會有這
　　　　麼便宜的事。這回就連我駒十郎也給弄了個狼狽不堪啊。唉，
　　　　狗屁不如啊。

阿芳：您可別，也別盡朝著壞裡頭想啊……

駒十郎：那你說說，能帶上存款跟女人私奔的傢伙，哪裡還有得救？哪裡還有……我真是小瞧他了。

說著悄悄拭淚。

阿芳：可我覺得，那孩子一定會回來的。

駒十郎：……

阿芳：他不是那樣的孩子。一定會回來的。

駒十郎：會嗎……會回來嗎？

阿芳：不回來可怎麼辦哪？

這麼說著，忽然又難過起來，強忍了眼淚。

駒十郎：是啊……那倒也是啊……可是現今的年輕人究竟怎麼回事，我也弄不明白啊……

阿芳：會回來的……一定會回來的……

駒十郎：唔。

阿芳：我說，那孩子要是回來了，您就別再去走江湖了……

駒十郎：……

阿芳：就跟阿清實話實說了。阿清也大了，不會不懂這些事的……

駒十郎：……

阿芳：雖然不知要到哪時候，我跟您說，到時候他一定會懂的……

駒十郎：唔……

阿芳：若是早點兒告訴他，就不會弄到這地步了。
　　　　您就把實情告訴他吧。

駒十郎：……

阿芳：好嗎？告訴他吧。

駒十郎：唔……一家三口，和和睦睦過日子？

阿芳：嗯。您看，這一來……

駒十郎：好吧。

阿芳：謝謝，謝謝。阿清一定會高興的。

駒十郎：可是那小子，究竟去哪了呢……

阿芳聽到這句話，忽然又露出憂心忡忡的表情。

阿芳：（像是要忘記憂愁）哎，來一壺吧？

駒十郎：（點頭）嗯……

阿芳：熱的啊。

然後正溫著酒，

正門打開的聲音──

阿芳：（瞥了一眼）啊，回來了！

駒十郎聞聲猛地站起來。

115 店頭

清站在那裡。

阿芳和駒十郎急急忙忙地出來。

阿芳：哎呀，你這是去了哪裡？

駒十郎：你到底去哪了？

清：（心事重重的樣子）媽媽，我求您一件事。

阿芳：什麼事呀？

清折回門口，用下巴示意。

加代低垂著目光走進來。

駒十郎吃了一驚，目光嚴屬地瞪著她。

駒十郎：（疾步走到加代跟前）你，你竟敢！

加代默默地低頭致歉。

駒十郎：你居然還有臉來見我！混帳！

加代：對不起您了，班主。

駒十郎：你以為道個歉就完事了嗎？混帳東西！

說著就上去揍她。

清：（護住差點摔倒的加代）舅舅您這是幹嘛！

駒十郎：什麼？

清：這不是在跟您道歉嗎？幹嘛非要打呢！

駒十郎：什麼？你也夠放肆的！你知道你媽有多擔心嗎！

然後又揍清。

阿芳：您別這樣……

駒十郎：你不用管！光靠嘴說他們不會明白！

說著又走到加代跟前抓住她的領口。

　　駒十郎：混帳東西！

　　清：（上前擋住）舅舅，您還不住手！

　　駒十郎：什麼！你小子想幹嘛？

　　阿芳：我說，您住手啊！

話音剛落，駒十郎已朝清打去。清憤怒地朝駒十郎打回去。

駒十郎冷不防挨了一拳，「咚！」地一屁股坐在地上。

　　阿芳：（聲音尖利地）你要幹嘛！

　　駒十郎：（喘著粗氣回過頭看清）你竟敢！

　　清：（回瞪他）怎麼著！

　　阿芳：（對清）兒子，你以為這人是誰呀……他是你爸爸啊……你親生
　　　　　的爸爸啊！你怎麼能這樣對他呀！

清震驚地看著駒十郎。

　　清：這樣啊，果真……我就想會不會是這樣……

駒十郎不知說什麼才好，朝他微微地苦笑。

　　清：哎，媽媽，你不是說爸爸以前在新宮的市政廳上班，早就死了嗎？

　　阿芳：……

　　清：我以為就是那樣的……一直是那麼以為的！我才不要爸爸呢！事到
　　　　　如今要來幹嘛！我才不要呢！

　　駒十郎：……

　　阿芳：可是兒子，你爸爸是不想你做江湖戲子的孩子啊。
　　　　　都是為了不讓你受委屈啊。

　　清：為什麼呢？為什麼？

　　阿芳：就是想讓你好好讀書，做個有出息的人啊。所以你爸爸只要有了
　　　　　收入，總是從旅途中給你把學費寄來。

　　駒十郎：夠了，別說了。

　　阿芳：可您……

　　清：舅舅！

駒十郎和阿芳驚訝地看著清。

　　清：你怎麼事到如今才突然冒出來呢！（對阿芳）媽媽，為什麼事到如

　　　　今又突然跟我說這些呢！我不需要這樣的父親！請他滾吧！請他滾
　　　　吧！給我滾！
帶著眼看就要哭出來的表情，清一轉身就從樓梯衝上二樓去。
駒十郎茫然沉思。

　　加代：（擦乾眼淚，對阿芳）對不起……我毫不知情啊……

　　駒十郎：（歎息）那小子說得也對啊……他說得對啊。突然冒出來，說
　　　　　　這是你父親，行不通也是當然的啊。

　　阿芳：可是，您也有您的苦衷……

　　駒十郎：算了……我還是上路吧，那樣更好……那樣更好啊……

　　阿芳：可是阿清他，其實內心裡已經諒解了呀……

　　駒十郎：算了……所有的一切都要重新再來……今天和往常一樣，我還
　　　　　　是他舅舅，就這樣告別比較好……

加代一動不動地聽著。

　　駒十郎：下次回來時，我會成為一個成功的演員，當阿清的父親也毫無
　　　　　　愧色的演員……一定會的。

　　阿芳：可您……

　　駒十郎：哎，到時候，你再為我好好慶祝吧。

說著就要離開。
加代追上去。

　　加代：班主！帶我一起去！

　　駒十郎：嗯？

　　加代：為了班主，我願意脫胎換骨，努力幹活！就這樣在這裡分別，我
　　　　　不忍心……不忍心啊！班主，求您了！帶上我……求求您了！

　　駒十郎：（深受感動，對阿芳）喂，你聽見沒有？這話多招人疼啊。你
　　　　　　多辛苦一點，順便也照顧照顧這孩子吧。（然後對加代）有些
　　　　　　事拿你撒氣真是對不住了，還請多諒解啊。

加代悲傷難挨，用手捂住臉。

　　駒十郎：（拍拍她的肩膀）要把阿清培養成有出息的男人，拜託了。好
　　　　　　嗎？這事就拜託你啦。

說著走進裡間收拾行李。

加代：（見狀連忙走上二樓去叫清）阿清！阿清！

然後向二樓走去。

阿芳一動不動地站著。

116 二樓（清的房間）

清抱著頭躺在那裡，悶悶不樂的樣子——

加代慌張地走上樓來。

加代：阿清！班主他……班主……

清：——？

加代：快！你……快！快去啊！我說……

清嗖地站起來，衝下樓梯而去。

117 樓下

清跑下來，加代緊隨其後——

阿芳從店頭一邊回來。清走上前。

清：（焦急地）舅舅呢？舅舅怎麼啦？

阿芳：……

清：舅舅他……怎麼啦？

阿芳：你是說你爸爸嗎？

清：……

阿芳：你爸爸他，又去漂泊了……

清猛地回過神來，要去追趕。

阿芳：阿清！

清：……

阿芳：不必挽留了，這樣就好。你爸爸他，從你小時候起，每次回到這
　　　地方，離開的時候都是同樣的心情啊！

清：……

阿芳：這樣就好。只要你能有出息就好。

清終於忍不住地低聲哭泣，加代也強忍著淚水。

118 當晚 車站的一角

昏暗的電燈——

119 車站入口

駒十郎走來。售票處的窗口前擺著「請稍等候」的牌子。他正要在一旁的
長椅上落座，忽然看見——

壽美子悄然坐在候車室角落裡，正一動不動地看著他。

駒十郎表情艦尬地坐下來，叼了一支菸，卻找不著火柴，上下尋找。壽美
子默默起身走來，擦著一根火柴遞給他。駒十郎訝異地看她一眼，又接著
找。

壽美子把快燃盡的火柴扔掉，又擦著第二根遞過來。駒十郎湊上去點菸，
壽美子在他一旁坐下。

 壽美子：班主，要去哪裡？

駒十郎默不作聲地抽菸。

 壽美子：（拿出香菸）借個火。

說著拿過駒十郎的菸。

 壽美子：（點菸後遞回）我說，您這是要去哪兒？

 駒十郎：（依然望著正前方）——

 壽美子：我正猶豫該去哪兒呢……

對話就這樣中斷了……

 壽美子：班主，您有什麼去處嗎？

 駒十郎：唔……

 壽美子：哪兒？我說，您要去哪？

 駒十郎：桑名……我想去求求兼吉的老闆看看能不能行……

 壽美子：哦……要不我也一起去吧……

 駒十郎：……

 壽美子：那位老闆，我跟他很熟的……一起去，行嗎？

 駒十郎：賭一把吧……

 壽美子：嗯？

 駒十郎：重起爐灶再幹一場吧……

壽美子：對，再幹一場。好好幹吧。

駒十郎：試試看吧……

壽美子：不要緊的，好好幹。一起努力吧。

售票處的窗口開了。

壽美子嗖地站起來去買票。

壽美子：兩張票到桑名。

駒十郎：你可別忘了那邊的行李。

壽美子轉過身點頭微微一笑，然後買票。

120 夜班火車內部

各式各樣昏昏欲睡的乘客——

駒十郎和壽美子面對面坐著，兩人從同一盒車站便當裡夾著菜，一邊喝著瓶裝酒。

121 暗夜裡的鐵道

列車疾馳而過。

——劇終——

秋日和

一九六〇年（昭和三十五年）
松竹大船製片廠
劇本、底片、拷貝現存
11 卷，3518 米（128 分鐘）
黑白
同年十一月十三日公映

製　片	山內靜夫
原　作	里見弴
編　劇	野田高梧　小津安二郎
導　演	小津安二郎
攝　影	厚田雄春
美　術	濱田辰雄
音　樂	齋藤高順
錄　音	妹尾芳三郎
剪　輯	濱村義康

演員表／

三輪秋子	原節子
三輪綾子	司葉子
三輪周吉	笠智眾
後藤莊太郎	佐田啟二
間宮宗一	佐分利信
間宮文子	澤村貞子
間宮路子	桑野美幸
間宮忠雄	島津雅彥
田口秀三	中村伸郎
田口信子	三宅邦子
田口洋子	田代百合子
田口和男	設樂幸嗣
平山精一郎	北龍二
平山幸一	三上真一郎
佐佐木百合子	岡田茉莉子
芳太郎	竹田法一
久子	櫻睦子
桑田榮	南美江

桑田種吉	十朱久雄
杉山常男	渡邊文雄
老闆娘豐	高橋豐
高松重子	千之赫子

1 寺院內

能看見東京塔，附近的公寓樓，各家窗口晾著衣服——典型的東京市內麻布一帶的寺院。

寺院圍牆裡，附近的老太太把孫兒從嬰兒車裡抱出來，任其自在地玩耍著。

2 該寺院的室內

三輪周造去世第七年的忌日，三輪的未亡人秋子（45歲）、女兒綾子（24歲）身著喪服，還有身著便裝的老同學田口秀三（54歲），以及親戚和公司方面的老下屬等，夾雜著女眷，總共不到十人——

眾人在輕快的氣氛中閒談。

3 寺院的走廊

從洗手間走出來的，也是三輪的老同學平山精一郎（53歲），在洗手池邊洗了手，返回房間。

4 室內

田口和曾經的下屬——

田口：哦，這樣啊。聽起來很不錯啊。在哪裡？

平山：（回到旁邊的座位）說什麼呢？

田口：牛排店啊，說是有一家味道不錯的。

職員：上野的本牧亭您聽說過嗎？就在那條小巷裡，老頭兒老太太兩人開的。

田口：是嗎？那我一定要去嘗嘗。松阪屋後面的豬排店倒是經常去。（對平山）你不也常去嗎？

平山：是啊，從他家還在開小食攤的時候就去過。（對職員）那時候我們還是學生，嘴饞又沒錢……

田口：今天悼念的這位，也常常是想盡法子湊了錢，然後大家一起去吃。

職員：這樣啊。那就是說，您二位與三輪先生從年輕時就一直……？

田口：是的，高中時也是同一間宿舍呢。

職員：真難得啊。（說著拿出名片）我也承蒙三輪先生百般照顧……唉，
　　　他是個好上司，人又和藹，一轉眼就七年了呀……

田口：實在太快了。（一邊給平山倒茶）你家那邊是第幾年了？

平山：什麼？

田口：你太太去世後啊。

平山：嗯……差不多四年，前後五年了。

田口：喂，茶葉梗[1]立起來了。

平山：哦，茶葉梗啊……會有什麼好事嗎？

田口：在寺裡茶葉梗立起來，會不會是你去世的太太要來迎接你了？

平山：別瞎說，我還不想死呢。

三人爽朗地笑了。

在另一邊，秋子和綾子——

綾子：（一邊看手表）伯伯可真夠慢的啊。

秋子：是啊。怎麼回事呢？啊，他來了。

說著站起來。

秋子亡夫的哥哥周吉（59歲）從正殿那邊的走廊過來。

周吉：（對在座所有人）抱歉……（然後對前來迎接的秋子）我來晚
　　　了……

在座全體迎來周吉，都重新坐直了身體。

周吉：在下是三輪周造的哥哥。今天各位在百忙之中……因為我平時住
　　　在鄉下，剛才不小心拐錯了一個彎……（然後放鬆了語氣）哦，
　　　田口君，平山君……

說著點頭致意。

田口：呀，好久不見。您是今天來東京的嗎？

周吉：不是的。因為有別的事，昨天就來了……

平山：對了，上次我兒子承蒙您照顧了……

周吉：哪裡哪裡，照顧不周……

田口：什麼事？

1　茶葉梗，有俗信認為，如有茶葉梗立在杯中，是一種吉兆。稱之為「茶柱」。

平山：這個冬天，我兒子和一大群朋友去榛名湖滑冰，去叨擾了人家的
　　　旅館。（然後對周吉）您還特意贈送了土產……
周吉：哪裡哪裡，也不知是否合您口味。那是把春天摘的新芽用鹽醃好
　　　的，雖然不是什麼稀奇東西，但在伊香保，也是武男和浪子小
　　　姐[2]以來的特產……
平山：您太客氣了，那可是好東西。
田口：哦，就是上次的蕨菜啊，真是太好吃了。（然後對周吉）也不知
　　　為什麼，人一旦上了年紀，就越來越愛吃這些東西……
周吉：是啊，我也是……
田口：什麼羊栖菜、胡蘿蔔呀，香菇、蘿蔔乾、豆腐還有油炸豆腐……
平山：再加上牛排和豬排？

大家都笑了，這時有個年輕和尚從正殿那邊走過來。

和尚：各位，都到齊了吧？
秋子：已經到齊了……
和尚：那麼，請移步正殿那邊……

於是眾人紛紛站起身，互相謙讓著往正殿那邊走去。
隨後鐘聲噹地響了一聲，又傳來木魚聲，誦經開始了。

5 正殿

所有人端坐於此，和尚正在誦經。
正襟危坐的秋子和綾子。
在座的其他人——
這時，同為逝者老同學的間宮宗一（54 歲）姍姍來遲。
他微微點頭，然後在田口和平山身邊坐下。

田口：你也太晚了吧。
間宮：不好意思，有點事情耽誤了。
平山：才開始了不一會兒呢。
間宮：（微笑）看來還是來早了。

2　武男和浪子小姐，明治時期風靡日本的流行小說《不如歸》的男女主人公。

和尚繼續誦經。

6 當晚 築地一帶

有很多餐館的小巷——尚未黑盡的天空中，附近高樓屋頂的霓虹燈閃爍
著。

7 餐館的包間（二樓）

秋子和綾子已經在吃餐後的水果，而間宮、平山、田口三人還在喝清酒和
威士忌。

間宮：唉，今天念的經也太長了吧。

平山：也輪不到你說呀，你這遲到的。

秋子：真叫人頭疼啊。田口先生也說念經最好只念一點點，重要的地方
　　　稍稍意思一下就好。我也跟和尚囑咐過了……（對綾子）對不
　　　對？

綾子：（笑著點頭）……

田口：唉，那和尚真是過於熱情了。夫人，您是不是報酬給得太多了？

秋子：怎麼會呢，不會給那麼多的呀。

間宮：不過今天很好啊，天氣又涼快。記得葬禮那天熱極了。

平山：啊，那天太熬人了，我還穿了冬天的禮服。

田口：那時候，阿綾幾歲來著？

綾子：十八歲。

田口：那現在是……

綾子：二十四歲。

間宮：那差不多是時候了。您說呢，夫人？

秋子：是啊。如果有好的人選，就拜託了。

間宮：當然有。阿綾多好看啊。

田口：喜歡什麼樣的？別笑嘻嘻的呀。

平山：不妨說說看嘛。

田口：比如像我這樣的如何？

綾子：我喜歡。

間宮：那我呢？

綾子：叔叔我也喜歡。

平山：可這樣還是弄不清你喜歡什麼樣的，他倆的類型完全不一樣啊。我怎麼樣？

綾子：叔叔也……

間宮：只是「也」嗎？你落第了。

田口：咱們不問那些沒用的。（轉向秋子）可是夫人，不開玩笑，我可是有合適的人選哦。

秋子：拜託了。

平山：你真的有嗎？

田口：有啊。阿綾真有嫁人的打算嗎？

綾子：（一笑）……

間宮：那可不，已經到了該出嫁的時候啦。（轉向秋子）夫人您跟三輪結婚，記得是……

秋子：我當時二十歲。

田口：可不是，阿綾也已經……

平山：是啊，我也這麼覺得。

田口：我說阿綾，那是個好男人哦。年紀好像二十九了，東大建築系畢業，在大林組工作。是個很有意思的傢伙。

秋子：那麼好啊。

田口：哎，我覺得真的不錯呢。

秋子：那就拜託您了。

田口：好的。

秋子：那，阿綾，差不多該……（然後對三人）那麼，我們就不奉陪了……

間宮：是嗎？時間還早啊……

秋子：不過，我們已經……今天反倒給各位添麻煩……多謝了……

平山：哪裡，我們盡說些玩笑話……失禮了。

秋子：不會的，我們也很開心呢。那就再見了……

間宮：呀，請多包涵。

秋子：那我們告辭了……

綾子：再見。

平山：哦，再見。

田口站起來，送至入口處。

田口：我就不送了。阿綾，你認識路的對吧。

8 走廊

秋子和綾子回去。

9 包間

田口走回來。

田口：真美，不愧是……

平山：嗯，跟這個年紀的女孩子聊天，我最喜歡了。

田口：我不是這意思。當然女兒也不錯。

間宮：你是說她媽媽吧？

田口：嗯，一點兒都沒變。

間宮：真美。

平山：是嗎？可是，那姑娘也是個好姑娘呀。

間宮：當然是好姑娘。不過，秋子也已經年過四十了呀。

田口：我也一樣。要說哪個好的話，我還是更喜歡她媽媽。真好啊！

間宮：嗯。是的，真好。

平山：有那麼好嗎？

田口：就那麼好啊。怎麼說呢？有那麼美的老婆，丈夫也活該早死吧。

間宮：唉，三輪那傢伙，走運走過頭了。她到這年紀，又有了不同的魅力呢。

田口：就是。原來你也這麼覺得啊。

間宮：散發著那種，風姿綽約的感覺。

田口：（對平山）你啊，居然感覺不到，真夠遲鈍的。

平山：倒是感覺得到的，沒你們那麼明顯罷了。

三人爽朗地笑了。

這時老闆娘豐（50歲）拿著酒出現了。

　　豐：什麼事這麼高興啊？請。

說著給間宮斟酒。

　　間宮：老闆娘，你丈夫身體還好吧？

　　豐：還好。託您的福。

　　間宮：我就說嘛。

　　田口：那可不是。你丈夫一定會長壽的。

　　平山：這世上什麼才是福氣可真是不好說啊。對不對呀，老闆娘？

說著三人一同大笑。

　　豐：什麼意思？

　　間宮：沒什麼。很久以前，我們還在大學裡混日子那會兒，本鄉三丁目
　　　　　的青木堂附近有一家藥店，不過現在那裡變成水果店了。他家有
　　　　　個美麗的女兒，於是這小子（田口）就鼓足了勁兒，明明沒病，
　　　　　還要去買膏藥。

　　田口：別開玩笑了。你不也沒感冒卻跑去買安替比林嗎？還買了退燒藥
　　　　　呢。

　　平山：對對，秤牌的嗎？

　　間宮：他說的那女兒啊，就是剛才回去的那一位。

　　豐：哦，那位夫人，我還以為她們是姊妹，哪想到她是媽媽啊。長得真
　　　　美啊。那，後來怎麼樣了？

　　間宮：然後啊。

　　田口：後來就慘了。

　　平山：說起來都是淚啊。

　　間宮：還記得有個叫三輪的嗎？

　　豐：嗯……

　　間宮：記得他也來過這裡一兩次。

　　田口：反正，簡而言之就是讓那傢伙給搶去了。

　　豐：哎呀呀。早知如此，與其買感冒藥，倒不如買蠑螈粉 [3] 呢。

3　蠑螈粉，一種俗信，據說將一雌一雄兩隻蠑螈烤製而成的粉撒到酒裡給意中人喝下，對方就會愛
　　上你。

田口：可不是嘛。

間宮：當時還沒這智謀。哪像現在的年輕人，咱們那時候還很純情呢。

豐：（拿起酒壺）平山先生，怎麼樣？

平山：哦。

田口：給我一杯汽水吧，汽水。

豐：好的好的，請稍等。

說著起身走出。

間宮：（目送著）娶個這樣的老婆，她丈夫會長壽的吧。

豐：（又探出頭來）您說什麼？

間宮：沒什麼，我們說我們的。拿汽水來。

豐：好的好的。

說著離開。

田口：不過，有這樣的老婆，說不定反倒會早死吧，體格也太壯實了。

間宮：又不是摔跤。

平山：head scissors [4] 嗎？

田口：那可受不了，會被壓扁的。

三人哈哈大笑。

10 當晚　田口家門前

昏暗的門燈——世田谷一帶的住宅區。

11 從庭院望見的室內

明亮的燈光——室內空無一人。

12 田口家的玄關

田口歸來。

妻子信子（46歲）走出來。

信子：您回來了。

4　head scissors，摔跤用語，頭部剪刀腳。

田口：啊，回來了。

信子：還以為今天會很晚呢。

田口：為什麼？

信子：不是跟間宮先生和平山先生他們一起嗎？

田口：哦，秋子也在，還有阿綾。

信子：是嗎……

邊說邊向起居室那邊走去。

13 起居室

二人走來，田口開始脫外套，信子去拿衣架。

田口：（忽然看見角落裡放著的旅行箱）喂，這個是什麼？

信子：（走出來）哦，是洋子的。

田口：她又來了啊？

信子：哎，就在剛才……

田口：到日高出差嗎？

信子：不是的，好像又在鬧彆扭。跟公婆一起住，看樣子很難相處呢。

田口：是跟公婆吵架了嗎？

信子：不是的，跟公婆好像還不錯，但畢竟還是……

所以說年輕人還是自己住比較好。就算是我也這麼覺得。

田口：真傷腦筋啊。

信子：這次說是要住四五天，帶的行李比往常大呢。那樣能解決問題嗎？

田口：不解決可不行。你不也是這麼想的嗎？

信子：（微微一笑）說是這麼說啊。兩夫妻就是這樣，不知怎麼就妥協了。

田口：是啊，彼此彼此嘛。洋子也是，應該稍稍再忍讓一些。

信子：是啊，想來夫妻什麼的真沒意思啊。

田口：可不是，要講究起來可就沒完了。

信子：您的茶泡飯呢？

田口：不用了，夠飽的了。

洋子（24歲）洗完澡出來。

　　洋子：（精神奕奕地）爸爸，您回來啦。

　　田口：哎，怎麼了？

　　洋子：（開朗地）又吵了一架。

　　田口：什麼吵了一架，也太頻繁了吧。原因是……？

　　洋子：一兩句也說不清楚，平時積攢了太多的不滿唄。

　　田口：什麼不滿，你不是喜歡他才嫁過去的嗎？

　　洋子：是啊，所以才特別來氣啊。

　　田口：氣什麼？

　　洋子：爸爸您不用管，我就是要懲罰他一下。

　　信子：懲罰什麼呀？我看你也別太任性了。忍耐還不夠啊。

　　洋子：夠夠的了。（轉向田口）爸爸，洗澡水有點溫了，我去把煤氣點
　　　　　上。

說著折回去。

　　田口：真叫人頭疼啊。

但他的口氣聽上去也沒有那麼頭疼。

　　田口：啊，對了。（忽然想起）那個，就是那叫什麼來著，那人……

　　信子：誰呀？

　　田口：去了大林組的那個……那個弟弟，你朋友的……

　　信子：哦，阿繁，井上家的。

　　田口：對，就是他。記得你說他父親在上諏訪經營一間音樂盒的公司。

　　信子：哦，是啊。怎麼了？

　　田口：我覺得很不錯呢，把他介紹給阿綾做女婿。

　　信子：不行啊，人家已經找著了。

　　田口：找著了，媳婦嗎？

　　信子：是啊，我還在想該送什麼賀禮呢。

　　田口：是嗎？那太可惜了。唉，我都答應了人家呢。

　　信子：答應什麼？

　　田口：因為我覺得他正合適啊。這下麻煩了。其他……還有誰嗎？池田
　　　　　家的老三？

信子：那個不行的，就愛裝腔作勢的。

田口：不合格啊。還有誰嗎？

信子：您這是？光為別人家的女兒操心，您也擔心一下自己家的女兒呀。

田口：可是阿綾真的很美，可不能讓她嫁給壞小子啊。

信子：是嗎？

田口：是個好姑娘，又清純。

信子：哦。那比起秋子年輕時怎麼樣？

田口：啊，那個什麼，怎麼說呢，氣質不一樣。間宮那小子說，秋子更好呢。

信子：那，你覺得哪個好呢？

田口：嗯，我嗎？

信子：一定要選一個的話，選哪個？你應該還是選秋子吧。我知道的。

田口：什麼？

信子：本鄉三丁目，你過去不是經常去買藥嗎？按摩膏。

田口：按摩膏不是我。那是本間啊。

信子：那你是什麼？

田口：我是退燒藥啊。

信子：你扯謊吧，是按摩膏。我牢牢記著呢。

田口：你聽誰說的？

信子：你啊。

田口：我說過那樣的話嗎？什麼時候？

信子：洋子出生沒多久的時候，你喝醉了……

田口：這樣啊，我說過嗎？我還挺老實的。

信子：是啊，比起現在，可不是嘛。

洋子的弟弟和男（高中生，18歲）走來。

和男：媽媽，肚子餓扁了，有什麼吃的嗎？爸爸，洗澡水都快燒開了。

田口：哦哦，是嗎？煤氣關了嗎？

和男：還開著呢。

田口：開著可不行啊，得趕快關了。一個個都拿你們沒辦法，真叫人頭疼。

說著走出。

14 走廊

田口急匆匆向浴室方向走去。

15 丸之內的大樓

正午時分，陽光明媚。

16 間宮的公司（三和商事）走廊

前台的女子領著秋子走來。

她敲響董事辦公室的門，聽見回應後——

　　女子：請。

17 室內

秋子走進來。

坐在書桌前的間宮——

　　間宮：（站起來迎接）呀，歡迎光臨。請——

間宮用的是菸斗。

　　秋子：上次多謝您了，百忙之中特意趕來。

　　間宮：哪裡哪裡。來，請坐。

　　秋子：我來向您道個謝……

　　間宮：還讓您特意過來……

　　秋子：平山先生和田口先生那裡我已經去拜訪過了。

　　間宮：那可真是多謝了……對了，田口沒說什麼嗎？

　　　　　關於阿綾的事？

　　秋子：啊，說是人家已經定下了。

　　間宮：結婚的對象嗎？

　　秋子：是的。

　　間宮：（一笑）那小子，真是一如既往。他自打從前就那樣，三輪可沒

少操心呢。約定的時間他就沒按時來過。不過上次法事的時候遲
到的是我……

秋子：不過承蒙各位光臨，三輪不知會多麼欣慰呢……

間宮：（看了看手表）夫人，您吃過中飯了嗎？

秋子：哦，那個，不用了。

間宮：要不，到外面去吃點什麼吧。雖然也沒什麼好吃的……

秋子：可我，兩點還……

間宮：有什麼事？

秋子：我最近，一直在朋友的服飾學院幫忙，法國刺繡什麼的……

間宮：在教學生嗎？

秋子：是的。雖然做得不是很好……

間宮：真難為您了。不過應該來得及，用我的車送您。
那麼走吧。

說著站起來，回到書桌前，按了呼鈴，然後收拾桌上的東西。

18 街景（吳服橋一帶）

那裡的小巷拐角停著間宮的轎車。
鰻魚店「竹川」在小巷裡。

19「竹川」店內

地板間內擺著桌子，另外還有小包間。
兩三個客人──

20 店內小包間

間宮和秋子──

間宮：（遞過啤酒）怎麼樣？再喝一點兒？

秋子：不了，已經……

間宮：是嗎？（一邊往自己杯裡倒啤酒）您注意到了嗎？
剛才在電梯口跟我打招呼的那個人。

秋子：哦。怎麼了。我糊裡糊塗的……

間宮：個子比我矮一點，頭髮這樣稍稍奪拉著……

秋子：是嗎……我真的是糊裡糊塗的……

間宮：沒有的事。那小子雖然外表不是那麼搶眼，但人非常好。工作起來也很幹練……其實上次在築地說起阿綾的事情時，我立刻就想到他了。但田口大包大攬的，那麼自信滿滿，所以……

秋子：（一笑）田口先生太有意思了……

間宮：過於有意思了。只要這傢伙一摻和，不論什麼事都會變得有意思。

秋子：真不錯呢，有一位這樣的……

間宮：我記不清他是哪個學校畢業的了，他進我們公司有四年或者五年了。看外表不是那麼強壯，但他還是我們籃球隊的隊長呢……他怎麼樣？

秋子：這位聽起來很不錯呢。

間宮：您能否見他一面？或者還是把照片和履歷書什麼的……哦，還是這樣比較好吧。

這時女店員端來了鰻魚飯套盒以及湯碗等。

店員：久等了——

間宮：回頭我會一起寄給您。

秋子：好的。

間宮：對了，阿綾的照片要是有的話，請給我一張。

秋子：好的。（然後注意到間宮的菸斗）間宮先生，您抽菸一直是用的菸斗嗎？

間宮：哦，算是兩者都有吧。

秋子：三輪也喜歡菸斗，我家還有兩三個呢。不嫌棄的話，您願意收下嗎？

間宮：啊，真的嗎，我很想要啊。

秋子：也不知是不是好東西，是三輪去英國的時候買回來的呢。

間宮：那一定很好，他對這類東西很講究的。

秋子：那我回頭送給您。

間宮：哦，那太好了。（然後示意秋子用餐）夫人請……

秋子：那就不客氣了。

於是兩人開始用餐。

21 當晚 間宮家 走廊

女兒路子（18歲）用托盤端了水杯，從廚房那邊走來。

22 起居室

間宮正在讀晚報，妻子文子（42歲）在吃餐後水果，路子的弟弟忠雄（7歲）躺在那裡看漫畫。

路子走來。

　　路子：來，爸爸。

　　間宮：哦。

說著接過水杯，然後吞下藥片。

　　路子：我覺得很不錯呢。

　　文子：什麼？

　　路子：很帥啊。後藤先生。

　　間宮：你覺得很好嗎？

　　路子：當然。要是我的話，立刻就嫁了。

　　間宮：（對文子）他是哪所學校來著？

　　路子：早稻田啊。政治經濟系。（說著唱起了）碧藍天空[5]——

　　間宮：（對文子）他老家是哪裡？

　　路子：伏見啊。開酒鋪，釀酒的——嗒啦啦，啦哩啦，啦啦……

　　文子：吵死了。給我安靜一點兒！

　　間宮：到一邊去！

　　路子：這有什麼呀。

　　文子：快去。

路子站起來，一邊哼哼著應援歌的旋律一邊走了出去。

　　文子：（對忠雄）阿忠也去二樓吧，快去吧。

5　早稻田大學的比賽應援歌〈碧藍天空〉的第一句。

忠雄氣鼓鼓地站起來，默默拿了那裡的水果，唱著「早稻田，早稻田，早稻田……」走了。

　文子：我說，來過家裡的這些人，後藤是最好的吧？

　間宮：我也這麼覺得。我請他來一次，你好好跟他談談，向他要一下照片和履歷書……

　文子：嗯，好的。可是綾子要是出嫁了，秋子打算怎麼辦呢？她一個人……

　間宮：那總會有辦法的，不想辦法也不行啊。

　文子：秋子她，依然那麼美吧？

　間宮：嗯，很美。不過，我更喜歡的是阿綾，清純。

　文子：哦。

　間宮：不過田口那小子說更喜歡秋子。

　文子：可你不也是喜歡的嗎？

　間宮：喜歡誰？

　文子：秋子呀。

　間宮：開什麼玩笑。不是我啊，那是田口。那小子從老早以前就喜歡了。

　文子：是嗎？那麼您是不喜歡的嘍？

　間宮：我無所謂的……

　文子：哦。您買的是什麼藥來著？

　間宮：什麼？

　文子：藥啊。

　間宮：誰？

　文子：你呀。按摩膏？退燒藥？是哪種來著？

　間宮：（苦笑）這麼無聊的事你聽誰說的？

　文子：（笑嘻嘻地）……

　間宮：是田口太太嗎？

　文子：知道你為什麼不感冒了，退燒藥現在依然有效呢。

說著站起來去廚房了。

間宮目送她，獨自苦笑，一邊閱讀晚報。

23 當晚 郊外的公寓 走廊

秋子回來走進自家的房門。

24 室內

秋子走進來。

> 秋子：我回來了。

25 隔壁房間

洗碗池邊綾子正在收拾碗盤。

> 綾子：您回來啦。

說著走出房間。

26 剛才的室內

綾子一邊擦手一邊走出來。

> 綾子：媽媽，吃飯了嗎？

> 秋子：朋友請客。是榮阿姨。

> 綾子：我一直等到剛才……

> 秋子：是嗎，我在「邁阿密」買了糕點來。

> 綾子：馬上吃嗎？

> 秋子：嗯嗯，我待會兒再說。今天累壞了，東奔西跑了一天。田口先生
> 　　　介紹的那樁事，沒說成。

> 綾子：（滿不在乎地）是嗎，為什麼？

> 秋子：說是已經定下了。

> 綾子：真討厭。（說著笑了）很像那位伯伯做的事呢。

> 秋子：真是的。（一邊笑了）不過，還有另一樁呢。

> 綾子：替代這個的嗎？（邊說邊解開糖果盒的捆繩）我突然暢銷起來了。
> 　　　這回又是哪裡？

> 秋子：間宮先生說是有不錯的呢，是他們公司的人。

> 綾子：哦。

秋子：到時會把照片和履歷書寄來。

綾子：我去燒水。

說著站起來去了。

秋子：（目送她）那個人，間宮先生大大誇獎了一番，好像是個很能幹
　　　的人。他還說也想要你的照片呢。

27 隔壁房間

綾子一邊點著煤氣，一邊朝秋子這邊──

綾子：我說媽媽──

秋子出現在兩個房間相鄰處，

秋子：什麼事？

綾子：那椿事回絕了吧。

秋子：為什麼？

綾子：收下照片和履歷書之後再拒絕就太不好了。也別給我的照片。喝
　　　紅茶嗎？

秋子：是啊。

綾子折回剛才的房間去了，秋子也跟隨在後。

28 剛才的房間

綾子從櫥櫃取出紅茶的茶罐。

秋子：你是不是有喜歡的人了？

綾子：沒有啊，怎麼會。

秋子：那還不考慮一下？大家都為你的事擔心呢，人家也是一番好意。

綾子：我明白，不過我還是覺得現在這樣就好。

秋子：可是……

綾子：沒事的，我還不想嫁人呢。

秋子：你說是說不想。哎，來這邊坐下啊。

綾子：（坐下）什麼呀。

秋子：你到底怎麼打算的？

綾子：什麼？

秋子：真的沒有喜歡的人嗎？

綾子：有的話早就告訴媽媽了，那樣的事我怎麼會瞞著您呢？

秋子：那就好……

綾子：我一時半會兒還不想改變現狀。總之，那件事回絕了吧。

秋子：這樣可以嗎……

綾子：當然可以的，沒事的，所以還是我們兩個和和睦睦地過吧。（拉
　　　著秋子的手搖晃）哎呀，水燒開了。

說著站起來，去了鄰室一會兒，又立刻探出頭來。

綾子：可是媽媽，如果我真的有了喜歡的人就是另一回事了哦。春天還
　　　是越長越好啊。

然後笑著縮了回去。

秋子終於被綾子逗得露出了微笑，然後又低垂了眼思考。能聽見綾子哼唱
的聲音。

29 桑田服飾學院的外景

郊外新開發的街區——

30 同前　走廊

正是上課的時間，靜悄悄的。

31 同前　教室

法國刺繡課的時間，黑板上畫著解說圖，秋子正在學生之間巡視。

秋子：你看一下……

說著拿過學生的刺繡繃子，親自繡了幾針，

秋子：就像這樣。

說著遞回。又接著依次巡視。

鐘聲（音樂盒的樂聲）響起。

秋子：那麼，課就上到這裡吧。有什麼不懂的地方，請隨時問我。再會。

點頭行禮後走出。

32 走廊

秋子向著職員辦公室方向走去。

33 職員辦公室

秋子和其他老師們回來。

桑田榮（45 歲）正在看報表之類——

　榮：（對秋子）辛苦了。課上完了嗎？

　秋子：是的。

　榮：哎，你來一下。

說著用眼光示意著，起身向院長室方向走去。秋子跟隨她走去。

34 院長室

狹窄的房間裡放著寬大的書桌。榮的丈夫，院長種吉（56 歲）坐在那裡。
一個看上去十分注重外表的男人。看見兩人走來，便起身迎接。

　種吉：（對秋子）呀，辛苦了。請坐請坐。

三人圍桌而坐——

　種吉：（對榮）你已經說了嗎？

　榮：沒，還沒有。

　種吉：那你說吧。

　榮：還是你來說吧。

　種吉：嗯，那好吧。那個，秋子女士……

說著起身從皮包裡拿來一張照片。

　種吉：（拿照片給秋子看）這個人怎麼樣？

　秋子：這是哪位啊？

　種吉：沒什麼，只是想，如果介紹給你家女兒怎麼樣……

　榮：（對秋子）可是，你不覺得這人鼻子有點歪嗎？

　種吉：哦，那只是照片上而已，光線的問題吧。

　秋子：那個……

　種吉：什麼？

　秋子：難得您一番好意，但綾子說，她還不想嫁人呢。

種吉：可……

榮：總之不行的，這樣的人。

種吉：可是，真的很不錯啊，家世也很好。

榮：比起家世，本人更重要。我昨晚不是已經說過了嗎？

種吉：真可惜啊。

榮：才不可惜呢，那樣兒的從一開始就不合格，不是嗎？

秋子：怎麼會，沒有的事。不過就在最近，三輪的朋友給介紹的對象，
　　　綾子也回絕了呢。

榮：為什麼？

秋子：她說，現在還不想考慮。

榮：哦。不過，其實你也還不想讓她出嫁對不對？

秋子：不是那樣的……

榮：但是已經不嫁不行了啊。磨磨蹭蹭的，就會碰到稀奇古怪的人。（說
　　　著看了看種吉）我倒沒有那樣。

種吉：（尷尬地）哈哈，哈哈哈哈哈。

他笑著站起來，去把照片收好。

女辦事員敲門後探頭進來。

辦事員：三輪老師的電話。

種吉：電話？哦，接到這邊來吧。

辦事員：好的。

說完離去。

種吉：（取下話筒）請，秋子女士……

秋子：真不好意思。

說著起身走過去，接過電話。

秋子：喂？哦，是阿綾？……哦，我……嗯，……
　　　可以去。幾點？……嗯，沒事的。

35 綾子的公司（東興商事）

綾子在打電話。

綾子：那，就在和光的拐角吧。……嗯……那我早點兒走，順便去一下

　　　　叔叔那裡再過去。……好的……好的……那就這樣。

說完掛斷電話回到自己座位。

鄰桌是同事佐佐木百合子（25歲）。

　　百合子：那個，石井也說他請不到假，他連地圖都買好了。

　　綾子：為什麼？

　　百合子：因為他們科長很討厭啊。

　　綾子：那就是七個人啦。

　　百合子：是的。對了，我想買 Caravan 的帆布鞋，下了班陪我去吧。

　　綾子：今天不行，我約好了的。

　　百合子：哦？約會嗎？你也有這種事？

　　綾子：胡說，是跟我媽媽。

　　百合子：什麼呀，真沒意思，太差勁了。

說著繼續工作。

36 間宮的公司　走廊

拿著文件的辦事員走過。

前台的女子帶領綾子走來。

敲了敲常務董事辦公室的門，聽見回應後，

　　女子：請。

37 室內

間宮用目光迎接綾子──

　　間宮：呀，你來得正好。

　　綾子：您好。我把菸斗帶來了。

　　間宮：菸斗？哦，好的好的，那可真是謝謝了。

綾子正要從手提包裡取出菸斗，響起了敲門聲。

　　間宮：請進。

職員後藤莊太郎（31歲）走進來。

　　間宮：什麼事？

　　後藤：（出示文件）這個──

間宮「哦」了一聲接過來，瀏覽。

　間宮：嗯，這就可以了。剛才那份。給我再看一下吧。

　後藤：好的。

說著正要返回——

　間宮：啊，你等一下。

　間宮：拒絕你的，就是這位小姐。

　後藤：（吃驚地看了一眼，然後苦笑）是嗎？

　間宮：阿綾，你甩掉的，就是這個人。

綾子羞澀地頷首致意。

　後藤：我叫後藤，失禮了。

然後離開。

　綾子：別這樣啊，叔叔。

　間宮：什麼？

　綾子：太過分了。怎麼能說那樣的話呢。

　間宮：可實際上不就是如此嗎？

　綾子：可是……

　間宮：那，怎麼樣，重來一次？

　綾子：我才不要呢。菸斗給你。

說著放下菸斗走出。

　間宮：喂喂，阿綾——

38 走廊

綾子正疾步離開，後藤從一旁的辦公室走出來。

　後藤：呀——

綾子頷首致意。

　後藤：聽說你在東興商事上班，對嗎？

　綾子：是的。

　後藤：你們會計室是不是有個叫杉山的？我們是同學。
　　　　請代我問候他。

　綾子：好的。

後藤：那就失禮了——

告辭後走進常務室。

綾子也離開了。

39 銀座的一條小巷

附近的夜景——那裡有一間小巧的豬排店「皋月」。

40「皋月」店內

已經過了吃飯時間，店裡只有零散的幾個客人。

一角的桌邊坐著秋子和綾子，桌上放著一瓶啤酒，飯已經快吃完了。

秋子：（吃完了）哎，吃得太飽了——

綾子：啤酒還剩著呢。

秋子：哦哦，是啊，好浪費，還是喝掉吧。（說著一口氣把杯子裡的啤酒喝乾）不過，真是的，你要是出嫁了，就不能這樣出來吃飯了啊。

綾子：當然能啊，我一時半會兒也不會嫁人。

秋子：反正，到時候總會嫁的……趁現在，咱們哪怕一個月一次，兩人一起，四處去走走，吃點好吃的吧。

綾子：（放下筷子）我吃飽了。那一定要去啊，哪怕兩個月一次也成。

秋子：對。（一笑）三個月一次也行。

綾子：今天這裡的帳單我來付。

秋子：不用了。你郊遊的錢會不夠的，還得買各種東西。

綾子：沒事的，帳我算好了。

秋子：不過，主意真不錯啊，結婚的歡送會用郊遊的方式。媽媽那時候怎麼也想不到的。

綾子：因為他倆都喜歡爬山，所以才想到的。

秋子：這事一定是百合提議的吧？哎呀，你們可別掉山溝裡去，像剛才電影裡那樣……

綾子：才不是那樣的山呢，是非常平緩的地方。

秋子：那就好……（轉換話題）你不是還要買東西嗎？

差不多該走了吧。

綾子：媽媽還要買縫紉機的針對吧？

秋子：還有一樣帶「鱈」字的東西。

綾子：（情不自禁地提高了聲量）啊——鱈魚子？

秋子：（微微瞪了綾子一眼，然後對店員）喂，麻煩你，請結帳。

店員：好的。

綾子：媽媽，真的我來付。

秋子：不用，下次你付吧。

就在這時店員過來結帳。

41 當晚 公寓 走廊

秋子和綾子提著購物袋歸來，拿鑰匙開門。

42 室內

兩人進屋。

綾子：媽媽，累了吧？

秋子：嗯，不過很開心。

說著面對矮桌坐下。

綾子：啊，我忘了。

秋子：什麼？

綾子：（一邊打開包裹）即溶湯……算了，會有人帶去的吧。

秋子：這樣啊……家裡的已經沒有了嗎？

綾子站起來去了鄰室。

43 鄰室

綾子把灶台上方木架上的鐵罐打開看了看。

綾子：只剩三個了。

說著放回原處折回來。

44 剛才的房間

綾子返回——

　　秋子：你有些奇怪的地方很像你爸爸。

　　綾子：什麼？

　　秋子：每逢要外出的時候，事無巨細的都要準備得穩穩當當才放心。你
　　　　　爸爸也是這樣，不過是去趟溫泉，連輕石也要帶上。

　　綾子：哦，就是那個磨腳底的輕石吧，我記得呢。哎，媽媽，好想去一
　　　　　趟溫泉啊。

　　秋子：（點頭）你還記得嗎？去修善寺那次的事。旅館的大水池裡有好
　　　　　多鯉魚。

　　綾子：哦，我餵牠們吃奶油花生米，牠們啪嗒啪嗒吃個不停。

　　秋子：第二天早上一看，那鯉魚露出白肚皮浮在水面上……

　　綾子：當時真是嚇壞了，爸爸倒是笑得不行……

　　秋子：不過，跟你爸爸旅行，那是最後一次吧……楓樹的新葉真美……

　　綾子：要不，等存了錢去哪裡旅行吧？

　　秋子：去哪裡？

　　綾子：買環遊車票到處逛唄，還可以順便去伊香保的伯父那裡……

　　秋子：好啊，去一次吧。你要是出嫁了，就不能那麼玩兒了……

　　綾子：媽媽一說就說到那事上去了。您就那麼想把我嫁出去嗎？

　　秋子：那可不，反正總是要嫁的……

　　綾子：我不嫁，才不嫁呢，一直這樣就好。可是媽媽，如果我有了喜歡
　　　　　的人……您會怎麼樣？

　　秋子：怎麼樣？

　　綾子：會寂寞嗎？

　　秋子：即使寂寞，那也是沒辦法的事呀。只有忍耐啊，你的外婆一定也
　　　　　曾經為我忍耐過。母女本來就是這樣的啊……

稍許的沉默——

　　綾子：媽媽，差不多該睡了吧。

　　秋子：是啊，明天也要早起呢。哎，今天真開心啊……

然而兩人都捨不得起身離開。

45 高原上的道路

遠望是連綿的山巒，東興商事的一群年輕人，杉山常男（31 歲）、綾子、
百合子之外，還有服部進（32 歲）、高松重子（25 歲）等一共七人。
每個人都背著雙肩包，朝氣蓬勃地走著。
充滿活力的歌聲——

46 當晚　山間小屋

窗口透出燈光。

47 小屋內

夜宿於此的年輕人們。他們有的正圍桌打麻將，有的在寫明信片——
百合子與服部，還有 A、B 正圍坐著打麻將。

　　百合子：（自摸了）好啦，胡——

　　Ａ：胡了？太快了吧。

　　服部：這個，你丟掉的嗎？

　　百合子：是啊。

　　服部：那我出這個。

　　百合子：好，就是它。胡，連串的寶牌，三翻——

　　Ｂ：喂，別那麼拿呀，別從新郎這裡拿呀。

　　百合子：這有什麼，上次不是才給了他喜錢嗎，對不對？

　　服部：這麼重，怎麼把這玩意兒帶來了。

　　Ａ：（對另一邊）夫人，你相公正傷心呢。

在另一邊——擺著上下床，綾子和杉山還有重子正在寫明信片。

　　重子：（回頭看了一眼）是嗎，也別讓他太傷心了。

　　杉山：（抬頭對重子）哎，你還真能說，這話倒像是老婆說的。

　　重子：（不理他。對綾子）清爽的「爽」怎麼寫來著？

　　杉山：才不清爽呢，你老公煩人得很。

　　綾子：「爽」字？它是……

　　重子：不用了，我寫了假名。

繼續寫明信片。

杉山：（抬起臉）喂，三輪君，聽說你把後藤給甩了？

綾子：（抬起臉）什麼？

杉山：三和商事的後藤啊。昨晚我們在新宿的威士忌酒吧一起喝酒，他說是讓你給甩了。

綾子：不是的，我才沒甩他呢。

杉山：他人很不錯的，別甩人家。

綾子：跟你說不是，我沒有甩他。

重子：什麼啊？什麼事？

杉山：沒你的事，你只管閉了嘴想著你老公吧。（對綾子）那麼好的一個人，為什麼要拒絕呢？

綾子：……

杉山：我重新幫你介紹吧？

綾子：用不著。

杉山：我幫你介紹吧，別客氣呀。

綾子不作答，繼續寫明信片。

杉山見狀，也繼續寫起來。

48 大樓（東興商事）的窗戶

明媚的陽光照著——

49 辦公室

正在工作的百合子和綾子——

綾子：（看了看手表，對百合子）哎，差不多了。

百合子點點頭，放下工作和綾子一起走出。

50 走廊

兩人走出來，快步走向樓頂——

51 樓頂

兩人走出來。

百合子：火車上一定有許多新婚夫婦吧，因為都說今天日子好。重子坐
　　　　在車裡會是一副什麼表情呢？

綾子：他們倆是面對面坐著，還是並排坐呢？

百合子：愛怎麼坐怎麼坐唄！兩人不知多得意呢。啊，來了來了！

兩人揮手。

52 遠處的高架線

下行的湘南[6]電車駛過。

53 屋頂

兩人揮動的手漸漸變得無力。

百合子：什麼呀，重子這傢伙，還說什麼要從窗口揮舞花束……

綾子：她是不是忘了啊？

百合子：不可能忘的，她口口聲聲說的……

綾子：她一定是害羞吧。

百合子：可是，今天的喜宴，本該邀請我們參加的呀。
　　　　嗯嗯，完全應該邀請的。

綾子：她忘了吧。把我們都忘記了。

百合子：可是，當初我們一起進公司，大家相處得那麼好……

綾子：大家慢慢地就會變得疏遠了。

百合子：那樣的話，結婚也太沒勁了。男人也是這樣嗎？

綾子：誰知道呢……

百合子：如果我們的友誼只是到結婚為止的臨時過渡，那也太寂寞了。
　　　　多沒勁啊！

綾子：是啊……

百合子：哼，當別人是傻子呀！

說著把腳下的什麼東西踢飛了。

6　湘南，神奈川縣南部一帶的別稱。

54 數日後　傍晚時分的銀座

霓虹燈已開始閃爍。

55 高爾夫球用品店內

間宮正揮舞高爾夫球杆。

店員遞過一個裝了球盒的紙包。

　　店員：讓您久等了。

　　間宮：哦。

　　店員：明天星期天，看樣子會是個好天氣吧。

　　間宮：那就最好了。再見。

　　店員：多謝光臨。

間宮走出。

56 店外

間宮走出來，橫穿過街道，走進面前的咖啡館。

57 咖啡館裡

間宮在一角的座位上坐下。

　　店員：歡迎光臨。

　　間宮：哦，來一杯水。還要杯咖啡。

店員離開後，間宮從口袋裡掏出藥片，忽然看見了什麼。

只見對面的座位上，綾子和杉山正在交談。

間宮笑瞇瞇地看著這情景——

像是去了洗手間回來的後藤正走向綾子的座位。

　　後藤：呀，久等了——

三人起身要走，與間宮撞了個對臉。

　　綾子：哎呀——

　　間宮：呀……

　　後藤：啊——

說著鞠了一躬。

　間宮：竟然在莫名其妙的地方遇見了。

　後藤：唉⋯⋯

　間宮：（對綾子）阿綾，這是去了哪裡？

　綾子：那個，電影⋯⋯

　間宮：電影啊⋯⋯（對後藤）怎麼樣？不坐下嗎？

　後藤：啊，不過⋯⋯

　間宮：還要去哪裡嗎？

　後藤：不，已經要回去了。（對綾子）那我告辭了。（對間宮）請多包涵。

說著急急忙忙地離開了。杉山也一起走了。

　間宮：不一起去沒關係嗎？

　綾子：哎，沒關係的。

　間宮：那，坐吧。

　綾子：好的。

這時店員說著「讓您久等了」，端來冰水和咖啡。

　間宮：要點兒什麼嗎？

　綾子：不，不用了。

待店員離開。

　間宮：（笑瞇瞇地）這究竟是怎麼回事啊？

　綾子：什麼怎麼回事？

　間宮：唉⋯⋯跟後藤的事啊。

　綾子：今天是第一次見他。嗯，是另一位的介紹。

　間宮：我不也介紹了嗎？是我在先啊。

　綾子：可是⋯⋯

　間宮：可是什麼？

　綾子：那位杉山先生是我們公司的同事，他和後藤先生是朋友，所以杉
　　　　山先生⋯⋯

　間宮：杉山先生怎麼都成。那你覺得如何呢？

　綾子：覺得什麼？

　間宮：後藤呀。

綾子：我跟後藤先生今天初次……

間宮：這個剛剛聽你說過了。

綾子：討厭！叔叔您拿我逗樂呢！

間宮：我可沒逗你，我是認真的。

綾子：我不知道。

間宮：不知道？真的嗎？

綾子：（羞澀地）不知道。

間宮：不知道啊，是嗎？那可就為難了。不過，後藤人很不錯，你也中
　　　意他的話，怎麼樣？事情是不就簡單了？

綾子：簡單……指什麼？

間宮：就是結婚啊。

綾子：我才不要呢。

間宮：不要，是不願意嗎？

綾子：可是叔叔，假如說，即便我有了喜歡的人，因為種種原因使我不
　　　能跟他結婚，也會有這種情況對不對？

間宮：是嗎？什麼樣的情況？比如經濟條件之類……

綾子：這方面也有……

間宮：其他，還有什麼啊？

綾子：比如我，也因為是跟媽媽同住……

間宮：你要考慮這個的話……要是在意這個，你豈不是一直都不能出嫁
　　　了？

綾子：即使不嫁，也沒關係的。

間宮：那怎麼行呢。女人一輩子……

綾子：叔叔，我覺得，戀愛和結婚應該分開考慮。

間宮：哦？這話是什麼意思呢？

綾子：是什麼意思，那個……

間宮：也就是說婚外戀也不要緊嗎？

綾子：我沒有那種不正經的想法。

間宮：啊，是嗎？失敬失敬。

綾子：我的意思是，戀愛和結婚如果能一致的話，那再好不過。但就算

不一致，我也不認為那就是不幸。即便那樣也足夠快樂的了。這世間，難道不是那種情況更多嗎？

間宮：是嗎？可你不覺得寂寞嗎？

綾子：才不會寂寞呢，這世間跟叔叔您年輕時不一樣了。

間宮：這話說是這麼說……

綾子：我這樣的，跟媽媽兩人在一起就很快樂了。我覺得很幸福，一直這樣就好。

間宮：你真是相當愛你母親啊。

綾子：也不見得吧，我們還常常吵架呢。

間宮：那就證明是有愛的啊。關係如果不那麼好，母女也不會吵架什麼的。

綾子：是這樣嗎？

間宮：就是這樣，我想是的。唉，你媽媽是個好媽媽，你也真是個好孩子啊。

58 高爾夫球場

敞亮的景色。

59 俱樂部會所

那裡的看台上坐著田口、間宮、平山三人——

田口：唉，最近的年輕人都很現實啊，雖然其中也有奇怪的傢伙。

平山：不過，那也可以理解不是嗎？

田口：理解什麼？

平山：戀愛和結婚分開考慮這事啊。

間宮：那說明世道越發艱難了。

田口：那就是說，阿綾她，似乎還挺喜歡那個男人的？

間宮：唔，要我看的話是這樣的。她反覆解釋說那是頭一次見面，我覺得已經是第二次或第三次了。

平山：那麼那個杉山是幹什麼的？

間宮：哦，他不相干的。

平山：那就是說問題還是在她媽媽這裡。

間宮：就是的啊。

田口：那，還不簡單嗎？

間宮：什麼？

田口：先讓她媽媽結婚呀。

間宮：再婚嗎？

田口：是啊，然後再嫁女兒。兩個人一起解決。

間宮：能行嗎？

田口：一定能的。就看你怎麼跟她提起了。

平山：這也許倒是個好主意呢。

間宮：如果能辦成，那可真是再好不過了。

田口：可以的，我覺得行得通。秋子女士那麼美，誰都會想娶的。

間宮：那你，去找秋子見一面，問問她有沒有再婚的意思……

田口：我嗎……

間宮：就是啊，難道不是你提的頭嗎？

平山：你最合適了。

間宮：試試看嘛。

田口：那，我就去試一試吧。

平山：去吧去吧。

田口：可是沒有對象啊。

間宮：唔……平山怎麼樣？

平山：我嗎？

田口：是的，這說不定倒真是好主意呢。

平山：別開玩笑，那不行。我才不幹呢。再怎麼說，跟老友三輪的妻
　　　子……

田口：那很好啊，思想別那麼古板……

平山：我才不幹呢，我不幹。那麼不道德的事……

間宮：有什麼不道德啊，你是鰥夫，對方是寡婦啊。

平山：道理上是這樣的，但我不幹，絕對不幹。你就算了吧。

田口：是嗎。那就沒法子了。

間宮：（對田口）那你去打聽一下如何？

田口：那就這麼辦吧。

平山：喂，可別隨便舉出我的名字啊。知道嗎？

田口：你這傢伙真不知好歹，誰知你做鰥夫守到今天是圖什麼呢？

間宮：嗨，真是的，巴不得能代替你啊。

田口：對，巴不得能代替你啊。

說著笑了。話說到這地步，平山的心情似乎開始有了動搖。

60 當晚　平山家　玄關

平山回來。像是在想心事。

家政婦富澤（45 歲）出來迎接。

富澤：您回來啦。

平山：哦。

兒子幸一（21 歲）出來。

幸一：您回來啦。

平山：哦。你在的啊？

說著走進屋裡。

61 起居室

三人走來。

富澤：先生您的晚餐？

平山：哦，已經吃過了。（對幸一）你呢？

幸一：我可等不到這時候，早就吃了。

平山：是嗎？

富澤走出。

幸一：成績怎麼樣？打中了嗎？

平山：馬馬虎虎……（然後歎息）咳……

幸一：怎麼了？

平山：沒什麼。

幸一：怎麼沒精打采的？

平山：唉……

幸一：出什麼事了嗎？

平山：不是，也沒什麼事。你怎麼想呢？

幸一：什麼？

平山：爸爸回絕了，有人問我要不要娶老婆。

幸一：給我嗎？

平山：不，是我。

幸一：是爸爸的啊？

平山：唔。

幸一：對方是誰呀？

平山：唉，且不說對方是誰，你怎麼看的？

幸一：什麼怎麼看，那要看對象是誰了。是我認識的人嗎？

平山：嗯。

幸一：是誰啊？您說說看。別瞞著我。

平山：怎麼會瞞著你呢。

幸一：那麼是誰呀？您倒是說呀。

平山：唔……你知道三輪阿姨吧。

幸一：哦，她呀，不得了，要是她就太好了。

平山：是嗎？很好嗎？

幸一：當然了。爸爸回絕了嗎？

平山：嗯，算是吧。

幸一：也太傻了吧，怎麼可以回絕呢？

平山：是嗎？

幸一：就是啊。

平山：那麼你很贊成嗎？

幸一：當然贊成了。跟您說吧，爸爸，我之前就覺得，您應該早點兒娶
　　　個後妻呢。

平山：哦？為什麼？

幸一：因為啊，我也會結婚對吧？到時候爸爸一個人，會到我家來對不
　　　對？多礙事啊，那我老婆也太可憐了。

平山：混帳——

幸一：不過啊，那樣的話，就算是爸爸也會不樂意吧。
　　　所以您只管娶了三輪阿姨吧，機會難得不是嗎？

平山：機會？

幸一：但人家到底願不願來呢？

平山：唉，那還不知道。

幸一：什麼呀，還不知道啊。要有自信啊，自信。

平山：唔，你也贊成嗎……

幸一：嗯。贊成，非常贊成。

平山：是嗎……

說著站起來去了鄰室，脫去外套，不禁伸展手臂做起了體操。

幸一：爸爸，怎麼突然精神起來了？

平山：嗯？

回頭看了看，嘴裡支吾著，故意做出拍打肩膀的樣子。

62 間宮的公司　走廊

前台的女職員領著平山走來。
她敲了敲常務室的門，聽見回音後，

女職員：請。

63 室內

間宮起來迎接。

間宮：哦，什麼事？

平山：唉，沒什麼，今天也是好天氣啊。

間宮：是啊，最近這段時間一直是這樣。

平山：哦，還真是的。對了，昨晚地震了。

間宮：是嗎，我沒感覺到啊。

平山：真的有地震，不過很小。

間宮：今天怎麼了？有什麼事嗎？

平山：嗯，就是上次的事。

間宮：什麼？

平山：哎，就是在高爾夫球場的那次。

間宮：哦，你學生就職的事啊。

平山：不，是在會所說的那事。

間宮：什麼事來著？

平山：就是三輪夫人的事啊。

間宮：哦，候補者找到合適的人了嗎？

平山：嗯，怎麼說呢……我也好好考慮過了。

間宮：考慮什麼？

平山：真不好意思。當時你說的那事，我兒子也很贊成。

間宮：什麼事來著？

平山：你明明知道的呀。

間宮：沒有啊，完全不明白你說什麼。

平山：別糊弄人啊。唉，我是說真的。田口已經去了她那邊了嗎？

間宮：不清楚……可你當時不是很不積極的嗎？

平山：嗯。是這樣的，的確是這樣的。可是一個人有些事很不方便。

間宮：不方便，你不是有家政婦嗎？

平山：有是有，可總有些事不那麼那個啊。

間宮：你是說有時候癢處夠不著對吧？

平山：嗯，算是那樣吧。

間宮：所以，你是有哪裡突然癢起來了吧。

平山：就算是那樣吧。

間宮：雖然不曉得你哪裡癢……所以，你就想該怎麼辦是嗎？

平山：所以，也就是說，那個，能不能請你，大致呢，跟對方……

間宮：那還是田口更適合吧。

平山：不，那小子不成，總是說些不該說的話。我還是想拜託你。

間宮：我嗎？

平山：是的。有勞你了。

間宮：這樣啊……

說著站起來打電話。

間宮：叫日東電機的田口先生。

平山：找田口，不要緊嗎？

間宮：不要緊的。本來也說好了該他去的。

平山：可是，那小子成事不足……

間宮：你是說他會壞事嗎？（對方似乎接通了電話）啊，喂，什麼？田
口先生出去了？（說著放下話筒）說他不在呢。

說著折回原地——

間宮：我會幫你交代他。

平山：哦，請盡量快一點啊。

間宮：你有那麼癢嗎？

平山：是啊，這種事，不管多大年紀都很難為情的。

說著不自然地乾笑了幾聲。

64 夜晚　西銀座的酒吧「LUNA」

酒吧的招牌——

65 酒吧店內

間宮一個人在吧台前喝著酒。

在女人們「歡迎光臨」的招呼聲中回頭一看，田口來了。

田口：平山呢？

間宮：還沒來。你去了嗎？

田口：嗯。

間宮：怎麼樣了？

田口：事情變得微妙起來了。喂，給我也來一杯威士忌，加水。

女子：好的。

間宮：我還是這個，再來一杯。

女子：好的。

間宮：究竟怎麼回事？微妙什麼？

田口：完全沒門兒。人家說根本沒有再婚的想法，完全沒有。從頭到尾，
都在說死去的丈夫。

間宮：哦，那有沒有說起阿綾和後藤的事呢？

田口：哦，那倒是說了。

間宮：她怎麼說的？

田口：「哦，這樣啊。」還笑著呢。

間宮：是嗎？那平山的事呢？

田口：那事怎麼說得出呢？簡直就像專門去聽了一通三輪的戀愛故事一樣。還掉了幾滴眼淚呢。

間宮：那就沒提平山的事嗎？

田口：嗯，沒提。

一聲「久等了」，店員端來剛才點的酒。

間宮：平山他可是當真了。

田口：不過，給平山太可惜了。她真美啊。一如既往。掉眼淚那模樣，真想讓你也看看。

間宮：是嗎？

田口：不是有那樣的說法嗎，雨中帶愁的海棠。那還不止，還給我削了蘋果呢，用那白嫩的手……

間宮：那，你吃了嗎？

田口：嗯，好吃極了。（從衣兜裡取出菸斗）還得了這個呢。

間宮：你小子，到底幹嘛去了？

田口：你說我幹嘛去……

間宮：平山可怎麼辦呢？平山……

田口：唉，沒辦法了唄，暫且別管他吧。

間宮：可那小子可著急呢。

田口：著急怎麼著，你就讓他往癢處塗點曼秀雷敦吧。

間宮：那就先不管他。

田口：管他呢管他呢。

女人迎客的招呼聲。

間宮：（看了看）來了來了，他來了。

平山走來。

平山：呀。

田口：哦。

平山：我來晚了。

說著並排坐下。

兩人沉默著。

平山有點不自在。

　間宮：（稍過了一會兒）喂，喝什麼？

　平山：哦，什麼都行啊。

　間宮：是嗎？

然後又陷入了沉默。

平山越發不自在了，然後伸手去拿田口面前的花生米。

　間宮：這裡也有。

說著把自己面前那份遞給他。

　平山：田口，那個，你替我去了嗎？

　田口：嗯，去是去了⋯⋯

　平山：你給我提了嗎？

　田口：嗯，提是提了⋯⋯

　平山：結果怎麼樣？

　田口：停頓。（然後自言自語般）唉，急不得啊⋯⋯

　平山：── ？

　間宮：（也是自言自語般）嗯，急不得啊⋯⋯

　平山：── ？

平山沒精打采地吃花生米。

間宮和田口都用菸斗蹭了蹭鼻子[7]。

66 星期天下午　間宮家　走廊

籠子裡的金絲雀啼叫著。

7　據說鼻子上的油脂可以保養菸斗。

67 起居室

田口的太太信子走來,正在與間宮的太太交談。

文子:哦,那平山先生多可憐啊。

信子:對呀,拿人家當開心果,兩人偷著樂呢。

文子:太不像話了,不論我家的,還是你家的。

信子:可你家那位還算好的,我家那位上次還說呢:「我要是死了,你
　　　會再婚嗎?」我說結一次就夠受的了,然後人家說:「哦,那我
　　　可是要再婚的。」問他跟誰,他竟然大言不慚地說:「那當然是
　　　跟秋子嘍。」

文子:是嗎?我家那位肯定也是一樣的。

信子:人長得美,總是凡事都占便宜啊。

文子:是啊,真叫人羨慕。

信子:不過秋子那邊,突然跟人家提再婚的事,人家也不好就這麼答應
　　　呀。換了我也不會的。

文子:即便是我也一樣,就算有那份心思也不會說呀。

信子:就是,他們太不會說話了。

文子:就是。

說著兩人都笑了。這時路子走過來,一副出門的打扮。

路子:媽媽,我去去就回。

信子:路子,約會嗎?

路子:是啊,從傍晚開始的夜場。還是阿姨好說話。

說完離去。

文子:現在的孩子真叫人頭疼啊。

信子:我家的那才叫煩人呢。還是我們那時候好啊,最多就是嚮往一下
　　　少女歌劇之類……

文子:是啊,《我的巴黎》呀,《菫花開放的時候》呀[8]……

信子:現在都是什麼呀,搖擺舞啦,貓王啦……連花兒都流行白鐵皮上
　　　塗油漆那樣的呢。

8　皆為寶塚歌劇團的代表劇碼。

文子：真是的。

兩人又笑。

這時間宮走出來。

間宮：來啦。

文子：你呀，剛剛我們還說呢，就是三輪家女兒的事。

間宮：哦。

文子：還是女兒先定下來更好吧？

信子：我覺得再怎麼也不至於連秋子再婚的事也要操心。

間宮：不過，那可是你丈夫提的頭啊。

信子：這樣啊？不過，他在家還說是間宮先生呢。

間宮：不是的，是田口啊。

文子：究竟是哪個……

間宮：那當然是田口啊。

信子：他說您看到秋子掉眼淚的樣子，非常美呢。

間宮：那小子，竟然連這話都說了，太不像話，簡直就是顛倒黑白。那麼說，蘋果也成了是我吃的是嗎？

信子：是的。

文子：還說你覺得非常好吃呢。

間宮：混帳。那……反正就按你們的高見來，先解決阿綾的事吧。

文子：那當然啦。（然後轉向信子）對不對？

信子：對呀對呀。

間宮：唉，傷腦筋啊……

說著離開。

信子和文子面面相覷，憋不住地笑了。

68 鰻魚店「竹川」所在的小巷

綾子走來。

然後走進「竹川」。

69 同前 店內

女店員招呼著「歡迎光臨」迎上來。

綾子：請問，間宮先生？

女店員：哦，正等著呢。

70 包間

間宮正喝著啤酒——

間宮：啊，阿綾，這邊。

綾子走過去。

間宮：請進。

綾子：我來晚了。

間宮：這地方好找嗎？

綾子：好找的。

間宮：（看了看表）午間休息，沒那麼多時間細說，就直接進入正題吧。
其實是關於你的婚事。後藤怎麼樣？

綾子：什麼怎麼樣？

間宮：就是想問你，是喜歡，還是討厭？

綾子：不討厭。

間宮：那就是喜歡了。後藤也是這麼說的。

綾子：……

間宮：那不是很好嗎？那事情就可以推進了。好嗎？

綾子：可是叔叔……

間宮：什麼？

綾子：我還沒有考慮結婚的事。

間宮：哦，之前聽你說過的。

綾子：所以，若要現在立刻回覆，我……

間宮：可如果喜歡，在一起不就很好嗎？

綾子：可我要是結了婚，媽媽怎麼辦？

間宮：哦，你媽媽……

綾子：是的。

間宮：關於這件事，我們也都很擔心。不會讓你為難的。

綾子：您這是什麼意思呢？

間宮：沒什麼。比如你媽媽能再婚的話，你覺得如何呢？

綾子：再婚？我媽媽有這樣的事嗎？

間宮：哎，也不是沒有啊。

綾子：（垂下頭)……

間宮：你覺得如何？

「久等了──」店員端來了點好的飯菜。

過程中綾子一直低垂著頭。

女店員離開──

間宮：怎麼了？你好像很想不通呢。快吃吧。

綾子：（抬起臉）這件事已經定下來了嗎？

間宮：什麼？你媽媽的事嗎？

綾子：是個什麼樣的人呢？

間宮：對方嗎？

綾子：是的。

間宮：你和你媽媽從很久以前就很熟悉的，平山這人如何……

綾子：（忍不住插話）平山先生？

間宮：怎麼樣？不行嗎？

綾子：……

間宮：不過並不是已經說定了的。

綾子凜然凝視著間宮。

間宮：怎麼樣？

綾子沒有作答，低垂了目光。

71 當晚　公寓　走廊

綾子帶著凝重的表情歸來。

72 室內

秋子正往矮桌上擺放晚飯的杯盤。

綾子走進來。

　　秋子：啊，回來啦？

說著走進屋裡取什麼東西。

綾子不高興地打開衣櫃，把外套掛上衣架。

秋子拿了東西走出來。

　　秋子：肚子餓了吧？今天什麼也沒有。本來想買點兒什麼回來，可媽媽
　　　　　回來得晚……

秋子忽然抬起臉看綾子。

　　秋子：怎麼啦？出了什麼事嗎？

　　綾子：……

　　秋子：你怎麼了？究竟怎麼了？

　　綾子：……

　　秋子：今天啊，有件稀奇事，媽媽在電車裡見到了一個人。你還記得
　　　　　嗎？戰爭結束以後，就是那個，時常給我們家送米來的那個，鴻
　　　　　巢那邊黑市的阿姨。

　　　　　她打扮得可漂亮了。我還以為是哪裡的富太太呢……

　　綾子：（嚴厲的表情）媽媽。

　　秋子：（不經意地）什麼？

　　綾子：媽媽，你有什麼事瞞著我嗎？

　　秋子：瞞什麼？

　　綾子：今天我被間宮叔叔叫去了，他全都告訴我了。

　　秋子：（不解的樣子）告訴你什麼呀？

　　綾子：媽媽要再婚嗎？

　　秋子：（吃驚地）啊？再婚？

　　綾子：您何必瞞著我呢！

　　秋子：怎麼回事啊！

　　綾子：我都知道呢！

　　秋子：你知道什麼呀！什麼事啊？媽媽完全不明白……

　　綾子：別糊弄我。媽媽這麼做，難道不覺得對不起爸爸嗎？平山先生難
　　　　　道不是爸爸的朋友嗎！

秋子：平山先生到底怎麼了啊？

綾子：你還要隱瞞嗎？這樣的事，為什麼要瞞著我啊！

秋子：隱瞞什麼呀？

綾子：夠了！我受夠了！我還以為媽媽不是那種人呢！我最討厭那種
　　　人！

秋子：你在說什麼呀，阿綾……

綾子：好骯髒！我最討厭這樣的！

說著站起來，拿了手提包。

秋子：阿綾！你去哪兒？你要去哪裡呀？

綾子：別管我！我討厭這樣的媽媽！

緊追在後的秋子眼前，「砰」的一聲，門被粗暴地關上了。

73 當晚「芳壽司」店內

只有三個客人——

老闆芳太郎（52 歲）在捏壽司，老闆娘久子（46 歲）在給客人上酒上茶。

另外還有一個壽司師傅——

客人一：喂，墨魚。

芳太郎：好的。那邊的客人呢？

客人二：（遞過茶杯）我喝這個。

芳太郎：好的，熱茶。

如此這般——

這時綾子走來。

壽司師傅：歡迎光臨！

久子：（迎接）哎呀，歡迎光臨。

綾子：請問，百合……

久子：啊，她在的。（向二樓）百合！三輪小姐來啦！（然後對綾子）
　　　來，請進請進，樓上請……

百合子從二樓走下來。

百合子：哎，來啦？上來吧。房間裡亂糟糟的。

久子：來，請。

綾子跟隨百合子走上二樓。

店裡——

芳太郎：（對爛醉的客人三）老闆，後面還要加嗎？蛤蜊……

客人三：哦，加吧。

芳太郎：老闆，您很喜歡吃蛤蜊啊。

客人三：哎，蛤蜊多好吃啊。蛤蜊一三五，章魚二四六呀……

壽司師傅：要章魚嗎？

客人三：老繭[9]已經長了。

壽司師傅：啊？

客人三：要蛤蜊啊。要軟的，蛤蜊是新手嗎……

　　　　哦哦，然後給我來赤貝啊。

芳太郎：好的。

74 二樓（百合子的房間）

百合子與綾子——

百合子：那你，是怎麼說的？

綾子：你說那樣誰受得了啊。而且對方是我爸爸的朋友啊，好骯髒啊。

百合子：嗯，所以你就跑出來了？

綾子：是啊，那種事，你不覺得很髒嗎？

百合子：嗯？哦，那種事……

綾子：是啊，連我都還清楚地記得爸爸的樣子，媽媽怎麼就已經忘記了
　　　似的……那種事，我怎麼想都無法原諒……

說著低下了頭。

百合子：我說你呀……

綾子：——？

百合子：我理解……可你未免太任性了吧。

綾子：任性什麼？

百合子：你也該設身處地為你媽媽想一想。

9　老繭，日文中老繭與章魚同音。

綾子：你這話什麼意思？

百合子：因為，你媽媽也是女人啊。你得考慮到這一點啊。

綾子：什麼意思？

百合子：你自己有了喜歡的人，為什麼偏偏對媽媽那麼嚴厲呢？豈不是
　　　　太自私了？要是我的話，就默默旁觀。

綾子：你遇上這種事，就那麼不介意嗎？

百合子：當然不介意了。媽媽不還是媽媽嗎？

綾子：站著說話不腰疼……

百合子：不，不是的！我後媽來的時候我都沒在意，但並不是說我就忘
　　　　了死去的媽媽。即使現在，我一閉上眼睛，依然能清清楚楚地
　　　　想起我媽的模樣。我爸爸是個很隨便的人，可那又怎麼樣呢？
　　　　因為爸爸依然是爸爸啊。

綾子：可是我不那麼想。

百合子：就算你不那麼想，事情也是那樣的。這個世道，並不是像你想
　　　　像的那麼美好啊！怎麼跟個小寶寶似的……

綾子：……

久子從樓梯口探出頭來——

久子：百合，這個……

說著遞上壽司。

百合子：謝謝。

走過去取壽司。久子放下壽司離開。

百合子：（端了壽司過來）怎麼樣，不吃嗎？

綾子：我要回去了。

百合子：回去？你不住一晚再走嗎？

綾子：我要回去。

百合子：那，吃了這個再走吧。

綾子：夠了。

百合子：真的要回家？好，回去吧回去吧。什麼呀，小屁孩！

綾子走下樓梯離去。

百合子目送她，面露苦笑，一邊拿壽司吃。

75 當晚 公寓 室內

已經鋪好兩床被褥。秋子坐在那裡沉思。

傳來門把旋轉的聲音，綾子沒精打采地回來了。

　　秋子：哎……（迎上去）你去哪了？

　　綾子：……

　　秋子：突然跑出去，這不叫人擔心嗎？你究竟去哪兒啦？

綾子默不作聲地走進裡間去了。

76 裡間

綾子走來，在那裡無力地坐下。

秋子走來。

　　秋子：你到底生什麼氣啊？你誤會些什麼呀？

　　綾子：……

　　秋子：你從間宮先生那裡聽說什麼了？

　　綾子：……

　　秋子：你以為媽媽瞞著你什麼事嗎？沒有任何必要瞞著你啊。

　　綾子：……

　　秋子：明明是你有事情沒跟媽媽說。

　　綾子：什麼事啊？

　　秋子：後藤先生的事。

　　綾子：—— ？

　　秋子：你才瞞著媽媽呢，不是嗎？明明有了喜歡的人——媽媽就等著看
　　　　　你什麼時候開口呢。

　　綾子：……

　　秋子：聽說是個很不錯的人，媽媽還暗自高興呢……為什麼不對我說
　　　　　呢？

綾子突然站起來走了出去。

秋子默默地目送她。

77 剛才的房間

綾子走來，在被褥上坐下沉思。

78 裡間

秋子也一動不動地在那裡想心事。

79 翌日早晨　東興商事　走廊

上班時間。
杉山、百合子他們都上班來了。

　　百合子：早安。

　　杉山：哎，早安。

百合子走進辦公室。

80 辦公室

綾子正收拾桌子。百合子來上班了。

　　百合子：早安。

　　綾子：⋯⋯

　　百合子：什麼呀，還在生氣呢？哼，你就生你的氣吧！

　　　　　　今天生明天生後天也生⋯⋯

說著一笑。

綾子不理她，繼續工作。

81 從屋頂俯瞰的景色

今天也有湘南電車駛過。

82 屋頂（午間的休息時間）

男女同事們熱鬧地玩耍著。其中綾子獨自一人在一旁默然地俯視著湘南線的電車。

83 當天傍晚 拉麵店（有樂町一帶）

店裡幾乎坐滿了……

一旁的座位上坐著綾子和後藤，兩人正在吃拉麵。

後藤：（一邊吃著）那可不行。不該吵架啊。

綾子：……

後藤：像我，可能是因為母親死得早，常常會想，唉，要是那時候沒有
為那樣的事吵架就好了。有時忽然想起來，心裡還是會很難過。

綾子：（停下筷子）……

後藤：我老家在伏見，伏見從前有一種泥塑的布袋和尚的人偶。我家廚
房的櫥櫃裡也擺著一些……你怎麼啦？（看了綾子一眼）記得是
初中三年級的時候，我為一件很無聊的事發了怒，把那些人偶一
下子全摔壞了。

我母親那時的表情，我現在還記得很清楚。真是為了一件很無聊
的事。那天我餓著肚子回家一看，母親竟然沒做飯。

綾子：（微笑著）……

後藤：那年秋天，我母親就去世了。

綾子：哦……

後藤：唉，還是不要吵架的好，不應該吵架啊。

綾子：（沉靜地）是啊……

兩人又默默地吃拉麵。

84 當晚 公寓 走廊

百合子走來。

敲門。

秋子：哎，哪位？

85 室內

百合子進來。

秋子：啊，歡迎。

百合子：晚安，綾子呢？

秋子：還沒回來。來，請進吧。

百合子：嗯。

說著進了屋。

百合子：阿姨，您猜綾子去了哪裡？

秋子：是啊，會去哪裡呢……

百合子：我大概能猜到。昨晚我聽說了好多事。

秋子：哦，綾子昨晚是去了你那裡呀。

百合子：是啊，阿姨，聽說您要再婚了。

秋子：啊？（一笑）連你也那樣想……

百合子：所以，我都說她了，怎麼能因為這樣的事生氣呢？簡直就像沒
　　　　長大的孩子嘛。阿姨您也會有各種各樣的理由啊。

秋子：（笑著）有倒是有……

百合子：綾子也太自私了。把自己的事擱在一邊，只知道責怪阿姨，所
　　　　以我狠狠說了她一頓。這一來，今天在公司她就不理我了。

秋子：是嗎？

百合子：所以我來看看。說真的，阿姨啊，綾子有點太偏執了。

秋子：（依然面帶笑容）為什麼？

百合子：我要是綾子的話，反倒覺得阿姨再婚了更好呢。

秋子：哦，為什麼？

百合子：因為，要是結了婚，就不會覺得有負擔了。
　　　　這麼說您別介意……

秋子：（忽然落寞地）是啊……也許是這樣呢……

百合子：就是啊，不論誰都會這麼想的。不這麼想的只有綾子啊，黏黏
　　　　糊糊的，真差勁啊。

秋子：這麼說的話，是我礙事呢……

百合子：不，倒也不礙事的。不過，還是有一點點礙事吧。對不起。阿
　　　　姨，您會寂寞嗎？

秋子：（微笑）寂寞也沒辦法啊。只要那孩子能得到幸福，就算寂寞也
　　　　應該忍耐……

百合子：還是阿姨講道理！不過，阿姨能下這麼大決心也真不容易啊！

要不是這樣，綾子會一直都不打算嫁人的。

秋子：是嗎……

百合子：是啊，她就是這麼說的。

秋子：哦。

百合子：只要阿姨這邊定下來，綾子她立刻就會想嫁的。

秋子：這孩子真叫人為難呢……

百合子：真的，叫人為難的孩子。綾子到底為什麼不滿意呢？人家多
　　　　氣派啊。不是嗎，阿姨？

秋子：什麼氣派？

百合子：如果是平山先生——大學老師的話，真是沒的說。而且還是過
　　　　世的叔叔的朋友，那不是更好了，互相非常了解。

秋子：可是百合，那不符合事實啊。

百合子：符合的，符合的。這樣沒事的呀。

秋子：什麼沒事的呀，是不是連你也誤會了什麼？平山先生的事我完全
　　　　不知情啊。

百合子：別騙我哦，阿姨您別害羞啊。

秋子：害羞什麼……真的，我真的不知情啊。

百合子：怎麼會這樣呢……那麼阿姨是真的不知道？

秋子：啊，是呀，我完全不知道啊。

百合子：那就太過分了。怎麼回事呢？竟然亂說這樣的事……這樣啊。
　　　　阿姨您不知道的啊？

秋子：是啊。

百合子：這樣啊？也太捉弄人了。

傳來門把旋轉的聲響——綾子回來了。

秋子：啊，回來啦——

百合子：你去哪兒了？

綾子默不作聲地進裡屋去了。

百合子：什麼呀，還在生氣嗎？因為擔心，我還特意跑來看你呢。

綾子：不用你多管閒事，回去吧。

百合子：我這就走。

秋子：沒事的百合，住一晚再走吧。

綾子：不要啊媽媽，我才不跟那樣的人睡一起呢。

秋子：阿綾你——

綾子：沒事，讓她回去。

百合子：我這就走。哼！那麼阿姨，晚安。

秋子：哦，回去啊？真不好意思。

百合子：沒事的。

說著走出，秋子也站起來。

86 走廊

百合子走出來，秋子也探出頭。

秋子：抱歉啊。

百合子：嗯，沒事的。真是個難纏的孩子。

然後離開。

87 間宮的公司　董事辦公室

間宮正在工作。

敲門的聲音——

間宮：請進。

門開了，女職員探頭進來。

女職員：平山先生來了。

平山走進來。

間宮：喲，怎麼了。

平山：哦。事情有點不妙。

間宮：什麼？

平山：有個奇怪的來客。

間宮：怎麼回事？

平山：總之，你來見一見吧。

間宮：誰？

平山：我讓她在會客室等著。田口也來了。

間宮：是誰呀？

平山走在前面，間宮緊隨其後。

88 走廊

兩人往會客室方向走去。

89 會客室

兩人走來，田口坐在椅子上，對面站著百合子。

間宮：（對田口）喲。

田口：呀。

間宮：怎麼回事？怎麼啦？

田口：唔，這……

平山：就是這位小姐，說是阿綾的朋友。

百合子：我是佐佐木百合子。

間宮：哦，我是間宮……請。

說著示意百合子坐下。平山也坐下來。

百合子：（依然站著，口吻十分嚴厲地）我請問你們，究竟為什麼要說
　　　　些無中生有的事情呢？

間宮：什麼事情？

百合子：就是三輪阿姨再婚的事。

間宮：哦，那事……

百合子：哦什麼哦，明明阿姨毫不知情，你們為什麼要對綾子說那樣的
　　　　話？為什麼要往平靜的水池裡扔石頭挑事呢？因為這件事，綾
　　　　子痛苦極了。為什麼要做這種事去擾亂別人的家庭和睦呢？我
　　　　就是來問你們的，請回答。

男人們面面相覷。

百合子：答不上來嗎？你們這麼做，到底有什麼好玩兒的呢？

間宮：不，不是為了好玩。

百合：那究竟是為什麼？

間宮：（轉移話題）你是百合子小姐吧？先坐下吧。

百合子：不用，這樣就行。

間宮：可是，也別太……

百合子：不用。

平山：（對間宮）唉，你這裡有會客室還不錯啦，我可是在大學裡突然
　　　被這樣將了一軍。

間宮：可是百合……

百合子：請叫我百合子。

間宮：哦哦，失敬失敬。

田口：其實我也已經大致解釋了。

百合子：我又沒問你。

田口：哦，這樣啊。

間宮：可是百合子小姐，你對三輪阿姨的再婚是怎麼看的？不贊成嗎？

百合子：我是贊成的，但那是另一回事。

間宮：不，並沒有不同啊。阿綾這孩子性格就是那樣的。
　　　只要她媽媽沒有再婚，她是不會出嫁的。

百合子：那為什麼先不這麼說呢？綾子媽媽對這位叔叔（平山）的事，
　　　　明明完全不知情啊。

平山：對，這事我也是剛才從這位小姐這裡聽說的。究竟怎麼回事？我
　　　的事情，你們竟然還沒有採取什麼行動嗎？

田口：哎，你給我少說兩句。

平山：可是……

間宮：哎，你就閉嘴吧。（然後對百合子）事情的做法的確是有些差
　　　錯，不過為了讓阿綾美滿地結婚，就必須讓你阿姨再婚。這個你
　　　懂的，對吧。

百合子：我懂。可既然這樣，為什麼……

間宮：哎，其中的差錯我再次道歉。（說著低下頭）請原諒。

田口：我也請你原諒。

間宮：請坐吧。

百合子在椅子上坐下。

間宮：可是，問題是三輪阿姨是否有再婚的想法……

百合子：有是有的。我聽她說了。

田口：她有嗎？

百合子：有的。

田口：（對平山）喂，太好了。

平山：唉……

間宮：那就請百合子小姐也幫個忙吧。首先把你阿姨的事定下來，然後
　　　再定阿綾的事。怎麼樣？

百合子：好的。如果是那樣的話，可以啊。

平山：嗯，這樣的話道理才說得通。

田口：（對平山）你又來勁兒了？

平山：嗯？唉……

百合子：可是，阿姨的對象，已經定下來是這位叔叔（平山）嗎？

間宮：唉，還沒完全定下來……

田口：怎麼？不行嗎？

百合子：沒有不行，我覺得很好。

間宮：好嗎？

百合子：很帥啊。

田口：帥？

間宮：那平山，看來得舉杯慶賀一下了。

平山：（害羞地）唉……

田口：唉什麼唉，該你請客了。

平山：我嗎？啊哈……我請，我請。

平山喜不自禁。

90 當晚「芳壽司」店內

只有一個客人——老闆和老闆娘都不在。壽司師傅獨自捏著壽司。

師傅：接下來要什麼？

客人：吃飽了。啊啊，好舒服。

這時田口、間宮、平山走進來。三人看樣子都已經喝了很多酒。

師傅：哎，歡迎光臨。

緊接著百合子走進來，她用手勢向師傅示意「別說話」。

她也醉得相當厲害。

客人：那就拜託了。

然後離開。

間宮：真夠遠的。你說的好吃的那家，就是這裡嗎？

百合子：是啊。（然後對師傅）給我上熱的。

師傅：好的。

田口：比如目黑的秋刀魚，反倒是這種偏僻地方的小店做得好吃啊。

百合子：偏僻的地方真是委屈您了。（然後對師傅）

　　　　今天老闆和老闆娘都不在嗎？

師傅：哦，有點事出去了⋯⋯

百合子：是嗎？那小姐呢？

師傅：小姐，那個⋯⋯

百合子：（對三人）這家的小姐，長得可漂亮了。真想讓你們見見呢。呃。

平山：百合，你沒事吧？跑到這地方來，回得了家嗎？

百合子：當然回得了，沒事的。叔叔您才應該打起精神來呢。

師傅：下酒菜要什麼？

百合子：酒呢？酒怎麼還不來？

師傅：好的，這就來——

百合子：那邊的叔叔們，吃點兒什麼？

間宮：這裡什麼好吃？

百合子：不論什麼都好吃哦。（然後對師傅）什麼都行，給我快快端上
　　　　來。

師傅：好。

田口：喂，已經吃不下那麼多了。

百合子：怎麼會吃不下！好吃著呢！端上來端上來！

師傅：（勁頭十足地）好——沒問題！

百合子：可是平山君，你真的會好好愛三輪阿姨嗎？

平山：啊，會好好愛啊。

百合子：一直一直，永遠地哦。

平山：啊，會啊。

田口：看把他美得。（對間宮）嘿。

間宮：這個走大運的傢伙，真是的。

師傅：（上酒）來了，熱的。

田口：哦，（接過酒）不過真是太好了，平山君——

平山：唉，謝謝！人真是不能沒朋友啊。

間宮：不過還沒有完全定下來啊。

百合子：可別這麼說！（然後對平山）你呀，真的，真的會好好愛阿姨嗎？

平山：哎，真的會好好愛的。

百合子：要一直一直，永遠地哦。

平山：哎，我會的哦。

百合子：這位叔叔，還是有優點的嘛。

平山開心地哈哈大笑。

田口：（向間宮遞去酒瓶）喂，怎麼樣？

間宮：哦。

這時，老闆娘久子提著送外賣的食盒回來了。

久子：歡迎光臨，歡迎光臨。

百合子：啊，您回來了。

久子：哎，今天好晚啊。

百合子：嗯。

久子走進裡屋去了。

田口：百合，你跟這裡很熟啊。

百合子：嗯。

間宮：時常來嗎？

百合子：嗯，每天。

間宮：每天？

久子從裡屋探出頭來。

久子：百合，你今天沒上班嗎？

百合子：不是的，下午沒上班。

久子：有你的電話。杉山先生打來的。

百合子：他有什麼事？

久子：他說你不在的話，明天再說。

說完，久子轉身回裡屋去了——

間宮：什麼呀，這裡是你家啊。

百合子：（漫不經心地）是啊。剛才那位是我媽媽，我就是這裡的小姐。

田口：可真夠能耐的。

百合子：（對平山）不過叔叔，錢還是要付的哦。不管吃多少都沒關係的。

平山：哦，哦，我會付的。我付，我付。

百合子：（對師傅）喂，只管多多地上，酒也一樣哦。

師傅：好的。

田口：最近的小姑娘可真是不容小覷啊。

間宮：實在太能幹了。喂，金槍魚。

田口：我要蛤蜊，文蛤。

師傅：好的。

間宮一飲而盡，田口接著也端起了杯子——

91 東興商事　從屋頂俯瞰

中飯時間，高樓林立的街區。

92 同前　辦公室

中午休息時間，室內空蕩蕩的。

93 同前　樓頂

正在做投接球練習的年輕的上班族們。談笑風生的青年男女等等——

94 其中一角

杉山和百合子——

杉山：這樣啊。所以三輪君才休假的嗎？

百合子：嗯，說是買了周遊票到處去玩兒呢。

杉山：是嗎？那不是很好嘛，又變得和和睦睦的。後藤也一直擔心這事呢。

百合子：人家可是非常非常好的媽媽，倒是綾子性格有點彆扭。還是親生的媽媽好啊。

杉山：你家不也很好嘛，多好的媽媽啊。

百合子：是挺好的，可總是有點不一樣。就算我這樣的，對我媽媽也是很小心的。

杉山：是這樣嗎？

百合子：看不出來嗎？看不出的話，說明我還是很會演的嘛。

一個球滾到杉山腳下。

杉山把球投回去。

百合子：綾子今天到哪兒了？我還真有點羨慕呢。

杉山：對了，歡送會，還是去山裡嗎？也叫上後藤吧。

百合子：嗯，去吧，去吧。這樣的天氣，去山裡走走多舒服啊。可別待在公司裡。

杉山：就是啊。

95 夜晚　伊香保

溫泉小鎮的外景二三。

96 旅店的招牌

「御宿　俵屋」

97 同前的走廊

修學旅行的女學生們嘰嘰喳喳地走來走去。穿制服的，換了睡衣的等等——其間還有按摩師走過。

98 客房（起居室）

裡間有十帖[10]大小，已經鋪好了被褥。八帖大的起居室裡，坐著秋子和綾子。

周吉也來了。

能聽見女學生們嘰嘰喳喳的吵嚷聲。

　　周吉：阿綾，差不多睏了吧？

　　綾子：沒有，還沒……

　　周吉：不湊巧今天人太多，很吵吧……

　　秋子：不過，去哪兒都是修學旅行的人，日光的旅館都住滿了。（對綾子）是不是啊？

　　綾子：（微笑）總有人穿錯拖鞋，或者弄錯了房間闖進來……

　　周吉：是嗎？那，都沒怎麼休息好吧。

　　秋子：不過，我們玩得相當開心呢。

　　周吉：是嗎，那太好了。

走廊傳來女傭的聲音「打擾了」。

——周吉探出頭去。

　　女傭：老闆，修學旅行的老師在帳房等您……

　　周吉：哦，是嗎，我這就去。

女傭退下後——

　　周吉：這次真是太好了。阿綾找到了好女婿，你也下了決心改嫁……

　　秋子：……

　　周吉：唉，其實我，比起阿綾的事，一直更擔心你的事。

　　秋子：實在是讓您費心了……

　　周吉：哪裡哪裡。太好了……那，你們好好休息吧。

　　秋子：祝您晚安。

　　綾子：晚安。

然後周吉離開——

　　秋子：怎麼樣，差不多睡了吧。

10　帖，計數榻榻米的量詞。

說著站起來去了裡間。

綾子一個人留在原地，翻看週刊雜誌之類。

99 裡間

秋子坐在被褥上，一動不動地思考著什麼。

不覺間修學旅行的人們的嘈雜聲也安靜了。

　　秋子：阿綾，到這邊來吧。

100 起居室

　　綾子：嗯。

說著放下週刊雜誌起身走過去。

101 裡間

綾子走來，同樣也坐在被褥上。

　　綾子：終於靜下來了。那些修學旅行的人，都已經睡了嗎？

　　秋子：……

　　綾子：修學旅行總是非常開心，可我不喜歡最後一晚。想到就要結束了，
　　　　　不知怎麼就覺得好失望……媽媽也有過這樣的經歷嗎？

　　秋子：……

　　綾子：怎麼了？

　　秋子：……

　　綾子：到底怎麼了？

　　秋子：我說阿綾，對媽媽再婚的事，你曾說覺得很骯髒。你是這麼說的
　　　　　吧。

　　綾子：──？哦，那個已經沒事了。對不起，我說了那麼無聊的話。

　　秋子：不，其實媽媽也是那麼覺得的。

　　綾子：──？

　　秋子：媽媽還是想一個人待著。

　　綾子：可是媽媽……

秋子：嗯，我有你爸爸一個人就足夠了，今後也會一直跟你爸爸兩個人一起過下去。這就可以了。事到如今，還要重新從山腳登山，我覺得已經夠了。

綾子：可是媽媽……

秋子：沒事的，你不用再介意媽媽的事，嫁給後藤先生吧。只要你跟喜歡的人在一起，生活幸福，就沒有比這更讓媽媽高興的事了。你把媽媽忘了也沒關係，媽媽一點都不會覺得寂寞的。

綾子：可是，把媽媽一個人留在那樣的公寓裡，我……

秋子：不要緊，沒事的。要是你一直在那樣的公寓裡跟媽媽兩個人過日子，那才是不知怎麼辦才好呢。跟媽媽在一起，是沒有將來的。你還年輕，接下來的日子還長著呢，未來不知還有什麼樣的幸福在等著你。

好嗎？嫁給後藤先生吧。媽媽這裡總會有辦法過下去的。

綾子：……

秋子：對了，還有啊，你不要認為是為了把你嫁出去媽媽才撒謊的啊。

綾子拭去淚水。

秋子：你懂的，對嗎？你懂媽媽的意思吧。

綾子哭泣。

秋子：啊，這次旅行好開心……

這麼說著，秋子也輕輕拭去淚水。

102 窗外

對面的各處房間都已經關了燈。

103 翌日清晨　榛名湖畔

湖畔站著秋子和綾子——

秋子：你還記得戰爭期間，我們疏散到這裡時的事嗎？

爸爸每到星期天回來，當時已經什麼都沒有了，但他總是給你帶點什麼禮物來……真是個好爸爸……

綾子：……

秋子：和你單獨旅行這會是最後一次了……一定要幸福哦。

綾子：……

秋子：你要面對將來，媽媽也要面對將來……

然後母女倆各自滿懷著感慨眺望湖面。

對面的湖岸上，女學生們開心地走過。

104 結婚喜宴　會場的走廊

「後藤家、三輪家　宴席」

婚宴的來客簽到處。

105 拍照

新郎後藤、新娘綾子──

拍照的攝影師。秋子、周吉、間宮、田口、平山、百合子，還有後藤家的親屬等人聚集於此。

美容師為新娘調整好盛裝後返回──

攝影師：那就照了。請新郎官再朝這邊看一點……好，要照囉。（說著摁下快門）就這樣，再來一張──

說著撤換乾板。

106 當晚　築地一帶

有餐館的小巷──附近高樓屋頂的霓虹燈閃亮。

107 餐館的走廊

老闆娘豐從對面出來，對經過的女傭，

豐：哎，你給那邊的包間送點酒過去。

女傭：好的。

108 包間

間宮、田口和平山──

間宮：唉，今天真不錯啊。日子也好，一切順順利利的。

平山：是啊。太好了。

間宮：雖然也相當混亂，但也很有意思嘛。

田口：對，很有意思。再次為阿綾乾杯吧。

間宮：還有，也要為三輪和秋子乾杯。

田口：來，乾杯——

然後各自舉起手裡的白蘭地或日本酒乾杯。

平山：不過，我可不那麼開心啊。

間宮：可是，那也不錯啊，反正最關鍵的目的達到了。

　　　阿綾得到了幸福啊。

平山：那當然好了，可是只有我被利用了一回。你們倒好，都得了菸斗
　　　呢。

田口：這個啊？你也很划得來啊，不也作了個美夢嗎？

間宮：不過，這世間的事，大夥兒湊在一起反而弄得很複雜，哪想到其
　　　實很簡單嘛。

平山：那都是你們弄的呀。

間宮：不過，我真是吃了一驚啊，那個壽司店的姑娘——

田口：哦，那個呀，不也很有趣嗎？偶爾有個像她那樣的挺好，太黏糊
　　　也不好辦呀。

間宮：可是過於爽快也不好辦啊。接下來輪到我家女兒了，做父母的可
　　　受不了啊。

平山：可是秋子今後打算怎麼辦呢？她一個人。

田口：什麼意思呀你，還沒死心嗎？

平山：唉，倒是已經死心了。

間宮：那就是說癢處已經痊癒了，是吧？

平山：唉，癢的地方依然癢著呢。哈哈哈哈哈。

間宮：可是不也很有趣嗎？一想難道這就結束了嗎，還真有點寂寞呢。
　　　其他沒什麼了嗎？

田口：唔。你家女兒怎麼樣？也差不多了吧？

間宮：不，還早呢，絕對不會找你們幫忙。

三人大笑。

　　田口：喂，還是喝吧。

　　平山：哎。

說著接酒。

109 當晚　公寓

秋子正把禮服掛起來。

秋子一個人的被褥鋪著，她顯得落寞而無助。

敲門聲——

　　百合子：阿姨，您已經休息了嗎？

　　秋子：哦，百合——？

百合子進來。

　　百合子：我還想您這會兒怎麼樣了，就來看看您。我們後來都去了銀座。
　　　　　　來。

　　秋子：哦，謝謝。

　　百合子：綾子今天漂亮極了。日本髮髻很適合她。

　　秋子：是嗎？她說很不滿意呢⋯⋯

　　百合子：阿姨，我今後可以時不時地來這裡嗎？

　　秋子：好啊，請⋯⋯請只管來。真的哦。

　　百合子：嗯。不過太好了，阿姨看起來好好的⋯⋯

　　秋子：是啊，我很好啊。今天真的太高興了⋯⋯託大家的福⋯⋯綾子很
　　　　　幸福。

　　百合子：真的，有個好媽媽，綾子真幸福啊⋯⋯那阿姨，我走了。

　　秋子：哦。謝謝你特意過來。

　　百合子：那，晚安，再見。

　　秋子：晚安。

說著送百合子出去，鎖上門鎖。

然後回到臥室，木然地歎息一聲，脫去身上的外褂，無力地摺疊。

110 走廊

沒有人影，一片寂寥。

── 劇終 ──

秋刀魚之味

一九六二年（昭和三十七年）

松竹大船製片廠

劇本、底片、拷貝現存

9 卷，3087 米（113 分鐘）彩色

同年十一月十八日公映

製　片	山內靜夫
編　劇	野田高梧　小津安二郎
導　演	小津安二郎
攝　影	厚田雄春
美　術	濱田辰雄
音　樂	齋藤高順
錄　音	妹尾芳三郎
照　明	石渡健藏
剪　輯	濱村義康

演員表／

平山周平	笠智眾
平山路子	岩下志麻
平山和夫	三上真一郎
平山幸一	佐田啟二
平山秋子	岡田茉莉子
河合秀三	中村伸郎
河合信子	三宅邦子
堀江晉	北龍二
堀江環子	環三千世
佐久間清太郎	東野英治郎
佐久間伴子	杉村春子
三浦豐	吉田輝雄
坂本芳太郎	加東大介
「馨」老闆娘	岸田今日子
「若松」老闆娘	高橋豐
菅　井	菅原通濟
渡　邊	織田政雄
佐佐木洋子	淺茅忍

田口房子	牧紀子
公寓女鄰居	志賀真津子
醉客 A	須賀不二男

1 川崎的工廠地帶

該地的風景二三——

2 某工廠的辦公室

辦公室外景——

3 其中的一間

兩張辦公桌—— 其中一張桌前坐著監察人平山周平（57 歲），他戴著老花鏡，正在查看文件，看上去並不那麼忙碌。

敲門聲——

　　平山：請進。

辦事員佐佐木洋子（32 歲）走進來，將文件放在平山的辦公桌上，平山依然繼續工作。

洋子在房間一角做沏茶的準備。

　　平山：哦，可以待會兒再準備……（說著將剛才看的文件抽出一份）先
　　　　　把這份送去給常務董事。

　　洋子：好的。

說著接過文件。

　　平山：多謝。

　　洋子：不用謝。

說著接過文件，轉回去做沏茶的準備。

　　平山：田口君怎麼了？昨天今天都休息。

　　洋子：因為她要結婚了。

　　周平：哦，那我需要湊一份嗎？

　　洋子：是啊……

　　平山：這可是大喜事啊。她幾歲來著？

　　洋子：不清楚，應該是二十三、四歲吧。

　　平山：二十三、四啊……你丈夫是做什麼工作的？

　　洋子：……我還沒。

　　平山：哦，還沒……

洋子：嗯，我家只有我和父親兩個人……

平山：這樣啊，那麼，將來是要招上門女婿的嘍。

洋子：（笑了笑）……

平山：有不錯的人選就好了。

洋子一笑，拿著水壺走出。

4 走廊

與洋子擦肩而過，走來的是平山的中學同學，大和商事的常務董事河合秀三（57歲）。

河合敲門而入。

5 室內

平山迎客。

平山：唷，什麼事啊？

河合：沒什麼，剛好有點事兒到橫濱來。

平山：哦。上次你太太沒生氣吧？

說著起身過來桌旁。

河合：沒有，沒生氣，她還覺得很有趣呢。

平山：一喝多總會說些多餘的話。

河合：真是多餘。彼此彼此啊。

說著兩人相視而笑——

河合：對了，你家路子姑娘，今年幾歲了？

平山：問這個幹嘛？二十四了。

河合：我這兒有個條件不錯的，要不要把女兒嫁了？

平山：什麼？

河合：婚事啊。是我老婆介紹的，她可積極呢。聽說是醫學院畢業的，現在留校做助教，年齡好像是二十九。應該沒錯。怎麼樣？

平山：唔……婚事嗎……

河合：已經另有安排了嗎？

平山：不，沒有。怎麼會有，還沒考慮到這事呢。

河合：你怎麼會還沒考慮……

平山：不是的，女兒還沒到考慮的時候啊。還是個孩子呢，完全沒有女
　　　人味……

河合：哪裡，當然有，足足的有呢。

平山：是嗎……有嗎？

河合：有的有的。你試試看嘛，一定行的。

平山：這樣啊……哦，對了，剛才堀江來電話，說是為同學聚會的事想
　　　見個面。

河合：什麼時候？

平山：今晚啊，在「若松」。給你那裡也打了電話呀。

河合：那小子最近真是異常活躍。自從娶了個年輕的……是不是吃了（做
　　　了個吃藥的動作）那方面的？

平山：也許吧。

兩人一起笑了。

河合：那，路子姑娘的事你好好考慮一下嘛。

平山：哦。怎麼樣？今晚可以吧？

河合：不行，有夜場呢。大洋對阪神，我就是來看比賽的。雙重賽呢。

平山：棒球可以下次慢慢看嘛。

河合：不行，今天很關鍵，我可沒工夫跟堀江攪和。

平山：別這麼說嘛，還是去吧。

河合：我才不呢，今天不行。

平山：別這樣，去吧。

河合：不行不行，今天就是不行。

6 當晚　川崎棒球場

夜場比賽的燈光映照在夜空。
轟鳴的呼聲以及球場風景一二——

7 當晚　電視

正播放同前的夜場比賽。

8 當晚 西銀座的小餐館「若松」店內

邊看比賽邊喝酒的客人們——

9 店內的小包間

平山、河合還有同為他們中學同學的私立大學教授堀江晉（57 歲），三人正在喝酒。

電視中嘈雜的呼聲傳來。

　河合：哇！得分了？

豎起耳朵聽著。平山和堀江對棒球毫無興趣——

　平山：菅井那小子是在哪裡見到他的？

　堀江：在電車裡。說是看見有個奇怪的老頭，正撿了別人扔下的報紙在
　　　　看，心想怎麼會有那麼相像的人，哪想那正是葫蘆本人。

　平山：嘿！葫蘆也老大年紀了吧。

　堀江：我也以為他早就死了呢。

　河合：不，那樣的傢伙才不會輕易死掉呢。他死不了，殺他他都不死呢。

　平山：你還在恨他啊？

　堀江：上那傢伙的漢文課，受了他不少氣啊。

　河合：葫蘆太可恨了。事到如今，幹嘛要招待他呢？

　平山：唉，還是招待一下吧。

　河合：招待那傢伙的話，我可不出席。

　堀江：別這麼說嘛，這不是為了他才辦的同學聚會嘛。

　平山：你不去的話多沒意思啊，還是去吧。

　堀江：去吧，去吧。

　河合：（賭氣地）不去，不去。

忽然看見老闆娘端了酒壺過來——

　河合：喂，哪邊領先啊？

　老闆娘：還是老樣子，二比二平手——來，您要的熱的。

　平山：哦。

接過酒。

　老闆娘：堀江先生，您夫人晚來嗎？

河合：什麼呀，你太太會來啊？

堀江：是啊。

平山：會來？

堀江：對啊，她會來。她現在正和朋友見面呢，稍後就來。

老闆娘：真是位年輕漂亮的夫人……

堀江：哪裡……

河合：你最近去哪兒都跟太太一起嗎？

堀江：嗯，差不多吧。

平山：有吃嗎？

堀江：什麼？

平山：（比了個吃藥的動作）那方面的……

堀江：我還沒那個必要呢，沒有必要。老闆娘，你怎麼樣？

老闆娘：什麼？

堀江：那方面……

河合：問你有沒有給老公吃藥呢？

老闆娘：嘿，真討厭。那，我給您單子上記上啊。

說著，轉回店裡去了。

平山：喂，到底有沒有啊？

說著給堀江斟酒。

堀江：哦。（接酒。表情嚴肅地）不過呢，我只在這裡跟你們說說啊。

平山：說什麼？

堀江：跟你們說真的啊。

河合：說什麼？

堀江：雖然不能大聲說，不過真棒啊。

河合：棒什麼？

堀江：年輕的啊。（壓低聲音）相當成功呢。呵呵……

河合：你說的什麼呀。

堀江：不騙你們，我是說正經的，真的。

平山：她跟你女兒相差幾歲啊？

堀江：差三歲吧。這個不相干的。

河合：這傢伙，看把你美得。

堀江：真是這樣，快樂之極啊。（對平山）你也來個第三人生，怎麼樣？

平山：是嗎？有那麼好嗎？

河合：（對平山）算了吧你。你還是就這樣的好。應該先考慮把女兒嫁出去才對。

堀江：可是啊，我是說真的……

河合：知道了，我聽夠了。

堀江：真的，我只在這裡說說。

老闆娘走來。

老闆娘：您夫人來了，堀江先生。

堀江：哦，好的。

說著就要站起來。堀江的妻子環子（28歲），由老闆娘引領著出現。老闆娘轉身折回店裡。

堀江：（迎接妻子）啊，過來吧。怎麼樣，見到朋友了嗎？

環子：是的。

堀江：來，上來坐吧。

河合：呀，來了。

平山：歡迎。

環子：久違了……

河合：哪裡哪裡，你好嗎？

環子：還好……

平山：夫人，請上來坐。

河合：請，請。

環子：我……

堀江：你買了東西？

環子：是的。

堀江：怎麼樣？上來坐會兒？

環子：那個，我要……

堀江：哦，要回去？那個……幫我買到藥了嗎？

環子：是的。

堀江：那我先吃一次吧。

河合：什麼藥啊？

堀江：沒什麼，維生素。

環子：不如回了家再吃吧。

堀江：好啊，就這麼辦。那我先告辭吧。（對兩人）不好意思，我回去
　　　了。

平山：同學聚會的事，怎麼辦？

堀江：交給你們了。不好意思……你們看著辦吧。

環子：那就失禮了。

兩人：哦……

於是環子先一步走出——

河合：喂，我可是放棄了夜場比賽來的！

堀江：夜場也沒什麼嘛。

平山：你不吃飯了嗎？

堀江：回家吃唄。那就這樣了，失禮了。

說著走出，馬上又探回頭來。

堀江：批評的話我下次再聽，隨你們說。

說著行了個禮走了。

目送著他——

河合：怎麼變成那樣了，這傢伙太混帳了。

平山：唔。

河合：我可不想變成那樣。喂（拍掌）酒，拿酒來……

10 當晚　平山家的起居室

九點過後——

屋裡無人。

玄關開門的聲音——

11 玄關

平山回來——

平山：喂，可以鎖門了嗎？

邊說邊鎖上了門。

女兒路子（24 歲）從裡間出來。

　　路子：您回來啦。

　　平山：哦，回來了。

　　路子：哎呀，又是一股酒氣。

　　平山：哪有，今天沒怎麼喝。

走進屋。

12 起居室

兩人走進屋。

　　路子：爸爸，您沒遇見哥哥嗎？

　　平山：他來了啊？

　　路子：剛剛回去。

　　平山：什麼事呀？

　　路子：嗯，好像是……他帶了這個來，甜甜圈，還剩一個。

　　平山：是嗎？

矮桌上放著蛋糕盒子。

這時次子和夫（學生，21 歲）走出來。

　　和夫：您回來啦。

　　平山：哦。

　　路子：爸爸，吃過飯了嗎？要不要茶泡飯？

　　平山：不，不用了。

　　和夫：那，這個我吃嘍。

說著開始吃剩下的甜甜圈。

　　路子：（對平山）富澤阿姨她從明天就不來了。

　　平山：為什麼？

　　路子：說是家裡嫂子去世了，要回鄉下。

　　平山：是嗎，那找到接班的人了嗎？

　　路子：富澤阿姨倒是說已經委託了協會的人，但好像沒有合適的人選。

平山：這樣啊，那可真是傷腦筋了。

路子：沒事的，家務大家一起做吧。不過都要早起才行，阿和也一樣。

和夫：我喜歡悠閒一點，而且明天是休息日。

平山：爸爸明天也是中午上班。

路子：那麼要趕早的只有我了。我走了你們倆要好好收拾哦，我可不喜
歡家裡亂糟糟的。

兩人都不作聲。

路子：爸爸，今後下班晚的時候打個電話吧。阿和你也一樣，不然的話
回來就沒飯吃哦。

兩人依然不作聲。

路子很沒趣。

和夫：姊姊，我那條鼠灰色的長褲放哪兒了？幫我拿出來一下。

路子：不是在二樓衣櫥裡嗎？你自己找吧。

說完去了廚房那邊。

平山：（像是自言自語）幸一來幹什麼呢？

和夫：誰知道呢，您打個電話問問不就行了。他應該已經回到家了。

兩人於是又沉默了。

13 廚房

路子獨自收拾著。

14 當晚　住宅樓的二樓走廊

大約十點左右。

平山家的長子幸一（工薪族，32 歲）回來。

打開自家房門。

15 室內

幸一走進來，脫鞋。

妻子秋子（28 歲）一邊用毛巾擦手一邊從裡屋走出來。

秋子：這麼晚啊。

幸一：哦，我順便去了爸爸那裡。你很早就回來嗎？

說著進了屋。

秋子：也不是很早……爸爸，怎麼說的？

幸一：他不在家。

說著走去裡面的起居室。

16 起居室

幸一從皮包裡取出一本書。

幸一：這是路子讓我還你的。

秋子：哦，西式裁剪的書……不知她弄好了沒有。

幸一：不清楚。爸爸那裡，近期我會再去一次。

秋子：好吧。（轉換話題）山岡家啊……

幸一：山岡是誰？

秋子：三樓的……我們樓上的……

幸一：哦，共和保險公司的……

秋子：嗯。他家太太，前幾天進了醫院。

幸一：哦？怎麼了？

秋子：她生寶寶了。寶寶很可愛，是個男孩……

幸一：哦，生小孩啊。

秋子：然後呢，他們說要取名叫「幸一」，那不就跟你同名了？我跟他
們說還是算了吧。

幸一：那有什麼。幸一……

秋子：那怎麼成？長大以後，要是變成你這樣，真難為了那麼可愛的寶
寶。嘻嘻。（說著站起來）幸一有你一個就夠的了……

說著走去廚房。

秋子：吃葡萄嗎？回來的時候買的……

幸一：明天吃吧，我睏了。給我鋪床吧。

秋子：你等會兒不行嗎？我還要吃呢。你自己鋪唄。

幸一默默地發呆。

秋子：（一邊吃）冰箱啊，還是一次付清比較划得來，而且有折扣……

幸一沒有回答，拚命忍住呵欠。

秋子繼續吃葡萄。

17 丸之內的大樓

明媚的陽光——

18 大和商事的窗戶

19 同上　走廊

路子手拿著文件走來。

敲了敲常務董事辦公室的門，聽見回音後進屋。

20 常務董事辦公室

路子將文件拿到河合的辦公桌上後，正要轉身離開——

河合：哎，路子啊……

路子：（回頭）啊？

河合：你父親跟你說了嗎？

路子：說什麼？

河合：給你說親的事啊，條件很不錯的。

路子：沒有啊。

河合：你父親什麼也沒說啊，真拿他沒辦法。怎麼樣？你有沒有出嫁的
　　　打算啊？

路子：（一笑）……

河合：怎麼樣呢？你是怎麼想的？

路子：可是，我嫁了的話家裡會很難辦的。

河合：為什麼？

路子：也沒有為什麼……就是很難辦啊。

河合：難辦歸難辦，要這麼說的話，你就一直都沒法嫁人了啊。

路子：沒關係的，不嫁也沒什麼。

河合：當然有關係。那怎麼成啊，就那樣成了老太婆可怎麼辦？你還是問問你父親吧。

敲門聲——

河合：請進。

辦事員拿著文件進來。

路子行禮後正要離開。

河合：哦，平山君……

路子：（回頭）——

河合：你父親，有沒有說要參加今天的同學聚會？

路子：有。

河合：哦。

路子行禮，走出。

河合從辦事員那裡接過文件，迅速過目後蓋章。

21 當晚 銀座後街的小餐館「立花」

與鄰家之間的空隙能看見招牌的霓虹燈。

——看上去不是那麼高檔的房子。

22 同前 走廊

地板上放著許多拖鞋。

——傳來陣陣笑聲。

23 同前 包間

同學聚會的成員們的座席。

圍繞著往日的老師，綽號「葫蘆」的佐久間清太郎（72歲），平山、河合、堀江、菅井、渡邊、中西等，一眾同年齡的同學圍桌而坐，正在談笑。

宴會已過半，老先生右手拿筷，左手舉杯，正可口地大嚼，酒也喝得十分帶勁。大家互相敬酒——

河合：來一杯這個怎麼樣？

說著把威士忌遞給佐久間。

佐久間：哦哦，威士忌呀。那就不客氣了。

說著遞過酒杯，接酒。

河合：老師，獅子怎麼樣了？

佐久間：獅子？

河合：教數學的……宮本老師……

佐久間：哦哦，他已經過世了。他是個好人哪……

菅井：天皇在幹什麼？後醍醐天皇？

佐久間：哦哦，教歷史的塚本老師，他倒還健在呢。現在住在鳥取縣，
　　　　每年都收到他的賀年卡呢。哦，還有教物理的天野老師也是。

河合：哦，貉子嗎？

佐久間：他叫貉子啊？人家兒子出息了，是參議院議員。現在過上了悠
　　　　閒的退休生活。

平山：是嗎？

渡邊：老師，你家裡有個女兒對吧？

佐久間：哦，是的。

菅井：啊，美麗可愛的小姊姊……

佐久間：哪裡，真不好意思啊……

河合：孫子孫女有多大了？

佐久間：這個啊，因為我老婆早早去世了，女兒到現在還是一個人呢。

河合：是嗎？那真是……

佐久間：各位的小孩都很有出息吧……（對堀江）你有孫子了嗎？

堀江：啊，還沒……

平山：這小子啊，這回又娶了個跟孫子一樣年輕的老婆呢。

河合：而且好像還非常不錯呢。

佐久間：是嗎？那真是恭喜了。

眾人一同笑了——

佐久間：堀江同學，記得你當年是副班長啊。

堀江：哦……（一笑）

河合：這小子現在也是副班長呢，老婆才是班長。

眾人笑，老師稍稍停頓以後。

佐久間：嘿……的確如此的確如此。（說完喝湯，用筷子夾起湯底的魚肉，問一旁的河合）這是什麼呀？

河合：是鱧魚吧。

佐久間：鯡魚？

河合：不，是鱧魚……

佐久間：哦哦，鱧魚──原來如此，很高級的魚啊。嗯，鱧魚……魚字旁加個豐……

平山：（拿了啤酒）老師，怎麼樣？

佐久間：哦哦，啤酒啊，真是多謝了……

說著隨手拿起酒杯接酒。

渡邊：可是老師，就您跟女兒兩個人太冷清了吧……

佐久間：是啊，已經習慣了，這麼些年了……雖然不知我女兒是怎麼想的……不過，今天託大家的福，我吃飽喝足了……

平山：您別客氣，請……

說著遞上啤酒。

佐久間：哪裡哪裡，這真是（一邊接酒）……這可真是太高興了。就像剛才誰說的那樣，大家離開學校四十年了，人人各有成就，工作繁忙，卻在百忙之中，為葫蘆我共聚一堂，讓我得到如此隆重的款待……

河合：老師您別客氣，怎麼樣？再來一杯……

佐久間：好（接酒）。哦，謝謝。戰後人情日漸淡薄，而今夜感受溫情如斯……啊，葫蘆真乃有福之人……謝謝……謝謝了。

說得動情，又開始找什麼。

菅井：您找什麼？

佐久間：沒什麼，我的帽子……

平山：時間不還早嗎？

河合：用我的車送您吧。

佐久間：不用，再不告辭就……

說著又找帽子。

　中西：老師，帽子在樓下呢。

　佐久間：哦，是嗎？這可真是……

說著站起來，忽然視線移到桌上，喝掉杯中殘酒。

　菅井：（拿了一旁的威士忌）老師，請把這個拿上吧。

　佐久間：呀，這樣啊，那可真是……多謝多謝……再見了各位……

　渡邊：您這就回去嗎？

　佐久間：哎呀，非常感謝。謝謝。

　平山：那，我也一起走吧。

　菅井：哦，那就這樣吧。

於是河合與平山緊跟著佐久間走出，菅井隨後。

24 走廊

三人在菅井的目送下走下樓梯而去。

　菅井：那就拜託了。再見。

說完走回包間。

25 包間

菅井回來。

　堀江：回去了？

　菅井：嗯，葫蘆好像非常開心呢。

　渡邊：這傢伙是不是沒吃過鱧魚啊，只知道字怎麼寫。

　堀江：把河合的那份茶碗蒸也吃了，真是又能喝，又能吃啊。

　中西：不過，這傢伙也上了年紀了，感覺委頓了許多啊。

　菅井：枯萎了的葫蘆嗎……不過，我們也算積德了。

眾人一同笑了。

26 當晚　郊外　城邊的小巷

轎車停在那裡。

河合與平山攙扶著佐久間下車，佐久間醉得相當厲害。

　　佐久間：啊，是這裡，是這裡，就是這裡啊。

一邊邁出腳步。

　　平山：不要緊嗎？老師——

　　佐久間：沒事，不要緊不要緊……

小巷裡有佐久間開的小麵館燕來軒。

　　佐久間：哦，威士忌的酒瓶……

　　河合：已經空了啊。

　　佐久間：空了？……唔……

說著走進燕來軒。

27 同前　店內

空無一人。

佐久間在平山與河合的守護下走進店裡……

　　佐久間：喂，伴子！（大喊，然後對兩人）來，請進請進……喂，伴子！

在一旁的椅子上一屁股坐下。

女兒伴子（48歲）從裡屋走出。

　　伴子：（對兩人點頭致意，皺了眉頭）爸爸，這是怎麼了？

　　佐久間：啊？啊，愉快呀……

　　河合：老師非常高興……

　　佐久間：愉快呀……我說伴子，是他們兩位送我回來的……河合君和平
　　　　　　山君……

　　伴子：（對兩人）真是過意不去，特意讓你們……我爸爸他總是這樣。

　　佐久間：吵死人了！胡說什麼……唔，愉快啊……河合君——

　　河合：什麼？

　　佐久間：你出息了……雖然過去很調皮……嘿，是我看走眼了……伴子，
　　　　　　啤酒！

　　平山：（對伴子）啊，不用了。

　　伴子：可是，你們難得來……

　　河合：不必客氣。

平山：我們這就告辭了……

佐久間：別急著走……時間還早呢……喂，平山！平山君……

平山：嗯？

伴子：（埋怨的語氣）爸爸——

佐久間：剛才得的那個哪兒去啦……上等的威士忌……

平山：老師，那個剛才在車裡喝光了。

佐久間：嗯？喝了？……哦，喝了，喝了，喝光了……你向來記性好。

河合：（對伴子）那，請照顧好老師……

平山：那我們告辭了。

伴子：真是給你們添麻煩了……

河合：再會。

平山：再會。

兩人正要離開。

佐久間：時間還早嘛！喂，河合！平山！伴子，拿啤酒來！

伴子送走兩人回來。

佐久間：（依然愜意地嘟噥著）啊，愉快……太愉快了！嗯……平山！
　　　　河合！

叫喊之後忽然委靡了。

伴子在一旁看著，忽然悲從中來，捂住了臉。 —— 遠處傳來俗氣的曲
子……

28 中午的西銀座

大樓屋頂的招牌——

29 那裡的小巷招牌

「若松」的招牌——
店內，兩三個客人。

30 店內的小包間

來吃中午飯的平山與河合正就著便當喝啤酒。

河合：菅井那小子知道葫蘆開麵館的事嗎？

平山：知道的話他應該會說吧。不過，真是太意外了。

河合放下啤酒。

河合：他家女兒也有點奇怪，說不出的感覺，怪怕人的，冷冰冰的。看
　　　樣子葫蘆的日子也不舒坦。

平山：嗯，真不想變成那樣。

河合：你會的。

平山：不，我才不會呢。

河合：不，會的。還不快把路子嫁出去。

平山：是嗎？

河合：就是。

平山：不，我沒事的。

說著轉頭看另一邊。

老闆娘走來。

老闆娘：還要啤酒嗎？

河合：啊，不用了。（轉頭）等下還得上班呢。

老闆娘：今天堀江先生沒來？你們不是一起的嗎？他太太真是又年輕又
　　　　漂亮……

河合：嗯……漂亮是漂亮……（對平山）是啊……

平山：嗯？

河合：實在太不幸了……

平山：嗯……是啊。

老闆娘：出什麼事了嗎？

河合：昨天剛給他守了夜。

老闆娘：給誰？

河合：還有誰？堀江啊。

老闆娘：怎麼可能！

河合：今天是友引[1]，所以明天才舉行告別式。

老闆娘：真的嗎？

平山：我們正在商量葬禮的事呢。（對河合）我說，花圈就免了吧。

河合：對，那個太浪費了，別要了吧。

老闆娘：是因為什麼去世的？

平山：那傢伙血壓本來就高。

河合：結果還是讓年輕老婆害了。

老闆娘：真的嗎？

河合：老闆娘你也要當心哦，要適可而止啊。

老闆娘回頭看了一眼。

老闆娘：真討厭。盡開玩笑，人家來了。

堀江走來，老闆娘走過去。

老闆娘：歡迎光臨。

堀江：嗨。

走進包間。

堀江：嗨，來晚了——

河合：太好了。

平山：好啊，身體很好嘛。

堀江：什麼？

河合：你還活著啊？

堀江：什麼？

平山：這邊正說呢。

堀江：談得很順利，大家都很贊同。

平山：是嗎？那就好。

堀江：上次沒來的久保寺、宮川和下河原也說願意出。

河合：那樣的話，每人湊兩千塊吧。差不多能到兩萬吧？

堀江：那就這麼定了？

平山：就這麼辦吧。

1　友引，六曜日之一。據說友引日舉行葬禮會招來不幸。

堀江：（對平山）你去送給他？

平山：我嗎？

河合：你不是離得最近嗎？給他送去吧，葫蘆會很高興的。

平山：唉……沒想到葫蘆會住在那地方。

堀江：緣分這東西就是這樣的啊，我不也一樣嘛。

河合：你在說什麼呀？

堀江：啊，哈哈哈……這個給我吧。

說著拿起河合面前的啤酒就喝。「好喝！」一邊吧嗒著嘴把啤酒喝乾了。
店裡，老闆娘從對面端了茶過來。

31 傍晚時分　郊外的街區

簡陋的公寓和汽車修理廠等，城市邊緣的雜亂風景二三——
燕來軒就坐落在那樣的小巷裡。

32「燕來軒」店內

一個工人模樣的男人正在吃拉麵。

　　男人：（吃完）喂，錢放這兒了。

說著擱下飯錢走了。

　　伴子的聲音：謝謝了。

男人離開以後，伴子從廚房出來，收拾了碗筷拿走。平山走進來。

　　平山：打擾了。

　　伴子：哪位？

走出來——

　　伴子：哎呀！

　　平山：上次那麼晚打擾……

　　伴子：實在太謝謝了，大老遠讓你們特意送回來……

　　平山：哪裡哪裡，我就住在附近的 ×× 。老師呢？

　　伴子：啊，在的。爸爸……爸爸……

傳來答應聲，然後廚師打扮的佐久間端著燒賣蒸籠之類的東西從裡面出
來。

佐久間：呀，怎麼是平山君，來，請進請進。——來，來，請進請進……

說著把蒸籠遞給伴子，伴子拿著蒸籠進廚房去了。

平山：上次多謝您了。

佐久間：哪裡，要謝謝你們的盛情款待……我也不禁喝得高興了，好像
　　　　還說了失禮的話，後來我女兒責備我了。實在抱歉，還請多多
　　　　原諒……

平山：哪裡，哪裡，是我們不該……

佐久間：畢竟四十年沒見了，非常愉快啊。

伴子端了茶來。

伴子：請，喝杯茶吧……

平山：啊……

佐久間：（對伴子悄聲說）那個……上燒酒……燒酒……

伴子：（同樣小聲地）啤酒比較好吧？

平山：不用了。

佐久間：還是拿來，拿來吧。

然後伴子又對佐久間低聲說了什麼，佐久間點頭。伴子正要離開——

平山：真的，您別客氣了，不必了。

伴子：唉，也沒什麼可以招待您的。

說著進廚房去了。

佐久間：要不我去做點什麼菜吧。

平山：真的不必了，請別客氣。其實是這樣的，老師，這個……（從外
　　　　套內袋裡取出信封）是上次的同學們給老師的……

佐久間：這是什麼？

平山：本來是想送個紀念品什麼的……

佐久間：啊！這個不行！我不能收！千萬別這樣！

平山：那我可不好辦呀。也不是什麼了不得的東西，請收下吧……

佐久間：不，我不能收。以我這身分，能受邀參加那樣的聚會就很高興
　　　　了……（這時有客人來）哦，歡迎光臨！

客人（坂本芳太郎，48歲）：喂，秋刀魚麵！

佐久間：好的，那平山君我就……

平山：老師，那再說吧……

佐久間：好吧，不好意思了。

平山：那再會了。

佐久間：啊，多謝……

平山正要走，來客坂本忽然看見他——

坂本：艦長！這不是艦長嗎！

說著站起來。

平山：（疑惑地）你……是哪位呀？

坂本：我是坂本啊！坂本芳太郎。「朝風」的水兵……軍曹……

平山：噢，坂本，是你呀……

坂本：（對佐久間）大爺，這位是當年我那艘驅逐艦的艦長啊。

佐久間：這樣啊，這可真是。說起來平山君是當過海軍的啊。

平山：（苦笑）唉，是啊……

坂本：哎呀，真是久違了。怎麼樣？艦長，咱們聚一聚吧。大爺，秋刀
　　　魚麵不要了。（對平山）他們這兒味道不怎麼樣，去別處吧，去
　　　聚一聚。

平山：哎，不過，你看起來也很健康啊……

坂本：嗯，託您的福……我就在這附近開了家汽車修理店，請順便也到
　　　我家坐坐吧，走吧。好嗎？就這麼說定了。

平山：那，就順便去一下吧……

坂本：大爺，那我們走了。

佐久間：多謝惠顧……

平山：那有機會再……

佐久間：哎，多謝……

坂本：走吧走吧，請……

於是平山在坂本的邀約下離開了。佐久間一邊沉浸在無名的感慨中，一邊
收拾店內，並打開電燈。

33「燕來軒」的招牌

招牌裡的燈點亮了。

34 當晚　街邊點亮的招牌二三

附近迴盪著爵士樂的樂曲聲——

35 當晚　酒吧「馨」的電招牌

爵士樂中夾雜著〈軍艦進行曲〉的樂聲。
（三軒茶屋一帶的窄巷）

36 同前　店內（小巧的威士忌吧）

唱機播放著〈軍艦進行曲〉……
坂本興致大好，一邊敬禮一邊和著唱片的節拍搖動肩膀。
平山也微微醉了，笑瞇瞇地看著他。

坂本：我說艦長，日本怎麼就輸了呢？

平山：嗯，是啊……

坂本：害我吃了好多苦啊。回家一看，房子燒毀了，又沒吃的，物價還
　　　嗖嗖地往上漲……喂，唱片停下！

女店員關了唱機。

坂本：然後呢，我從老丈人那裡借了錢，開了現在這家汽修店。不知怎
　　　麼生意就火熱起來了，幸虧啊幸虧……

平山：你家，孩子只有剛才見到的那個女兒嗎？

坂本：不，上面還有一個呢。已經嫁出去了，過不了多久我就要當外公
　　　了。可不能沒個正經嘍。說起這些，艦長您應該沒什麼憂心事
　　　吧？

平山：哪裡哪裡，我也吃了苦啊。也是多虧學長照顧，才進了現在的公
　　　司。

坂本：可是艦長，這如果是日本贏了，會是什麼樣子呢？

平山：是啊……

坂本：（出示杯子給女店員看）喂，這個，托利斯！拿一整瓶來！一整
　　　瓶！（對平山）要是贏了，艦長，這會兒啊你和我都在紐約呢。
　　　紐約——不是紐約彈子房的紐約哦，是美國的，真正的紐約。

平山：（微笑著）是嗎。

女店員遞過酒瓶。

坂本：就是因為打敗了，現在的年輕人才會模仿人家，放著唱片跳著扭
　　　屁股舞啊。要是打贏了，要是贏了的話，你就看吧。那些藍眼珠
　　　的傢伙一定梳著圓髮髻彈三味線吧。那才叫解恨呢。

平山：不過，打敗了難道不是更好嗎？

坂本：是嗎？唔，或許還真是呢。那些混帳傢伙沒法橫行霸道了，單這
　　　個也夠了。艦長，說的不是你啊，你不一樣的。

平山：（苦笑著）哪裡哪裡……

坂本：（拿過威士忌瓶）來，請……

平山：哎……

接酒。這時，這家店的老闆娘馨（32 歲）走出來。頭上捲著頭巾，一身
剛從澡堂回來的打扮。

馨：歡迎光臨。

坂本：喂，你去哪兒了？

馨：澡堂啊。

坂本：這時間誰會去澡堂啊。

馨：因為今天生意太清淡了。來，給您斟酒吧。

平山從馨走出來那一刻起，眼光就沒離開她。

坂本：哎，艦長，這位是這裡的老闆娘。

平山：（點頭致意）你好……

馨：歡迎光臨。

說著給平山斟酒。

平山：（對坂本）看來你很熟悉這裡啊。

坂本：哪裡哪裡，哎，也請您多支持。（然後對馨）這位是我在海軍時
　　　的艦長。

馨：請多多關照……（對坂本）那，放那個吧，那個……

坂本：哦，放吧，放吧！艦長，痛痛快快地喝吧！開心啊，實在太開心
　　　了……

開始播放〈軍艦進行曲〉的唱片。

坂本：哦，看啊，來嘍！

說著站起來，全身動作和著樂曲。

    坂本：鏘鏘鏘咔，鏘，鏘，鏘鏘咔，鏘，鏘，鏘……（一邊敬禮）哦，
           艦長，艦長你也來！

平山也笑瞇瞇地敬禮。

坂本越發來了興致，一邊敬禮一邊繞起圈子來。

馨也敬禮。

坂本越發興致高漲。

37 當晚　平山家的走廊

一片寧靜之中敲響了九點鐘。

38 同前　玄關

平山醉醺醺地回來。

路子出來迎接。

    路子：您回來了。

    平山：哦……剛回來。

    路子：您又喝酒了吧。

    平山：沒有啊，也沒怎麼喝。

    路子：哥哥來了。

    平山：哦。

說著走進屋裡。

39 起居室

幸一和和夫在那裡。

平山，隨後是路子走來。

    幸一：啊，您回來了。

    和夫：回來啦。

    平山：來了……

    幸一：您看起來興致不錯啊。

平山：哪有啊，哈哈……今天見到一個莫名其妙的男人。去了一個奇怪的店。

路子：爸爸，已經沒有飯了。您也不打個電話回來。

平山：啊，我已經吃過了。（然後對幸一）那裡有個女人……

幸一：是在哪裡？

平山：是個酒吧，那裡有個女的跟你媽媽年輕時候很像呢。

幸一：長得像嗎？

平山：嗯，身材也像。當然要是仔細看還是很不一樣，不過，低頭的時候，這裡（摸了摸臉頰）有一點點像……

路子：那人多大年紀？

平山：二十八、九吧。

和夫：那，媽媽那麼大的時候我還沒出生呢。

平山：那個女的穿著奇怪的洋裝，頭上還捲著頭巾呢。

和夫：媽媽也曾經穿洋裝捲頭巾嗎？

幸一：哪有，媽媽總是穿和服……

路子：不過，疏散的時候，媽媽不是也穿筒袖衣搭爸爸的褲子嗎？

幸一：那個酒吧，我也想去看看呢。在哪裡？

平山：哦，去看看吧……唉，其實也不是那麼像。

和夫：我也去看看吧。

路子：我不想去，我才不想見那樣的人呢。

平山：（對幸一）今天有什麼事嗎？

幸一：哦，有一點……

平山：是嗎……（站起來）路子，燒洗澡水了嗎？

路子：今天沒燒。

平山：這樣啊。

說著往走廊上去了。

40 走廊

對面有洗臉池。平山走來。

平山：（回過頭）幸一——

平山：你剛剛說有什麼事？

幸一：想跟您借五萬元左右……我想買台冰箱。

平山：哦，好的，不過現在沒有。著急嗎？

幸一：最好能快一點……

平山：那兩三天之內我讓路子給你送去。

幸一：拜託了。

說完返回起居室那邊。

平山去洗漱台邊，脫去襯衣。

平山：路子，香皂——沒有香皂啊。

然後擰開水龍頭。

41 翌日傍晚　住宅樓

住宅樓風景二三。

42 同前　二樓走廊

身著圍裙的秋子走出家門，敲開鄰室的門走入。

43 鄰室的室內

主婦小川順子（33歲）一邊做晚餐的準備一邊出來迎接。

秋子：有番茄的話，借我兩個吧。

順子：啊，有的有的。

說著轉身進屋。

秋子看見一旁有一台電子吸塵器。

秋子：這個怎麼樣？吸塵器好用嗎？

順子拿了兩個番茄出來。

順子：哦，這個啊？好用，就是聲音有點吵……來，這個是冰涼的呢。

遞過番茄。

秋子：謝謝。我家也決定買冰箱了。

順子：哦，有冰箱就方便了，還能做冰塊……

秋子：是啊，那就借用了。謝謝。

說著走出。

44 走廊

秋子走出來，幸一抱著一個長形的紙包回來了。

45 起居室

正在準備晚飯。

兩人進屋。

　　幸一：你早就回來了嗎？

　　秋子：沒，剛回來。那是什麼？

　　幸一：（一邊撕包裝紙）就是這個啊。

露出四五根高爾夫球杆——

　　秋子：怎麼回事？

　　幸一：路子拿錢來了嗎？

　　秋子：嗯，還沒有。

　　幸一：是嗎……

　　秋子：怎麼回事啊？這個……

　　幸一：嗯？很便宜的……

　　秋子：你買的嗎？

　　幸一：不是，錢可以稍後再付。是三浦的朋友，人家買了新的，想轉讓。
　　　　　這可是難得遇見的好東西……

　　秋子：你想買？

聲音變得有些嚴厲。

幸一轉過頭來。

　　秋子：錢從哪兒出呢？不行，這樣的東西不能買。

　　幸一：沒關係的，路子會送錢來。我多借了點兒。

　　秋子：你借了多少？

　　幸一：五萬元……

　　秋子：多借是多借了，也不能用在那樣的東西上。我說你呀，這個那個

的，可不能自己一個人隨便亂花啊。

幸一：我沒花呀。

秋子：你花了，這不花了嗎？我也有想買的東西，我忍著沒買，你倒是
　　　自己隨便花。什麼呀！這種東西，給我還回去！

幸一：事到如今已經還不了了。

秋子：還得了啊！快去還了！

說完去了廚房。

幸一失望地把球杆放在那裡，點了菸抽起來。

秋子：（一邊削番茄皮）我說啊，像你這樣的上班族打高爾夫球實在是
　　　太奢侈了。臭美什麼呀！偶爾能早回家，只會嚷嚷累呀累呀，一
　　　躺下就睡著了，打什麼高爾夫球啊？你就省省吧……

幸一默不作聲，呆呆地繼續抽菸。

46 晚上　高爾夫練習場

不是很氣派的場地，客人也很少。

風景二三——

幸一正在打球，公司的年輕同事三浦豐（26歲）在一旁看著。

幸一的球飛出去。

三浦：飛得很遠嘛。

幸一：（打量球杆）這個真棒。

三浦：再怎麼說也是馬基高[2]啊。

幸一：唔……

兩人回到長椅坐下。

三浦：稍微有點磨損，但是很划得來啊。

幸一：是啊……

三浦：本來我很想要的，可是沒錢哪。

幸一：你去問問機械科的鹽川吧，他會想要的。

三浦：你不行嗎？

2　馬基高（MacGregor），美國知名高爾夫球具品牌。

幸一：我很想要。但現在很難付一大筆錢啊。

三浦：是老婆反對嗎？

幸一：嗯。

三浦：這個很不錯的呀，畢竟是馬基高啊。

幸一：很不錯啊。

三浦：不如一咬牙買了？

幸一：我還是算了吧。

三浦：你那麼怕老婆呀？

幸一：怕倒不怕，但她會跟你沒完啊。喂，再借我打一次吧。

說著從三浦手裡接過球杆，站起來再次打球。

球飛出去。

47 星期天上午 住宅樓

天氣晴朗，各家窗前都曬著被子。

48 二樓的走廊

一對夫婦帶著孩子其樂融融地出門。

49 室內

秋子在窗邊敲打被褥。

幸一滿臉無聊地橫躺著。

看樣子兩口子之間的不愉快還沒消散。

秋子：我說，你把時鐘上一下發條，都快停了。

說完去了別的房間。

幸一一動不動不予作答。

秋子拿了床單來在窗前晾曬。

秋子：你賭什麼氣呀？

幸一：……

秋子：你想去就去唄，我又沒說不許你打高爾夫球。

幸一：……

　　秋子：什麼呀，跟小孩兒似的……你趕快出人頭地，到時愛買什麼買什
　　　　　麼不就得了？

　　幸一：……

　　秋子：無話可說嗎……

一邊往別的房間走──

　　秋子：時鐘！

憤憤說完後走開。

幸一無可奈何地起身，給時鐘上發條。

敲門聲──

　　幸一：……

敲門聲又響──

　　幸一：哎。

路子走進來。

　　路子：你好。

說著進了屋，秋子出來──

　　秋子：啊，歡迎。

　　路子：你好。（對幸一）哥哥，你居然在啊，還以為你會去打高爾夫呢。

　　秋子：你哥今天鬧情緒呢。

　　路子：怎麼了？

　　秋子：（一笑）你問他吧。

　　路子：究竟怎麼啦？（說著從提包裡取出信封）我送這個來了。

說著遞過信封。

　　秋子：（從一旁）哦哦，這個我收下了。謝謝。

說著接過信封。

　　路子：（對幸一）哥哥，你這是怎麼了？

　　秋子：指望落空了唄。好不容易才借來的錢。

　　幸一：少嚕嗦！

　　秋子：（笑嘻嘻地）你哥啊，還想買別的東西呢，所以從爸爸那裡多借
　　　　　了錢……

幸一：你少廢話！

50 走廊

三浦抱著上次那個裝了球杆的紙包走來。
敲響幸一的家門，秋子答應的聲音傳來。

51 室內

三浦走進來——
路子迎上前去——

    路子：啊，歡迎。哥哥，是三浦先生。

    幸一：三浦？

說著起身走來。

    幸一：喲，什麼事？

    三浦：這個（球杆），我跟朋友說了……

秋子走出來。

    秋子：歡迎。

    三浦：你好。

    秋子：什麼事？

    三浦：就是這個，（對幸一）好不容易才說好了，（對秋子）看在是朋
        友的分上也希望能賣給你。

    秋子：哦哦，這個咱們不要。不過，還是請進來吧。

    三浦：啊……

    幸一：你就進來吧。

    三浦：這樣啊。那……

說著進了屋，秋子和路子進了裡間。

    三浦：那之後我去了朋友那裡，哪想他就指望著賣給你了，真不知怎麼
        辦才好……

    秋子：（從裡間）三浦先生，你來是硬要賣給我們嗎？

    三浦：您別開玩笑。不是的。太太，這個真的很好的，是不想讓給別人。
        我朋友說分期付款也可以。

幸一：分期付款？

秋子：分期付款也不行，不行不行。

三浦：這樣啊？不行嗎？每次兩千，付十個月，很便宜的啊……

秋子：不行不行，不行的。

三浦：這樣啊？要是我就買了。

秋子：那你就買唄。

三浦：可是不行啊，我沒錢。

秋子：那你也別瞎推銷啊。總之我們不要，請拿回去吧。

說著走到一旁去了。

三浦：這樣啊……

說著把眼光轉向幸一——

三浦：真過意不去啊，惹你太太生氣了……

幸一：哪有，沒事的，她從一早就不高興。

三浦：真對不起……

秋子拿了一沓鈔票出來——

秋子：（對三浦）來，兩千塊，一次的錢。

說著把錢放在榻榻米上。

三浦：行嗎？

秋子：行啊。這要是不買下來，後面就有的煩了。

路子：（微微一笑）這下好了，哥哥。

幸一：哪兒呀……（說著抽出一根球杆）這個，真棒啊。

三浦：是很棒啊，絕對的。那太太，兩千塊，我收下了。

秋子：你記好了啊，是從這個月開始付，還剩九次哦。

三浦：不要緊的。那，我走了。

幸一：怎麼就要走了？

秋子：你呀，還真來勁了。

三浦：啊，我中午有個約會，告辭了。

路子：那，我也……

幸一：什麼，你也要走嗎？

秋子：不用急啊，路子，還沒……

路子：嗯，我待會兒要去朋友那裡。

幸一：那代我問候爸爸。

秋子：代我們謝謝爸爸了。

路子：好的。那，再見吧。

秋子：再見。

於是三浦和路子離開──

幸一：（一邊把玩球杆）喂，不要緊嗎？買這個？

秋子：你不想要嗎？

幸一：想啊，想要極了。

秋子：條件是我也要買哦。

幸一：買什麼？

秋子：白色的皮包相當貴呢。

幸一：……

秋子：我就是要買！真的要買哦！

說著進了裡間。

幸一一個人把玩著球杆。

52 郊外車站的月台

風景──

三浦和路子在等電車──

　三浦：你哥對太太真是相當溫柔啊。

　路子：不過，他對我們可是很霸道的。

　三浦：看來對太太還是應該溫柔一些才好啊。

　路子：是啊。不過太溫柔了也很討厭的。

　三浦：是嗎？真傷腦筋呀。

　路子：啊，電車來了。

電車進站。

53 窗戶

從窗口能看見川崎一帶工業區的風景。

54 室內

平山正在看文件。

敲門的聲響——

 平山：請進

辦事員田口房子（24歲）進來。

 平山：哦，怎麼啦？

 房子：長期以來得您百般照顧……

 平山：哦，這樣啊。聽說你要出嫁了？恭喜恭喜。

 房子：（行禮）所以來向您感謝一聲……

 平山：哦。你二十三還是二十四了……

 房子：我二十四歲了。

 平山：是嗎？跟我女兒同歲啊。那，祝你幸福。要好好過日子啊。

 房子：謝謝您。

又傳來敲門聲。

 平山：請進。

洋子進來。

 洋子：您的客人。

說著遞上名片。

 平山：（接過名片）啊，哦，帶她到這邊來……

 洋子：好的。

房子也行了禮，與洋子一同離開。

 平山：啊，田口君，你待會兒可以再過來一下嗎？

 房子：好的。那就失陪了。

然後離開。

敲門聲。

 平山：請進。

由洋子帶領著，佐久間老師走進來。

 佐久間：哎呀，在你忙碌的時候突然打擾……

 平山：哪裡哪裡，來，請……

 佐久間：好的。前幾天讓你特意造訪，實在……我後來才發覺，在筷架

下面⋯⋯

平山：哪裡哪裡，來，請⋯⋯您請坐。

佐久間：好的。真不該讓你們破費⋯⋯（說著坐下）我剛才去給大家道
　　　　謝了⋯⋯

平山：讓您特意過來一趟，實在⋯⋯見到河合了嗎？

佐久間：他有事外出了⋯⋯

平山：是嗎？老師，您待會兒就直接回家了嗎？

佐久間：是的，這裡是最後一處了⋯⋯謝謝了⋯⋯

平山：那，一起回去吧，我們是同一個方向⋯⋯

佐久間：好的。不過你的工作⋯⋯

平山：沒關係，已經沒事了。

說著站起來回到辦公桌前，拿起那裡的電話——

平山：喂，請找大和商事的河合先生。是的，常務董事河合先生⋯⋯
　　　哦，對了，還有咱們公司的田口君，能不能讓她再來一趟。

說著掛上電話，取出紙包裝紙幣。

55 當晚　西銀座的小巷

看得見「若松」招牌的風景——

56 當晚「若松」店內

兩三位客人——

57 同前　小包間

平山、佐久間和河合都喝醉了。佐久間爛醉如泥，躺在那裡。

河合：老師，您怎麼啦？來一杯如何？

佐久間：啊？（抬起頭）呀，謝謝⋯⋯（一邊接酒）啊，真高興⋯⋯真
　　　　高興啊⋯⋯嗯，給你們添麻煩了⋯⋯嗯⋯⋯

然後倒頭又睡。

河合：（看看他，對平山）喂，葫蘆已經不行了。

佐久間：（忽然抬起頭）啊——嗯？

　　平山：（立刻湊過去）老師，怎麼樣？再來一杯……

　　佐久間：（接酒）啊，謝謝……你們都有福氣啊。我太寂寞了……

　　河合：為什麼？為什麼寂寞呢？

　　佐久間：唉，寂寞啊……悲哀啊。到頭來人生就是自己一個人啊……孤
　　　　　　零零一個人啊。

河合與平山面面相覷。

　　佐久間：唉，我錯了……我做錯了一件事……我不該只圖自己方便……

　　平山：是什麼事？

　　佐久間：唉，我女兒啊。我圖方便，把女兒留在身邊使喚……當初也不
　　　　　　是沒有去處……只因為我老婆不在了……我錯了……最後錯失
　　　　　　了機會……啊呀！我該告辭了！

　　河合：您要回家嗎？哎，不要緊嘛，再來一杯吧。

　　佐久間：啊，再來一杯嗎……（說著接酒）唉，常言道，機不可失時不
　　　　　　再來呀……莫思身外無窮事，且盡生前一杯酒……唉……

說著放下酒杯，一骨碌躺下了。

河合與平山面面相覷。

　　平山：老師……老師……

　　河合：算了，讓他睡吧，葫蘆心裡不好受啊……

　　平山：唔……

　　河合：你要是不小心也會變成這樣。

　　平山：哪會啊，我……

說著把酒喝乾。

　　河合：路子姑娘要是也變成葫蘆的女兒那樣，可怎麼辦？

　　平山：哪呀，她自己……

　　河合：會的。快把她嫁出去吧。你要變成葫蘆那樣，我可吃不消。

　　佐久間：（突然）哎，葫蘆？

說著坐起來——

　　佐久間：這兒是哪兒啊？

　　河合：哎，老師您睡吧。會送您回去的。

佐久間：哦，是嗎……

說完，又睡下。

　　河合：（對平山）你好好考慮考慮吧。

　　平山：嗯……

說著拿起酒杯。

58 當晚　平山家　走廊

59 同前　裡間（起居室隔壁的房間）

路子正在熨洗好的衣物。

玄關門打開的聲音──

　　路子：爸爸？

　　平山的聲音：啊，我回來了。

　　路子：先別鎖門，阿和還沒回來呢。

平山走進來，醉醺醺的。

　　路子：您回來啦。

　　平山：嗯。

60 裡間──起居室

平山穿過裡間，在起居室的矮桌前坐下。

　　平山：哎，我說啊。

　　路子：什麼事？

　　平山：你不想嫁人嗎？

　　路子：啊？

　　平山：嫁人啊。不想嫁嗎？

　　路子：（付之一笑）您說什麼呢！

　　平山：別笑，我是說真的，真的。

　　路子：爸爸您又喝醉了啊。

　　平山：嗯，喝是喝了一點，不過我是說正經的。

路子：可不是一點啊。為什麼會想到這事了呢？

平山：為什麼……原因有很多啊。哎，你過來一下。

路子：您等一下吧，這裡馬上就好……

平山：爸爸考慮了許多……哎，你過來呀。

路子關了電熨斗，站起來走過去。

61 起居室

平山和路子——

路子：可是，我要是出嫁的話，您豈不是很為難嗎？

平山：就算為難，你也差不多該嫁了……你也二十四了呀。

路子：對呀，所以還不用著急啊。

平山：可是，說著還不著急，還不著急，一轉眼就上年紀了。這樣為了
　　　自己的方便留著你，爸爸覺得很過意不去。

路子：這麼說又能怎樣呢？跟您說吧，爸爸，我現在還根本沒打算嫁人
　　　呢，我才不想嫁呢。爸爸您不也是這麼想的嗎？

平山：想什麼？

路子：想我就這樣留在這裡更好……

平山：為什麼？不是那樣的。

路子：明明就是這樣的啊。我要是嫁了，爸爸和阿和怎麼辦呀？

平山：那總有辦法的。

路子：說是總有辦法，究竟該怎麼辦呢？怎麼辦都不成呀。爸爸您到底
　　　從什麼時候生出這念頭的？

平山：那，你是不打算嫁人了嗎？

路子：我才沒說不嫁呢，我並沒那樣的想法。我的朋友當中嫁了人的還
　　　不少呢，還有的已經生了寶寶呢。

平山：是嗎……那你？

路子：別說了！我像現在這樣就好！

平山：唔，那麼說的話，爸爸也覺得現在是最好的。可那是不行的啊！
　　　反正爸爸是這麼想的。

路子：您既然想好了，就別隨隨便便說那些話啊。

平山：我不是隨隨便便說的啊。

路子：明明就是。

說著站起來，去裡間收拾衣物。

平山：喂！……喂！

路子拿著衣物走出了房間。

平山滿臉失落，將茶壺裡的水倒在杯子裡喝了。

玄關門打開的聲音——

62 玄關

和夫回來。

和夫：姊，門可以鎖了嗎？

平山的聲音：哦，可以鎖了。

和夫：哎呀，爸爸已經回來了呀。

說著擰上了門閂。

63 裡間——起居室

和夫進屋。

和夫：我回來了——

平山：哦，回來啦。

和夫：姊姊呢？

平山：在裡面呢。

路子沉默地穿過房間。

和夫：哎，姊，我要吃飯的。

路子默不作聲地走過。

和夫：（目送她）怎麼回事呀？爸爸。

平山：唔……

和夫在矮桌前坐下，倒了茶喝。

和夫：哎呀，真苦。

平山：喂，我說。

和夫：嗯？

平山：你姊姊，有沒有喜歡的人啊？

和夫：應該有吧。

平山：有嗎？

和夫：雖然不清楚，可誰都會有吧。

平山：你有嗎？

和夫：有啊，她叫清水富子哦。

平山：哦？是哪裡的人啊？

和夫：不清楚是哪裡人，不時能跟她說說話呢。

平山：哦，她是做什麼的？

和夫：是我每天坐的那趟公車的售票員，看名牌記住的名字。個子小小
　　　的，胖胖的，可愛極了。

平山：嗯，是嗎……

一邊苦笑。

和夫：喂，姊呀！讓我吃飯啊！

平山：哎，你呀，自己去廚房吃吧。

和夫：為什麼？

平山：就是這樣，自己的事情自己做。

和夫不滿地站起來去了廚房。

留下平山一個人，他點了菸，木然沉思著。

64 大約一週後　傍晚　住宅樓

各家的窗戶透出燈光，出去上班的人們紛紛歸來。
秋子也是其中之一。

65 同前　走廊

秋子歸來。

66 室內

秋子進來。

秋子：我回來了。

說著走進屋。

67 起居室——廚房

幸一繫著圍裙在廚房切洋蔥。秋子走來。

　　秋子：我回來晚了。做什麼呢？

　　幸一：冰箱裡有火腿，做個火腿炒蛋。

　　秋子：我也買了牛肉餅來。飯煮好了嗎？

　　幸一：哎，就快熟了。

　　秋子：（走到洗碗池旁）那個……

一邊洗手，幸一也洗手。

　　秋子：（一邊把手擦乾）今天午休的時候，路子來我們公司了。

　　幸一：哦，什麼事？

說著摘下圍裙遞給秋子。

秋子接過圍裙繫上。

　　秋子：說是爸爸叫她快出嫁……

　　幸一：哦，對象是誰？不過路子現在出嫁的話，老爸怎麼辦？他是怎麼
　　　　　打算的啊？

　　秋子：路子也是這麼說的。

　　幸一：那麼路子她還不想嫁嗎？

　　秋子：那可不清楚。她說爸爸最近每天都在說這個。路子說她都聽煩
　　　　　了。

　　幸一：對方……是什麼人呢？

　　秋子：說是河合先生介紹的，爸爸已經見過那人了。好像很不錯呢。

　　幸一：路子不中意嗎？

　　秋子：就是弄不清這一點啊。我問她你不想出嫁嗎？她也是不置可否的
　　　　　樣子。

　　幸一：那這事到底怎麼說呢。

　　秋子：是啊，怎麼說呢。

　　幸一：那路子去你那兒幹嘛呢？

秋子：不過……不知為什麼我也能理解路子的心情……

幸一：是嗎？

敲門聲——

幸一：請進。

68 入口的房間

門開了，平山走進來。

幸一出來迎接。

幸一：啊，您來了。

平山：哦，你已經回來啦？

秋子走來。

秋子：啊，爸爸，您請……

平山：哦，這個，是鹹烹牛肉。

說著遞上一個紙包。

秋子：謝謝您。

幸一：爸爸，您這是剛下班嗎？

平山：嗯，有點事想跟你說，可以出去嗎？

幸一：可我還沒吃飯呢。

秋子：爸爸，請跟我們一起……

平山：哦，那就出去找個地方吃吧，怎麼樣？

幸一：這樣啊，那……

說著去了裡屋。

秋子也向平山點頭致意後進屋去了。

69 起居室

幸一和秋子，一邊做準備——

秋子：（自言自語）肯定是路子的事。

幸一：嗯。

說完走出房間。

70 入口的房間

平山正等著。

幸一走來，套上木屐。

秋子走出來，

　　秋子：請慢走。

　　平山：那就借用他一下嘍。

　　秋子：您請便。

平山和幸一出門。

關上的門——

71 當晚　酒吧「馨」店內

平山和幸一——幸一在吃炒飯，平山正小口地抿酒。

鏡頭拉遠，只見一個客人正與女店員相對飲酒。

　　幸一：（吃完飯）我吃飽了……

對面正在沏茶的老闆娘馨端了茶過來——

　　馨：喝茶嗎？

　　幸一：謝謝。

　　平山：（舉了舉酒杯）給我這個。

馨給他倒了威士忌，並端走飯碗。

　　幸一：（目送著馨）像嗎……不像啊。

　　平山：唔，仔細看是不一樣，但不知什麼地方還是有點像。

　　幸一：是嗎……對了，爸爸，那個男的怎麼樣？

　　平山：是岡崎一個世家的次子，個子很高，體格也強壯，爸爸覺得不錯。

　　幸一：路子是不是另有喜歡的人呢？

　　平山：你這麼覺得嗎？

　　幸一：嗯。

　　平山：是這樣的，據和夫說，她好像喜歡一個姓三浦的人。

　　幸一：三浦是？

　　平山：你們公司的……

　　幸一：哦，他呀。

平山：他人怎麼樣？

幸一：那小子不錯的，如果是他的話我很贊成。路子是怎麼說的？

平山：我試探著問了問她。她沒有明說，不過好像是喜歡的。

幸一：如果是那小子就好辦了。

平山：是嗎？那請你順便問問那個三浦君吧。

幸一：嗯，好。那小子不錯的。

平山：是嗎？能讓她跟喜歡的人在一起就再好不過了，這樣路子也會幸福的。

幸一：是啊，那我儘快問問他。

平山：嗯，那就這麼辦吧。

馨走出來。

馨：今天可真安靜啊，要不要放上次的那首曲子？

平山：不，不用了。

幸一：什麼曲子？

平山：沒什麼……

幸一：可是，路子要是嫁了人，爸爸就寂寞了。

平山：可是，再不嫁就晚了……

說著把酒喝乾了。幸一也喝酒。

72 翌日傍晚　食傷新道 [3]

鳥森一帶——下班的人們來來往往……

73 那附近的「豬排屋」店內

客人相當擁擠。

74 店內通往二樓的樓梯下面

客人脫在那裡的皮鞋和女式草履等。

3　食傷新道，形成於江戶時期的商業街，現位於日本東京中央區日本橋一丁目。街道兩側餐館、咖啡館等眾多飲食店林立，曾經是日本橋商業區的中心。

75 店內二樓的小包間

幸一和三浦正邊吃豬排邊喝啤酒。豬排已是第二盤，啤酒也開了第二瓶。

三浦：（往自己的杯子裡倒啤酒，然後對幸一）請。

幸一：哦，（一邊接酒）你很能喝啊。

三浦：我不行啊。不過，啤酒的話，也就兩瓶吧。

幸一：想問你個事。

三浦：什麼事？

幸一：有沒有打算結婚？

三浦：有好的人選嗎？

幸一：且不論好壞，倒也不是沒有。

三浦：哦……真的嗎？

幸一：是真的。怎麼樣？不想娶一個嗎？

三浦：是嗎，那可就為難了。

幸一：為難什麼？怎麼會呢？你不想嗎？

三浦：呃……

幸一：你也該結婚了呀。

三浦：是啊……那個……其實，我已經有了。

幸一：原來你有啊。

三浦：不是有老婆。不過，對象是有的。

幸一：這樣啊。

三浦：是你認識的人。

幸一：誰啊？

三浦：總務科的井上美代子。

幸一：哦，那姑娘……

三浦：不行嗎？她不好嗎？

幸一：不，很好啊，是個好姑娘。

三浦：請不要跟大家說啊，因為還沒跟任何人提過呢……

幸一：哦，我不會說的。

三浦：我們說好了的。

幸一：哦——什麼時候的事？

三浦：今年夏天，我們公司不是一起去了伊香保嗎？

幸一：哦，是從那時候啊。

三浦：說是說從那時候，可我們還什麼都沒做啊。

幸一：撒謊吧，你。

三浦：拉個手什麼的倒是有⋯⋯

幸一：這樣啊⋯⋯

三浦：你要介紹的是誰？

幸一：算了吧。

三浦：告訴我吧，我的都說給你了。

幸一：唔⋯⋯

三浦：是誰？

幸一：就是我妹妹。

幸一：妹妹，你是說路子小姐嗎？

幸一：嗯。

三浦：這件事，路子小姐知道嗎？

幸一：嗯⋯⋯算是吧。

三浦：那，你應該早點跟我說啊⋯⋯我曾經委婉地問過你的，然後你當時不是說，她一時半會兒還不會出嫁嗎？

幸一：這樣啊，我說過那樣的話啊？

三浦：你說了啊，路子小姐也是這麼說的。哎，再要一瓶啤酒吧。

幸一：哦，（按下呼鈴）這樣啊。真是不應該啊⋯⋯

三浦：實在太可惜了，要是早點跟我說就好了⋯⋯
豬排，可以再來一份嗎？

幸一：哦，可以啊。

說著按呼鈴。

三浦把皮帶鬆了一扣。

76 樓下

客人相當擁擠。

77 當晚　平山家　起居室

平山和幸一——

平山：那真是太遺憾了。爸爸應該早下決心就好了……

幸一：不過，這必須得跟路子說呀。

平山：唔……真不好辦啊……你來跟她說，怎麼樣？

幸一：我來說嗎？

平山：嗯，路子她，好像非常喜歡三浦君呢。我今早還問了問她呢。

幸一：那可真是……還是爸爸跟她說吧……可是真叫人有點兒不忍心
　　　啊。

平山：可不是嗎……可怎麼說才好呢……

幸一：……

兩人的對話中斷了，這時路子從二樓走下來。

路子：哥哥，要不要沏壺紅茶？

幸一：哦，不用了。

平山：我說，路子——

路子：什麼事？

平山：你過來一下，坐下吧。

路子：（坐下來）什麼事？

平山：爸爸也知道這可能是多此一舉，但還是讓你哥去問了一下三浦君
　　　對你是怎麼想的。

幸一：他也說不是不喜歡你，但他已經有對象了。

路子：……

平山：唉，要是爸爸早點下決心就好了……是爸爸不好。

路子：……

幸一：我也不該，竟然完全沒有覺察到你喜歡三浦……

平山：不，爸爸疏忽大意才是最不應該的……對不住啊……

路子：（仰起臉，微笑著）沒事的，爸爸……那樣的話就算了……我只
　　　是不想以後後悔而已……幸虧你們幫我問了。

平山：這樣啊……

幸一：那，爸爸介紹的那個人，要不見一面怎麼樣？

路子微微點頭。

　　平山：見一面吧。

　　路子：好的……

　　幸一：那就說好了。

　　路子：好的，隨您安排就好。

說完微笑著起身離去。

　　幸一：這就好辦了。

　　平山：哦，太好了……

　　幸一：我還想，要是把她惹哭了可怎麼辦。

　　平山：唔，我也以為她會顯得更失望一些呢。

　　幸一：沒想到她並不介意似的。

　　平山：嗯，這就好啊。

和夫走來。

　　和夫：怎麼回事？姊姊好像在哭呢。

平山和幸一面面相覷，平山站起身走出。

78 走廊

平山向二樓走去。

79 二樓

平山過來一看，路子在裡面的房間悄然沉思著。

　　平山：哎，怎麼啦？

路子悄悄擦拭了眼角，轉過頭來。

　　平山：爸爸介紹的那樁親事，也沒必要勉強接受。

　　　　　見個面看看，不喜歡的話，回絕了也沒關係的。

路子默默點頭。

　　平山：總之，見一次面看看吧？好嗎？

路子再次默默點頭。

平山走出，去到走廊上停下來，在那裡抬頭看了看天，然後回到房間。

　　平山：要不要到樓下來？喝杯茶吧。

說完，從樓梯下去了。

路子一動不動地思考著。

80 星期天　郊外的住宅區

平山走來。

81 河合家門前

平山走進去。

82 同前　玄關裡

平山走進來——

　　平山：有人在家嗎？

裡面傳來應答聲，河合的妻子信子（46歲）走出來。

　　信子：啊，您來啦。來，請進請進，堀江先生也來了呢。

　　平山：是嗎？

　　信子：來，您請……

83 客廳

河合與堀江正在下圍棋。

桌上擺著威士忌、乳酪等等。

　　河合：（落在棋盤上的視線抬起）來了呀。

　　信子的聲音：啊，客人來了。

說著領平山進屋。

　　平山：唷！

　　河合：哦，這麼晚啊？

　　平山：嗯，（對堀江）你什麼時候來的？

　　堀江：因為說你要來啊……（看著棋盤思考）這樣，走……

　　信子：（拿來坐墊請客人坐）請……

　　平山：啊，謝謝……

信子離開。

平山：（探頭看了看棋盤）倒是不分上下呢。

堀江：明明是我領先。

河合：那個（威士忌）隨便喝吧。

平山：哎……（一邊往杯子裡倒威士忌）那件事，剛才我在電話上說了一下，就是那事……

河合：唔……

平山：我想讓他們倆見個面。

河合：（望著棋盤）是啊……

河合與堀江都不看平山，視線一直停留在棋盤上……

平山：能幫忙問一下對方的情況嗎？

堀江：（對河合）喂，說的什麼事啊？

河合：哦，路子小姐的事啊……

堀江：那可不好辦啊。腳踩兩隻船可要不得啊，等聽了我這邊的回音才行……

平山：什麼？

堀江：都怪你那邊磨磨唧唧的，我也是受了河合之託，昨天剛好星期六，就安排了人家中午相了親。因為有個不錯的人選。（說著看了河合一眼）你說呢……

河合：嗯。

堀江：（對河合）那姑娘……很不錯是不是？

河合：嗯，那姑娘不錯。

堀江：（對平山）是我的助手的妹妹，個子比路子小姐稍矮一點，不過長得很漂亮。

平山：這樣啊……

河合：畢竟這邊也很著急啊。

平山：這樣啊……就是說那邊已經定下來了嗎？

堀江：嗯，差不多了。應該會定下來吧，好像雙方都很滿意。

平山：這樣啊……

堀江：可不是。

河合：嗯。

信子笑瞇瞇地端了下酒菜來——

　　信子：你們可真討厭啊，堀江先生——

　　堀江：啊哈……

說著露出他那惡作劇的笑臉，河合也笑嘻嘻的。

　　平山：（懷疑地）怎麼回事……

　　信子：都是騙您的，剛才的全是假話……他倆商量好的，說等您來了就
　　　　　騙您一回。

　　平山：是這樣啊……（鬆了一口氣）你們兩個真夠可惡的。

兩人笑了——

　　堀江：你不也殺死過我一回嗎？彼此彼此哦。

　　平山：這樣啊……唉，我還真有點著慌了。唉，幸虧是假話……

說著把酒喝乾。

　　信子：不過平山先生，路子不在身邊的話，會很寂寞吧……

　　平山：唉……

　　河合：但也不能因此總也不讓人家出嫁呀。

　　信子：（對平山）要是路子小姐能感到滿意就好了。

　　河合：那還能不滿意啊。

　　平山：（對信子）我也覺得她會滿意的。

　　堀江：到時候就會互相滿意的。我當初就是這樣，啊哈……

　　河合：喂，到你了。

　　堀江：嗯？哦……呃……

棋盤——

84 晴朗的天氣　郊外

迎新娘的隊伍經過街道而去。

85 平山家門前

停著兩輛轎車——附近的太太三四人正聚過來看熱鬧。

86 同前 走廊

和夫正在打電話。

　　和夫：啊？什麼？跟你說已經來了兩輛了，這是另外要的。明白了嗎？
　　　　　小轎車也可以，再要一輛……嗯，是的，立刻就要。拜託了。

說完掛了電話返回客廳。

87 客廳

平山和幸一——兩人都身著燕尾服。

和夫走來。

　　和夫：電話打通了，說是馬上來。

　　幸一：是嗎。後門那邊，先去鎖上吧。

　　和夫：一下子忙起來了。

說著走出。

平山正往禮金袋裡裝百元紙幣。

　　幸一：唉，雖說會很不方便，找到人之前，時不時地，我會讓妻子過來
　　　　　幫忙的。

　　平山：不要緊的。秋子還要上班……你家那邊，還不要嗎？

　　幸一：要什麼？

　　平山：孩子呀。

　　幸一：哦，還沒有。現在生的話也不好辦……

　　平山：是故意不要嗎？

　　幸一：啊，算是吧。

　　平山：差不多還是該要了。等到了五十歲，孩子才初中畢業的話會很難
　　　　　辦的。

　　幸一：是啊……我出生的時候，爸爸幾歲？

　　平山：二十六歲……

　　幸一：二十六啊……

說著扳指計算。

這時美容師的助手拿了箱包走來。

　　助手：那個……準備做好了……

平山：哦……
說著與幸一一同起身走去。

88 二樓

穿衣鏡前是身著新娘盛裝的路子——
陪伴在側的秋子——
美容師正在幫路子調整衣裝細節。
平山和幸一走來。

平山：哎呀，弄好了呀。（對美容師）辛苦了……
美容師：（對秋子）那，我先走一步……
秋子：慢走……待會兒拜託了。
美容師走出——
幸一：真漂亮，路子……
秋子：太可愛了……
平山：那，出發吧？
路子在秋子的攙扶下站起身。
路子：（滿懷感慨地）爸爸……
平山：（牽起路子的手）噢，我懂的……要好好地……
路子默默點頭。
平山：來，走吧……
然後幸一、平山、路子、秋子依次走出。
空無一人的室內——

89 當晚　河合家　走廊

傳來男人們的笑聲——

90 同前　客廳

從喜宴歸來，換上了便服的河合，脫去燕尾服的平山與堀江，三人圍桌而坐。

桌上放著日本酒和威士忌，大家都喝得很開心。

信子在隔壁房間準備下酒菜。

三人一邊互相斟酒——

　　堀江：（對平山）這回該輪到你了。

　　平山：輪到什麼？

　　堀江：年輕的，怎麼樣？年輕的。

　　河合：（對堀江）還有在吃藥嗎？

　　堀江：哎，娶一個吧，娶一個。

　　平山：（對堀江）我說堀江啊，最近我看你總有骯髒的感覺。

　　堀江：骯髒？為什麼？

　　平山：也不知為什麼。

　　堀江：哪有，我可是很愛乾淨的。

　　河合：所謂愛乾淨的，夜裡卻偏愛髒髒的嗎？

　　堀江：哦，這樣嗎？啊哈……

大家都笑了。

　　信子：（從對面的房間）平山先生，您反正會跟幸一夫婦同住的對嗎？

　　平山：不會的。因為有和夫啊。我們接下來還是照舊過日子。年輕人還
　　　　　是讓他們自己過比較好……

　　河合：那可不是，老年人何必去打擾呢。

　　信子：您真是個好爸爸啊。平山先生……

說著端來下酒菜。

　　平山：夫人啊，孩子還是男孩好啊……

　　信子：是啊……

　　平山：唉，女孩真沒意思……

　　河合：不見得吧……不論男還是女都一樣啊。反正到頭來都得離開。

　　堀江：最後只剩下老年人是嗎？

　　河合：這話，也輪不到你說呀。

　　堀江：什麼話，我也有女兒，已經嫁出去了。

　　平山：……唉，真是白白把她養大……

　　信子：真是這樣啊……

河合：葫蘆不也說過嗎？到頭來人生就是孤零零一個人……幸虧你沒變
　　　成葫蘆那樣。

平山：葫蘆嗎……唔，我先告辭吧。

河合：要回去嗎？

平山：嗯，我告辭了。

說著要站起來，卻搖晃了一下。

信子：不要緊吧？給您叫一輛車吧。

平山：不用不用。唉，夫人，今天多虧您幫忙，實在麻煩您了……（對
　　　河合）喂，對不住了。

河合：喂，你沒事吧？

平山：唔……我慢慢走到車站去。

堀江：我也一起去吧。

平山：不，不用了。你給我留下。

信子：（手裡拿了燕尾服）這件是平山先生的吧？

堀江：哎，那是我的。

平山：那我告辭了。

說著走出去。信子拿了燕尾服隨後而去。

河合：（勸酒）怎麼樣？

堀江：哎……（接酒）怎麼了？這傢伙——

河合：嗯，他是想一個人待著吧……心裡寂寞唄。

堀江：嗯……

河合：女兒出嫁那天晚上，心裡真是不舒服啊。

堀江：是啊。

河合：畢竟是把辛辛苦苦養大的孩子嫁出去啊……

堀江：嗯。

河合：真沒意思啊……

玄關門打開的聲音——

91 當晚「馨」所在的小巷

熱鬧的爵士樂聲傳來——

平山醉步蹣跚地走來。

然後推開「馨」的店門。

92 同前「馨」店內

三四個客人——馨過來迎接。

　　馨：歡迎光臨……

　　平山：呀……

說著在吧台邊落座。

　　馨：坂本剛剛已經回去了。

　　平山：是嗎？給我來一杯吧。

　　馨：要加冰嗎？

　　平山：不，原酒就好。

　　馨：好的。

說著從架子上取下一瓶托利斯威士忌。

平山的目光追隨著馨的身影。

　　馨：今天這是從哪裡回來？葬禮嗎？

　　平山：嗯，唉，算是吧。

　　馨：請——（遞過酒杯）給您放吧，那個。

　　平山：哦……

說著抿酒。

馨播放唱片。

〈軍艦進行曲〉響起。

　　醉客Ａ：哦哦，大本營發表公告嗎……

　　醉客Ｂ：帝國海軍於今早五時三十分，在南鳥島東部海上……

　　醉客Ａ：敗仗了。

　　醉客Ｂ：是的……敗仗了。

平山一邊品酒一邊聽著。

〈軍艦進行曲〉繼續著。

93「馨」的電燈招牌

招牌閃爍著——

94 當天夜裡　平山家　裡間——起居室

裡面的房間裡鋪著兩床被褥。幸一夫婦，依然是出席結婚典禮時的服裝，
他們與身穿睡衣的和夫圍坐在矮桌前。幸一已脫了外套。

　　和夫：都這麼晚了，爸爸到底去哪兒了呢？

　　幸一：嗯，這麼晚了。

　　秋子：一定還在河合先生家呢。

　　幸一：即便如此也太晚了。

玄關開門的聲音——

　　秋子：啊，回來了。

說著站起來走出去。

95 玄關

平山醉醺醺地坐在那裡。

　　秋子：哎呀，您回來了。

　　平山：哦……

　　秋子：您醉得很厲害啊——

　　平山：哦……

說著走進屋裡。

秋子走下地板間去關玄關的門。

96 裡間——起居室

幸一與和夫出來迎接。

　　和夫：您怎麼啦？爸爸？

　　平山：（對幸一）呀，來了啊……

　　幸一：哦，您累了吧。

　　平山：哦……

幸一：不過，這下放心了。

平山：是啊，放心了。但願她過得好就好啊。

幸一：那不必擔心，她會過得好的。

秋子：路子性格那麼穩重……不要緊的。

平山：唔……

說著癱坐在矮桌前。

秋子走回來。

幸一：（對秋子）那，我們差不多……

秋子：是啊。（然後對和夫）那，時不時地，我會過來看看，不過有事
　　　的時候要打電話哦。

和夫：OK。

幸一：那爸爸，我們回去了。

平山：（抬起臉）什麼，要回去啊……

秋子：我時不時地會再來的……

平山：哦……

說著又癱坐在那裡。

幸一：（對和夫）那我們回去了。

和夫：嗯。

於是三人走出。

玄關門打開的聲音。

和夫的聲音：再見——

秋子的聲音：早點兒休息吧。

平山下意識地脫去外套。

和夫回來。

和夫：哎，爸爸，我可要睡了。

平山：哦，睡吧。

和夫走進裡面的房間，鑽進被窩。

和夫：（趴在被窩裡）哎，爸爸——

平山：嗯？

和夫：別喝那麼多酒吧。

平山：唔……

和夫：要多保重身體啊，您要是死了我可就頭疼了。

平山：哦，沒事的。嘿，不論攻還是守，都是鋼鐵的……[4]

和夫：哎，別說了，睡吧。

平山：唔……嗒嗒嗒啦，嗒嗒嗒啦，嗒嗒，嗒嗒啦……

依然癱在那裡不停地哼唱著。

和夫：您就別說了，真的該睡覺了。

平山：唔……孤零零一個人啊……嗒嗒嗒啦，嗒嗒嗒啦，嗒嗒，嗒嗒
　　　啦……

嘴裡依然哼唱著。

97 二樓的走廊

一片昏暗……

98 二樓的房間

這裡也是一片昏暗，穿衣鏡在黑暗中閃著微弱的光。

──劇終──

4　〈軍艦進行曲〉的歌詞。

文學叢書　648

INK PUBLISHING

小津安二郎劇本集

作　　者	小津安二郎
譯　　者	吳　菲
總 編 輯	初安民
責任編輯	林家鵬
美術編輯	林麗華
校　　對	吳美滿　林家鵬

發 行 人	張書銘
出　　版	INK 印刻文學生活雜誌出版股份有限公司
	新北市中和區建一路 249 號 8 樓
	電話：02-22281626
	傳真：02-22281598
	e-mail：ink.book@msa.hinet.net
網　　址	舒讀網 http://www.inksudu.com.tw

法律顧問	巨鼎博達法律事務所
	施竣中律師
總 代 理	成陽出版股份有限公司
	電話：03-3589000（代表號）
	傳真：03-3556521
郵政劃撥	19785090 印刻文學生活雜誌出版股份有限公司
印　　刷	海王印刷事業股份有限公司

港澳總經銷	泛華發行代理有限公司
地　　址	香港新界將軍澳工業邨駿昌街 7 號 2 樓
電　　話	(852) 2798 2220
傳　　真	(852) 3181 3973
網　　址	www.gccd.com.hk

出版日期	2021 年 2 月　　　初版
ISBN	978-986-387-366-2

定　價　550 元

Published by INK Literary Monthly Publishing Co., Ltd.
All Rights Reserved
Printed in Taiwan

※ 本書繁體中文版經由上海雅眾文化傳播公司授權出版

國家圖書館出版品預行編目資料

小津安二郎劇本集 / 小津安二郎 著；
--初版，--新北市中和區：INK印刻文學，
2021.2　面；17 × 23公分. (文學叢書；648)
ISBN 978-986-387-366-2（平裝）

861.558　　　　　　　　　　109016090